致青春 079

失戀博物館

—下—

烏雲冉冉　著

高寶書版集團

目錄
CONTENTS

第三卷　失戀萬歲　005
第四卷　永不失戀　139

第三卷　失戀萬歲

43

幾分鐘後，池渺渺家不大的客廳裡，中間的三人沙發上躺著關鍵時刻忽然跟死狗一樣不省人事的池渺渺，另外兩邊的單人沙發上坐著池渺渺她媽袁莉莉女士以及李牧遙。

袁莉莉女士雙手環胸，朝向對面這個深夜被女兒帶回家的、衣著和相貌都不凡的年輕人。

李牧遙背脊挺直，微微垂眼看著面前的茶杯。自從他進門後，對面這位阿姨就一言不發地看著他，他覺得她大概是誤會了什麼，幾次想解釋一下，卻又被對方抬手制止了。

成年以後的李牧遙從沒遇到過這種情形，他並不是覺得對方冒犯自己，只是覺得有點無奈又無措。

等了好一陣子，對方似乎終於看夠了，淡淡說道：「我是渺渺的媽媽，想必你也猜出來了吧。怎麼稱呼你？」

很少有場合需要李牧遙親自做自我介紹，所以在這方面他也沒什麼經驗，只是簡單介紹道：「我叫李牧遙。」

袁莉莉女士等了半天沒等到下文，但也不好直接查戶口，只好換了個話題：「小李是吧？你放心，阿姨我不是什麼不開明的家長，不會對你們年輕人干涉太多的。」

李牧遙點點頭，很快又意識到好像有什麼不對。

李牧遙：「阿姨，其實……」

「其實，我們渺渺這孩子一向很自愛的，以前連個男朋友都沒有……哦當然了，是她自己眼光高看不上別人……沒有男朋友更別提帶人回家了，所以你還是頭一個呢。」

明知道池渺渺的母親說的這些跟他一點關係都沒有，對方一定是誤會了兩人的關係才會這麼說，但李牧遙卻發現自己在聽到這些話後竟然有點滿意。

袁莉莉女士打量著他的神情，稍微鬆了口氣——雖然知道自己女兒不會胡來，但還是難免多擔心一點。

眼下看小夥子這麼在意女兒過往的感情經歷，那他們一定不是什麼亂七八糟的關係，是正經的男女朋友無疑了，不過看樣子他對她家渺渺瞭解並不多，可見剛在一起還沒多久。

袁莉莉女士一方面慶幸女兒終於開竅了，一方面又氣自己還不知情的時候，兩人竟然就要好到一起回家了，萬一這男人人品不行，女兒被占了便宜又傷了心，那可怎麼辦。

她試探著問：「不過我看你熟門熟路的應該也不是第一次了吧？」

李牧遙連忙說：「我是第一次來。」

袁莉莉有點意外，看來來得早不如來得巧，還來得及好好考察一下眼前這個年輕人。

但顯然今天不是時候。

見李牧遙一直沒碰面前的茶，顯然是「好事」被攪局沒有多留的打算。

既然如此，袁莉莉女士極其客氣地說：「謝謝你送我們渺渺回來，改天阿姨請你吃飯，不過今天時間太晚了，就不留你了。」

這麼明顯的逐客令李牧遙不會聽不出來，他立刻起身告辭，臨走前又看了池渺渺一眼，見她睡得很安穩才離開。

第二天正好是週六，池渺渺一覺睡到日上三竿，如果不是聞到隱隱傳進房間內的飯菜香，她還不想起床。

也不知道是哪家鄰居做飯這麼香，讓她覺得有點餓了。

她閉著眼睛從床上爬起來，迷迷糊糊地出了房門，一出門卻被滿桌子的菜和突然出現的袁莉莉女士嚇得澈底醒了。

池渺渺險些懷疑自己時空穿越了，因為她的記憶還停留在昨晚和秦亮、暖萌一起喝酒的那一段。

不過此時見到她媽那張意味不明的笑臉，心裡浮上不好的預感，尤其是看她家母上大人的表情，她澈底慌了，「媽您怎麼來了？」

袁莉莉女士陰陽怪氣道：「聽起來好像不太歡迎我啊！」

過往和母上大人的鬥爭經驗告訴池渺渺，昨晚一定發生了什麼事！

池渺渺連忙奉上一個甜甜的笑：「哪有啊，您看您一來又是打掃衛生又是做飯的，我這不是怕把您累著，心疼您嗎？欸對了，今天什麼日子啊做這麼多菜？」

袁莉莉女士被她剛才那幾句話取悅到了，臉色明顯好了不少。

她掃了牆上的掛鐘一眼，催促女兒：「快點收拾一下，等一下小李要來。」

池渺渺打哈欠的動作立刻停了下來，她驚悚地問：「哪個『小李』？」

袁莉莉女士一副我就靜靜看妳演的淡定神情：「還想瞞我？除了昨天送妳回來的小李還有哪個小李？」

經她老媽這麼一提醒，昨晚一些支離破碎的零散畫面出現在池渺渺的腦海中……

可是這些片段怎麼都不像是真的，準確地說是她寧願那些不是真的。

她有點不敢相信自己想起的東西是確確實實發生在昨晚的事情——什麼見鬼的土味情話遊戲？分明就是變著方法的在調戲老闆啊！

李牧遙大概是沒見識過這麼無聊的遊戲，竟然還一本正經地配合她……

池渺渺愁眉苦臉地回憶著昨晚的事，每多想起一點，輕生的念頭就多了一點，不過她所有的記憶都只停留在昨晚進家門前，眼下聽她媽說的話的意思，就是昨晚李牧遙送她上來時，三人遇到了。

她擔心道：「媽您昨晚沒說什麼不該說的話吧？」

袁莉莉揶揄地掃了女兒一眼：「行了，妳媽我也不是什麼老古董，不至於讓人難堪，但昨天那情況我也不能當沒看見，就讓他回去了。」

「妳只是讓他回去這麼簡單？」池渺渺持懷疑態度。

「是啊。」

看來她媽也不是次次都要搞事，偶爾幾次也還算可靠。

見女兒一副生怕自己說錯話的模樣，袁莉莉女士頓時就不太高興了：「妳才跟他認識幾天，這都開始為了他嫌棄妳媽了？」

說著，袁莉莉女士當場表演了變臉大法，剛才還風平浪靜，一瞬間就成了風雨欲來的模樣，「虧我還起了個大早做這麼一大桌子菜打算好好招待他……」

不提這事，池渺渺差點把正經事忘了。

「等等等等，您老人家先別激動，您說他要來？」

袁莉莉女士氣道：「不然我這一大桌子菜是餵妳這小白眼狼的嗎？」

如臨大敵的池渺渺直接忽略了親媽那句揶揄，問：「什麼時候？」

袁莉莉女士看了牆上的掛鐘一眼：「小李說他大概十一點半能到，應該快了吧……」

話沒說完，她只覺得眼前一花，剛才還在她面前的池渺渺已經不見了，伴隨而來是洗手間關門的聲音，以及裡面的人匆匆忙忙的一句囑咐：「等等您千萬別叫他『小李』！」

袁莉莉女士一頭霧水，不叫小李叫什麼？她一個未來丈母娘叫他一聲『小李』怎麼了？

一刻鐘後，池渺渺剛將自己收拾好，門鈴就響了。

她連忙衝上去開門，李牧遙一身簡單的襯衫、西裝褲，不算是他最正式的著裝，但不知道為什麼，出現在她們這種老房子裡就顯得有點格格不入。

「小李來啦？還帶什麼東西啊，快進來吧！」

身後老媽的聲音讓池渺渺回過神來，她才注意到李牧遙手上竟然還拎著兩個禮盒，看禮盒上的字樣，應該是燕窩。

她並不覺得驚喜，只覺得驚嚇，不知道什麼人能受得起李牧遙送的禮物，反正一定不會是她這種底層的小員工。

以她對李牧遙的瞭解，她很懷疑，這兩盒燕窩的價值回頭就能體現在她下個月的薪水裡。

她一邊佯裝著熱情地將李牧遙迎進門，一邊肉痛地接過那兩盒燕窩。

李牧遙掃了她的臉一眼：「妳那是什麼表情？」

池渺渺：「沒什麼，只是覺得老闆你一來就都不一樣了，那句話怎麼說……蓬蓽生輝！」

李牧遙掃了池渺渺一眼沒有做聲，走進客廳，對迎出來的池母微微頷首打了個招呼。

昨晚大半夜的光線也不好，袁莉莉雖然上上下下把李牧遙打量了個遍，但也不如今天大白天的看得明白。

她一邊嘖嘖感慨，現實生活中還真有長相這麼周正的小夥子，就像電視劇裡走出來的人物似的，一邊又有點沒底，這一表人才的，身邊鶯鶯燕燕肯定不少，那是看上她家女兒什麼了？

雖然已經不是第一次了，但面對別人這麼赤裸裸的打量，李牧遙還是覺得很不自在，好在這位阿姨看了他片刻就把目光移向了池渺渺。

池渺渺發現自己親媽以一種很困惑的眼神看著自己，一時間也沒搞清楚是什麼情況。

袁莉莉女士笑道：「快上桌吧，我們邊吃邊聊。」

池渺渺忽然意識到一個很嚴峻的問題，她老闆那難以取悅的潔癖讓他很難和其他人在飯桌上打成一片，「打」成一片倒是很有可能的……

想到這點，她有點頭疼。

果然，李牧遙坐下之後並沒有動筷子。

池渺渺連忙解釋說：「我家裡餐具每天都消毒，食材也都洗好多遍的，絕對乾淨衛生！」

她媽聞言臉上的笑容淡了幾分，但也沒說什麼。

而李牧遙只是「嗯」了一聲，依舊不動筷子。

袁莉莉女士笑道：「也不知道小李愛吃什麼，我就隨便做了幾個菜，粗茶淡飯可別嫌棄。」

嘴上雖然這麼說，但池渺渺瞭解這桌菜全是她媽很是自得的拿手好菜，她這麼說也只是謙虛一下。

要是一般人肯定能讀懂這種謙虛，還會很捧場地誇她媽手藝了得，但誰讓李牧遙不是一般人，這些對他來說還真的只是粗茶淡飯。

所以他也只是淡淡地回了一句：「不會。」

這下子袁莉莉女士的臉色是澈底不好看了，但李牧遙渾然不覺有什麼不對。

好半天，他才看向池渺渺：「我能借個洗手間嗎？」

池渺渺才想起來，他進門必先洗手，難怪剛才不肯動筷子呢！

「當然了，就是廚房旁邊那個門，哦對了，燈的開關不好找，我幫你開燈。」

說著她連忙起身，親自帶著李牧遙過去，說是幫他開燈，其實是想趁機單獨跟李牧遙說幾句話。

「我沒想到你今天會來……絕對不是不歡迎啊，只是覺得挺耽誤你時間的。」她一邊幫他打開洗手間的燈，一邊小聲說了句。

李牧遙打開水龍頭：「沒有。」

確實就像池渺渺說的那樣，李牧遙很不喜歡把時間花在這類應酬上，照理說他確實沒什麼必要接受池母的邀請，但是他還是來了，還特地像是去拜訪長輩一樣在來的路上買了禮物。

他為自己的舉動想到了一個還算合理的理由——很顯然池母誤會了他和池渺渺的關係，這種誤會對女孩子來說不是什麼好事，而造成這樣的誤會，有一半是他的原因，他該來跟她媽媽解釋一下的。

池渺渺總覺得今天的李牧遙有點奇怪，好像比平時更惜字如金了，但又不像是在生氣。

不過想到等一下要面對的局面，無論是作妖手段層出不窮的袁莉莉女士，還是致力於雞蛋裡挑骨頭的李牧遙，兩人從不同層面上掌握著她的生殺大權，都是她得罪不起的人物。

以免兩位大人物等一下真的鬧出什麼不愉快的事情，池渺渺覺得自己很有必要提前跟李牧遙打個預防針。

「你今天能來我和我媽都特別高興……不過呢……」池渺渺斟酌著措辭說，「我媽的性格急，再加上歲數大了……更年期嘛，有時候情緒有點激動，想法也固執。所以等等不管她說了什麼，你就當沒聽見，她問什麼如果你不想回答就我來回答，但無論她說什麼、做什麼肯定都是出於一番好意，或許可能會讓你不太舒服，但千萬別往心裡去。」

李牧遙從鏡子裡掃了她一眼說：「好。」

重新回到餐桌旁，袁莉莉女士問：「昨晚也沒來得及問，小李在哪高就啊？」

池渺渺剛拿起筷子的手不由得頓住了，她媽還是這麼直接，連鋪墊也沒有就開始查戶口了。

她回頭看了李牧遙一眼，李牧遙禮貌客氣地回話：「目前主要是在失戀博物館工作。」

袁莉莉女士：「這麼說你們是同事關係了？」

池渺渺見縫插針地解釋說：「不是同事關係，是老闆和員工的關係。」

這下子換袁莉莉女士意外了，她完全沒想到她女兒以前不開竅，結果一出手就是公司老闆。

她的臉色緩和了幾分，自以為幽默道：「現在的年輕人啊都喜歡搞辦公室戀情。」

池渺渺並不知道昨晚自己和李牧遙被袁莉莉女士撞見時是什麼樣的情況，她只當是李牧遙把自己送回來時正好被她媽撞見，她媽那顆為女兒而生出的恨嫁之心又蠢蠢欲動，這才約了李牧遙來家裡想撮合兩人。

這種事她媽以前沒少幹，但凡見她和什麼異性往來，就恨不得立刻把對方變成她老人家的乘龍快婿，只是沒想到這次這麼直接，這麼迫不及待，也太丟臉了。

池渺渺都不敢去看李牧遙的神色，生硬地哈哈一笑說：「媽您太好笑了，我們不是您想的那種關係。」

袁莉莉女士的臉色倏地沉了下來，她看向李牧遙：「所以你和我女兒不是男女朋友？」

面對池母的審視，李牧遙沒有池渺渺那麼坦蕩，因為昨晚的事情她可能不記得了，但他當時可是清醒的。

他頓了頓說：「確實不是。」

池渺渺插話道：「媽您別亂猜了，昨晚我和李總一起有個應酬，我喝得有點多，所以李總才送我回來。」

怕她老媽還不死心，她乾脆道：「再說我們公司禁止辦公室戀情，絕對不會發生那種事。」

袁莉莉女士冷哼一聲，看向李牧遙：「是這樣嗎？」

池渺渺：「當然了，我還能騙您嗎？」

袁莉莉女士：「妳閉嘴，我沒問妳。」

李牧遙放下筷子，很認真地回答說：「我和池渺渺確實只是普通的同事關係，昨天……」

不等他解釋昨天的事情，袁莉莉女士直接打斷他：「難道昨晚是我看錯了嗎？還是普通老闆和員工之間都會摟摟抱抱卿卿我我？」

池渺渺嚇了一跳，她以為昨晚只是言語上「調戲」了一下老闆，難不成不只是言語上的？而且還都被她老媽看到了？

這時候就見她老媽又看向她：「昨晚媽要是不來呢，他是不是就不走了？這也是你們說的普通關係？把妳媽當傻子嗎？」

「不是……媽，您這是什麼話？」池渺渺覺得太尷尬了，「昨天我不是喝多了嗎？不管發生什麼都是誤會。」

「誤會？是不是誤會我自己有判斷力！」袁莉莉女士堅持自己不會搞錯。

池渺渺無奈道：「真的是您搞錯了，明明什麼都沒有，您非這麼說那不是騙人嗎？」

聽了她的話，她老媽忽然一副泫然欲泣的模樣：「媽這都是為了妳，妳說媽騙人？」

池渺渺太難了，她一邊無奈又尷尬地安撫著自己老媽，一邊還不忘偷偷朝李牧遙使眼色比口型：「更年期、更年期……」

他依舊面無表情，只是在低頭喝茶的一瞬間嘴角不易察覺地微微彎了彎

明明是很尷尬的場面，但他也不知道為什麼，非但沒有感到被冒犯而生氣，竟然還覺得池渺渺窘迫的模樣挺有意思。

袁莉莉女士很快注意到，不管女兒說什麼，李牧遙只是沉默著，這不是心虛的表現又是什麼？她更加斷定，這兩人的關係一定沒那麼簡單！

她抽噎了兩下，擦了擦莫須有的眼淚，認真問池渺渺：「你們真的不是男女朋友的關係？」

見自己媽終於肯好好溝通了，池渺渺鬆了口氣：「真的不是。」

袁莉莉女士點點頭，拿起手機作勢要打電話。

池渺渺有種不太好的預感：「您打電話給誰？」

袁莉莉女士：「一一零。」

池渺渺嚇了一跳：「您打一一零幹什麼？」

袁莉莉女士淡定回答：「我女兒被職場性騷擾了，當然要報警。」

李牧遙目瞪口呆，池渺渺驚慌失措。

她連滾帶爬地衝向她媽奪下手機，所幸電話還沒撥出去。

袁莉莉女士被搶了手機也不生氣，看了李牧遙一眼，意有所指道：「兒啊，妳別怕，法律就是保護我們小老百姓的，李總你說呢？」

池渺渺欲哭無淚，就算真的構成了什麼職場性騷擾，那也是她騷擾李牧遙啊！

以防自己老媽不斷激怒李牧遙，她英勇地擋在兩人中間：「媽您是不是嫌我活得太好了？」

面對池母一連串的神操作，一般人至少會為自己辯駁幾句，但李牧遙總覺得自己沒辦法像池渺渺那麼理直氣壯，辯駁解釋的話也就說不出口了。

而他的沉默更讓袁莉莉女士不依不饒。

池渺渺一邊苦口婆心跟她媽解釋，還一邊不忘朝李牧遙使眼色希望博得他的理解。

但眼見著自己說什麼媽媽都不信，池渺渺也累了，索性破罐子破摔道：「好吧好吧！是男女朋友！您滿意了吧？」

房間裡有片刻的安靜，李牧遙完全沒想到池渺渺會這麼說，池渺渺自己也沒想到。

倒是袁莉莉女士像是剛才的事情完全沒發生過一樣，很親昵地用公筷夾了個蝦給李牧遙：「來，嚐嚐阿姨的拿手菜。」

池渺渺驚嘆於自己老媽的說變就變，不過話說回來，她覺得這樣也好，先穩住她媽，回頭等她差不多忘了這件事的時候再說性格不合分手了就好。

只是李牧遙這邊……

她轉過身，可憐兮兮地看向李牧遙，以一個她媽看不見的角度雙手合十悄悄搓了搓，希望他別覺得被她褻瀆了，如果可以最好能配合她演完今天這一齣戲。

李牧遙的視線在池渺渺臉上停留了片刻，然後看向池母：「謝謝。」

池渺渺大大鬆了口氣，回到自己位子上坐下，開始吃飯。

接下來的氣氛還算和諧，讓池渺渺意外的是，李牧遙今天的胃口竟然還不錯，倒是從另一個層面取悅到了袁莉莉女士。

一頓飯總算有驚無險地吃完了，但很明顯袁莉莉女士還沒有放李牧遙走的意思，池渺渺生怕她媽又說出什麼驚天動地的話，而她自己也要為今天的事情給李牧遙一個解釋和道歉，於是她順勢邀請他到自己房間，這樣她媽也就不會跟進來了。

李牧遙本以為自己會看到一個慘不忍睹處處充斥著粉紅色蕾絲的房間，畢竟大部分女人總有一種自己還是少女的錯覺。

讓他意外的是，池渺渺的房間並不像普通女孩子的房間，收拾得很整潔也很有秩序感，並沒有沒有粉色壁紙，也沒有一大堆蕾絲，更沒有一大堆用途不明的化妝品，最多的就是書，各式各樣的書，不過也偶爾有一些可愛的小裝飾昭示著這個房間的主人是個女孩子。

池渺渺暗自慶幸一天前自己剛大掃除一次，不然她可以想像李牧遙怕是要當場表演疾病復發給她看了。

「老闆，你請坐。」

房間裡唯一的一張椅子上放著個雙肩包，要坐就只能坐在她的床上了。

「不用。」他直接拒絕了她的提議。

氣氛有點尷尬，池渺渺侷促地組織著語言：「剛才我那麼說純屬權宜之計，你放心，回頭我一定把這事處理好，不會給你惹麻煩的！」

李牧遙走到她的書架前，看著上面的書：「這都是妳平時看的書嗎？」

池渺渺哪顧得上聊書，隨口敷衍了幾句又說：「我媽一定是昨晚見你把我送回來，就誤會了我們的關係，老闆你千萬別介意。」

李牧遙難得不自在地掃她一眼：「這麼說，昨晚的事妳還記得？」

昨晚的事情，池渺渺只想起來一些零散的片段，可即便只是那點片段中的事，也夠他開除她十幾次的了。

難得他暫時不打算追究自己的膽大包天，她更不能承認什麼了。所以池渺渺很痛快地搖了搖頭說：「不記得了，不過應該沒少給你添麻煩吧？你放心，下次我一定不讓自己喝醉！」

「下次？」李牧遙不置可否地微微一哂。

池渺渺見他這樣就覺得他還沒消氣，再接再厲道：「今天這事是我的錯，怪我沒事前了解我媽的思想動態，讓她誤會了我們。也怪我媽，她年紀大了、觀念比較老舊，覺得我這個年紀還不找男朋友就是有問題，這件事都成了她的心病了，但凡遇到和這有關的她就不怎麼能淡定，你千萬不要往心裡去。」

李牧遙回頭看向她：「那妳為什麼不找男朋友？」

老闆你關注的重點是不是有點偏？

池渺渺尷尬笑笑：「要遇到個自己喜歡的也不容易。」

李牧遙隨手從書架上抽下一本書翻了兩頁，然後似乎很隨意地又問：「那妳喜歡什麼樣的？」

他竟然會浪費他寶貴的時間關注她喜歡什麼樣的人！這事怎麼看都有點不對勁！

池渺渺很快想到一種可能，他不會是擔心她喜歡他吧？

不知道為什麼池渺渺發現自己有點心虛，可能是愛美之心人人皆有，尤其是當她發現他並非外人看起來的那麼難以靠近後。

可是很顯然，現在不是犯花癡的時候，當務之急是要消除李牧遙的焦慮，不然一不小心就會失業，她這段時間的努力也都白費了。

然而這種事一不小心就會越描越黑，還好池渺渺反應快，很快想到一種答案，可以讓他澈底放心。

池渺渺：「我喜歡喜歡我的。」

「喜歡妳就可以？」

「那倒不是，不過這是個前提，我在這方面比較膽小，如果對方表現出不喜歡我，我肯定也不會強求什麼。如果對方表現出對我的喜歡或者欣賞，那再談下一步。」

李牧遙沒再做聲。

池渺渺鬆了口氣，看樣子他暫時不會誤會她對他有什麼想法了。

該聊的都聊完了，李牧遙將手上的書放回原處：「我今天來，其實是想向阿姨解釋一下昨晚的事情，沒想到會搞成這樣。」

池渺渺只好再三保證道：「你放心，這事我一定會處理好的。」

李牧遙不置可否地點點頭，正打算離開時，門外忽然傳來池母的聲音。

「小李你先坐一下，阿姨切水果給你吃啊！」

池渺渺尷尬笑笑：「吃完水果再走吧。」

李牧遙只好再等一陣子，於是兩人相顧無言，氣氛說不上的詭異。

不過池渺渺發現李牧遙大概是沒見過這麼窮酸簡陋的臥室，對她房間裡的擺設好像很感興趣。

等她媽準備水果的時間，他一下子看看這，一下子看看那。池渺渺則是隨便拿了本書假裝翻看，但注意力始終沒有離開過李牧遙。

池渺渺很快注意到，從剛才起，李牧遙就總是往天花板上看。

她不由得也看向天花板，忽然發現一個有點嚴重的問題。

因為今天天氣有點陰，光線不好，所以她一起床就開著燈，此時天花板上的吊燈竟然有一個燈泡壞掉了。

這種事對於一般人來說沒什麼，但對於李牧遙這個資深強迫症患者肯定是不能忍受的。

「其實我今天正打算換呢，但是還沒來得及，那個……反正現在也閒著，要不然我現在換吧。」

燈泡確實有現成的，小陽臺外就有梯子。

生怕李牧遙再多看兩眼就要發病了，池渺渺一刻不停地關了電閘，又把梯子搬出來。

李牧遙很意外：「這種事情妳自己做？萬一摔下來怎麼辦？」

「放心吧，這種事我經常做，絕對安全！」

說話間她已經架梯子爬了上去，動作俐落地換好了燈泡。

池渺渺滿意地拍了拍手，正打算爬下梯子，腳上的拖鞋忽然打滑，整個人瞬間失去了重心朝後倒去。

完了完了，她家的瓷磚地板可是結實的很，這下不摔成個植物人也會摔成腦震盪了！都怪李牧遙這烏鴉嘴，好的不靈壞的靈！

然而下一瞬間，她卻感到自己撞進了一個堅硬的胸膛，頭暈目眩之際，是重物落地的聲音，伴隨而來的還有一聲壓抑的悶哼。

房門忽然被人從外推開，袁莉莉女士端著水果拼盤進門的一剎那，看到的就是兩個年輕人滾倒在地，自己女兒埋頭在李牧遙身上，聽到聲音後倉皇回頭，而李牧遙一副很隱忍難耐的神情，看向她時眼神中閃過一絲尷尬無措。

這是要補上昨晚沒做的事情嗎？

袁莉莉女士雖然不滿兩個孩子這麼迫不及待不分場合，但誰叫女兒是自己養大的，而且她自認不是不開明的家長，於是放下果盤默默退了出去。

房門再一次被關上，池渺渺不由自主地鬆了口氣。她摸了摸腦袋，慶幸竟然沒事，但腳踝處卻痛得要命。

「妳能從我身上起來嗎？」

池渺渺嚇了一跳，這才意識到自己正趴在李牧遙身上。

她連忙往旁邊挪了挪，但一動，腳踝處就疼得厲害，「嘶……」

李牧遙坐起身看向她的腳：「妳受傷了？」

池渺渺連忙擺手說沒事，同時試圖站起來證明自己真的沒事，可是她稍微一動，腳踝處就是鑽心的疼。

李牧遙見狀二話不說將她打橫抱起。她嚇了一跳，不由自主抓住他的肩膀穩住身體。而就在她觸碰到他的一剎那，她分明看到他微微蹙了一下眉，起身的動作也隨之一滯。

「你受傷了？」

李牧遙沒有回答她，將她放在床上，輕輕抬起她的腳。

這麼短短幾分鐘，她的腳踝處已經腫得挺高。

他站起身，神色不明地看向她：「這就是妳說的絕對安全？」

池渺渺忍著疼露出一個心虛的笑容：「今天是個意外。」

李牧遙明顯不認同地冷笑一聲，一言不發地開門走了出去。

本以為李牧遙生氣了，直到聽到他和她媽要冰塊的聲音，才放下心來。

想到剛才她觸碰到他肩膀時的反應，她回頭看了硬邦邦的地板一眼，又看了看立在旁邊的梯子，不難想像，在她掉下來的一瞬間，是李牧遙忽然衝了過來，接住了自己，讓她不至於受到更嚴重的傷。

而且，他那麼資深的潔癖患者竟然會讓他的高級訂製襯衫觸碰到她家的地板，還讓她這吃過飯還沒來得及洗的手在身上摸了兩把。

池渺渺有點感動，伴隨著感動的還有另一種說不清道不明的情緒正在蓬勃生長，好像馬上就要隨著她過快的心跳破土而出了。

臥室門外再度傳來腳步聲，池渺渺連忙按住胸口不讓自己多想。

進來的是拿到冰袋的李牧遙，還有一起跟著來看情況的老媽。

池渺渺哪敢讓李牧遙幫她冰敷，連忙接過袋子自己動手。

李牧遙：「還是不能動嗎？」

池渺渺勉強嘗試了一下，腳踝處立刻傳來尖銳的痛感，「一動就疼。」

李牧遙：「應該是骨折了。」

袁莉莉一聽也有點著急：「怎麼回事？」

怎麼親熱一下就親到骨折了呢？

池渺渺安撫她媽：「沒事，只是扭了一下。」

李牧遙：「準備一下，去醫院吧。」

袁莉莉此時也顧不上他們剛才到底在房間裡幹了什麼，連忙附和：「對對對，聽小李的沒錯，還是去醫院看看放心。」

池渺渺轉身找手機：「那我先叫個車。」

李牧遙：「我開車來的。」

池渺渺也不解：「所以呢？」

袁莉莉女士：「妳這孩子傷的是腳還是腦子？小李開車來的，那直接坐小李的車去醫院不就好了？欸，我趕緊去收拾一下吧！」

自己老媽離開後，池渺渺看向李牧遙：「老闆你的車不是不載外人嗎？」

李牧遙頓了頓說：「一般情況是的，但這次是例外。」

最後池渺渺也沒去追究為什麼今天是例外，她廢了好半天口舌才說服自己媽媽不跟去添亂，單獨和李牧遙一起去了醫院。

預想中會讓人抓狂的排隊候診的情況並沒出現，因為李牧遙直接帶她去了一家人很少但看起來就很貴的私立醫院，拍X光片、打石膏一氣呵成。

她並沒有因為享受到了這麼便捷的服務感到滿意，反而戰戰兢兢問身後推著輪椅的人，「老闆，今天的費用我能分期付款嗎？」

身後的人沒有立刻回話，就當她以為他會拒絕的時候，卻聽他說：「因公受傷，公司報銷。」

什麼什麼？是她聽錯了嗎？這怎麼也和工傷牽扯不上關係啊！

李牧遙解釋道：「如果不是我看燈不順眼妳也不會去換燈泡，妳不去換燈泡就不會受傷，所以妳至少是因為我受的傷。」

這麼說也是。

池渺渺鬆了口氣：「那就好那就好，老闆你人真好。」

李牧遙：「不過妳別想因為這件事請假。」

池渺渺很想收回剛才自己一時輕率說出的話。

「可是，我坐著輪椅怎麼上班？」

她家的社區光是下樓就是一大難事，更別說她要以一己之力把自己弄上計程車甚至公車了。

人生第一次，她深刻地體會到了殘障人士的生活不易。

李牧遙：「鑒於妳的情況特殊，計程車費公司可以報銷。」

「這麼占公司便宜怎麼好意思呢？」

李牧遙：「所以妳就好意思剛轉正就騙病假？」

「不是老闆，我是真的病了啊……」

說話間，他已經推著她重新回到了她家社區門前。

望著沒有電梯的公寓，李牧遙停下了腳步：「妳住的地方確實不太方便。」

池渺渺瘋狂點頭表示認同，她有點慶幸讓李牧遙送她回來，不然他這種不視人間疾苦的資本家怕是永遠也體會不了小老百姓——尤其是殘疾後的小老百姓的生活艱辛。

本以為下一句話就是准她一個月的病假，誰知他卻說：「那看來只能幫妳換個住處了。」

池渺渺嚇了一跳：「換哪？」

李牧遙淡定回答：「我家。」

「不是……」

她寧可每天匍匐著上下樓也不願意住他家啊！

李牧遙：「不用太激動，只是看在妳因我受傷的分上讓妳暫住，不過在我家住就要接受我家的規矩。」

「太叨擾了吧？」

她可不想接受他家的規矩啊！

李牧遙對她的拒絕充耳不聞，直接推著她往他們停車的方向返回。

池渺渺有點急了：「可我媽還在家等著呢！」

李牧遙頓了頓說：「等等我會在電話裡跟她解釋清楚。」

「那我什麼東西都還沒帶呢！」

李牧遙：「需要什麼直接買新的吧。」

池渺渺：「又不麻煩，買新的多浪費呀！」

李牧遙：「我嫌麻煩，我報銷。」

池渺渺見他已經打定了主意，而且自己家這老社區的設施對她這種腿腳不好的確實不太友好，所以也就不再堅持了。

44

原來李牧遙家距離池渺渺家只有幾公里，難怪他們當初會在同一家便利商店遇上。

雖然只隔著幾公里，李牧遙所住的社區附近和池渺渺家附近簡直就像是兩個世界。

池渺渺住的是爸媽公司分配的老房子，房子很舊但勝在地理位置極佳。

李牧遙住的差不多是距離市中心最近的頂級建案，池渺渺早就聽說過，不少明星都住在這個社區，所以社區的安保措施非常好。

從車子駛入社區的那一刻，池渺渺就體會到了有錢人和普通老百姓的差別待遇，這社區連保全穿著都和一般社區的不一樣，見李牧遙的車子駛入，恭敬行禮問李先生好。

社區很大，可人卻不多，前面草坪上有兩個小孩在玩，池渺渺一眼就認出那是某著名歌手家的雙胞胎。

車子很快進入地下車庫，社區裡雖然看起來人不多，但車庫裡的車卻不少，而且都是豪車，簡直跟開車展似的。李牧遙的車絕對算是其中非常低調的了。

池渺渺還在研究車窗外的車，忽然發現他們的車子已經停了下來，李牧遙下了車直奔後行李箱拿出她的輪椅。

池渺渺連忙解安全帶，剛一解開，身邊的車門被人拉開，在她還沒反應過來的時候，李牧遙已經探身進來，等她回過神來的時候，自己又已經坐在了輪椅上。

她不是第一次被他抱，但之前幾次的場面都比較混亂，池渺渺也顧不上考慮其他，現在再忽被李牧遙這麼抱一下，就覺得有點不自在。

剛才在他忽然俯身過來時，他的耳朵距離她的嘴好像只有幾公分，她甚至能看清他鬢角處細碎的短髮，還能聞到那種獨屬於他的像山間清泉般淩烈透徹的淡淡香味。

池渺渺忽然有點為即將開始的這段「同居」生活擔憂了。

電梯很快停了下來，是二樓。相對於一樓，二樓沒那麼潮濕，私密性更好，樓層不高甚至無需坐電梯，這很適合李牧遙。

電梯門打開，只有唯一的一戶。

開了門李牧遙沒再理池渺渺，她只好自己挪動著輪椅跟進去。

李牧遙：「我在這裡住的時間不多，但這裡每層樓都有個管家，他會安排人來家裡做飯以及打掃衛生，我方便的時候，可以勉為其難讓妳搭個順風車，如果我不在的時候，可以讓我的私人司機接送妳上下班。」

池渺渺早就注意到了，李牧遙大部分的時候喜歡自己開車，開的就是那輛Land Rover。但偶爾也會有專門的司機接送他，而那司機開的是一輛賓利。

池渺渺自認自己不配，連忙說：「你不在的時候，我自己叫車也很方便，用不著麻煩別人。」

這一次李牧遙沒再堅持，「總之我不在的時候妳有什麼需要可以打電話給管家或者司機，他們也住在這附近，隨叫隨到。」

池渺渺不得不再一次感慨，有錢人的世界絕對是自己有限的想像力企及不到的。

「好的。」池渺渺想動一動輪椅，但看著比她家盤子還乾淨的地板，又有點猶豫了。

還好李牧遙早有準備，他不知從哪又推出一個輪椅：「在家裡用這個，出去用妳現在這個，不要把地板搞髒。」

「明白明白！」

池渺渺很自覺地將自己挪到了新輪椅上，她發現這個輪椅更輕便靈活，很好操控，「老闆你家怎麼還有輪椅？」

「剛剛讓管家送來的。還有沙發上那些東西，妳自己的東西送來前，先用這些吧。」

「好的，謝謝老闆。」池渺渺感慨有錢人的管家辦事效率就是高。

李牧遙：「客房有三間，等一下妳自己隨便選一間吧，餐廳還有個門，出去可以搭乘另外一部電梯下樓，不過建議妳別從那邊走，走不回來沒人去接妳。」

「好的好的。」

自從進了門，池渺渺所有的掙扎忐忑都被好奇心所取代，她從來沒見過這麼大的房子。放眼差不多三、四十坪的客廳，有一整面的落地窗。

池渺渺很想去窗前看看，但剛一動輪椅又想起李牧遙這人規矩多，不確定地問他：「我可以去那邊看看嗎？」

「先等一下。」說著，李牧遙轉身進了旁邊一個房間，池渺渺離的有些遠，但依稀能從敞開的房門看到房間裡的情形。

那是一間書房，李牧遙坐在電腦前，不知道在寫什麼東西。

好久後，列印機工作的聲音響起，他從裡面抽出幾頁列印好的紙走向池渺渺。

「這是什麼？」池渺渺愣愣地接過那兩張紙。

李牧遙：「住在這裡，妳需要遵守的規矩。」

池渺渺直接翻到最後一頁，頓時傻了眼，竟然有七十八條那麼多！

這究竟是借宿還是坐牢？

是見她沒什麼反應，他微微挑眉：「有問題嗎？」

池渺渺心如死灰：「沒問題。」

李牧遙滿意點點頭：「那妳自便吧，我等一下還有個視訊會議，晚上想吃什麼就打電話給管家。」

池渺渺連忙說：「好的好的，老闆你去忙吧。」

李牧遙一走，池渺渺連忙拿起手上的《條約》看起來，不能帶人回家，不能飼養寵物，未經允許不能進他的臥室和書房，說話聲音不得超過六十分貝，她的個人物品不可以出現在公共區域，包括但不限於包包和衣服，冰箱裡不得出現開封過的食物，不得隨意變動房間裡的擺設，包括但不限於沙發上的抱枕、餐桌上的花瓶，所有的東西用過之後須立刻放回原位，停留過的公共區域要立刻打掃，包括但不限於地板和玻璃……

看完這些，池渺渺剛進門時那點沒見過世面的小雀躍頓時蕩然無存了。

她一點也不想參觀有錢人的家了，只想趕快找到一個屬於她的房間，洗個澡睡一覺。

李牧遙開完會時天已經徹底黑了，他起身走出書房，黑漆漆的客廳中除了滿室寂寥的星光，就是走廊深處某扇門背後透出的橘黃色燈光最為醒目。

他這才真正意識到，今天晚上這裡除了他還有另一個人。

這種感覺怎麼說呢？好像也不錯。

他不自覺勾了勾嘴角，轉身進了臥室。

第二天一早，李牧遙和池渺渺吃了個「簡單」的早飯就出了門。

池渺渺有點認床，昨晚睡得並不好，今天起得又比平時早，以至於一上車就有點想睡。

不知過了多久，正昏昏欲睡的時候，車子忽然停了下來。

池渺渺看了窗外一眼，這離失戀博物館還有足足一站的距離呢，怎麼就停在這了？

見李牧遙下車去拿輪椅，她的心裡有種不好的預感。

片刻後，副駕駛座的車門被他從外打開，他微微偏頭：「下車。」

可能是發現她的動作雖然慢，但還是有行動能力的，所以今天並沒有抱她上下車。

池渺渺：「還沒到吧？」

李牧遙：「不遠了。」

對腿腳健全的人來說的確不遠，但是對她這個殘障人士還真的不好說。

她猜測他讓她提前下車的原因是擔心他們一起上下班被其他人誤會。

她說：「不是……老闆，你要是擔心被其他同事誤會，我可以解釋啊，就說你是順路讓我搭車。」

李牧遙不為所動：「大部分時候解釋未必有用。而且，妳如果不擔心未來做出什麼成績都被人說是靠旁門左道換來的，就隨便去解釋吧。」

池渺渺沉默了，她這點腦容量，如果不是經別人提醒，完全考慮不到這一點。

說著他抬手看了一眼時間，有點不耐煩道：「以妳輪椅的最快速度從這裡到公司大概需要二十分鐘，距離正式的上班時間還有二十四分鐘。」

池渺渺聞言什麼也不說了，氣憤又身殘志堅地下了車，遙控著輪椅朝失戀博物館的方向駛去。

池渺渺緊趕慢趕總算在最後一刻打上了卡保住了自己的全勤獎。

剛進門，迎面就遇上了財務部的程寶寶。

「呦渺渺妳怎麼了？」

她這一嗓子立刻引來了其他同事的關注，大家看到坐著輪椅的池渺渺都來噓寒問暖。

池渺渺笑著解釋：「週末在家裡換燈泡，不小心從梯子上摔了下來。」

其他人都關注池渺渺傷的重不重，只有程寶寶的關注重點總是和別人不太一樣。

「這種事妳怎麼能自己做呢？這種重活、累活、有危險的活肯定要讓男朋友做啊，我們女孩子在下面指揮一下好了，妳看，摔著了吧？」

池渺渺想到當時在下面淡定看她換燈泡的李牧遙，心情有點一言難盡。

她尷尬笑笑說：「也不是很複雜的事情，只是我當時不小心。」

程寶寶：「所以還是要儘早找個男朋友，大事小事都有男朋友去做，妳也不用一不小心受傷了。」

雖然程寶寶以前也是三句不離找男朋友的事情，但池渺渺總覺得她今天的話和以往不同，不過她跟對方並沒什麼共同語言，打著哈哈應付道：「我不是也沒出什麼大事嗎？受了點小傷而以，放心放心，一個月後又是一條好漢。」

其他人也七嘴八舌地表示了幾句關心，又都各忙各的去了。

眾人散開，池渺渺才看到樓梯上那抹挺拔的身影。

他正站在一間員工辦公室前和一個人說這話，像是在交代什麼工作，說話時目光似是無意間掃向池渺渺這邊。

池渺渺抓緊機會露出一個討好地笑，努力刷著存在感，試圖讓對方知道就算他毫無人性地把她這個殘障人士丟在了半路，但她還是趕在上班前到了公司。

「我扶妳上去吧？」身邊忽然傳來一個清朗的男聲。

池渺渺這才注意到別人都走了，劉煥還沒走。

經他這麼一提醒，池渺渺也開始煩惱，她的辦公室雖然就在二樓，但她的腿腳確實不方便，何況還有輪椅，少不了要麻煩其他人了。

難得劉煥這麼有眼力，她就沒拒絕：「那太謝謝了，不過不用管我，幫我把輪椅拿上去就行。」

劉煥卻還是來扶她：「沒事，妳和妳的輪椅一個個來。」

兩人還不熟悉的時候，池渺渺覺得劉煥就跟他老闆一樣不苟言笑特別無趣，兩人熟了點以後，她發現他也跟他們這個年齡的其他年輕人一樣，說話也喜歡開開玩笑。

池渺渺朝他嘿嘿一笑：「劉助理的大恩不言謝了。」

劉煥隨意道：「小事，唉不過妳忽然受傷，暖萌該擔心了吧？」

池渺渺隨口回了句：「她還不知道呢。」

劉煥頓了頓：「妳怎麼沒跟她說？怕她擔心啊？」

「那倒不是。」池渺渺邊說邊朝樓梯上看了一眼，李牧遙還在樓梯口站著，似乎還沒交代完工作。

她說：「只是還沒顧上呢。」

劉煥「哦」了一聲：「她也不主動關心妳一下，太不夠意思了。」

「誰說不是呢！」

「那她最近是不是很忙啊？」

到了這一刻，池渺渺總算明白過來了，劉煥對她這麼熱心原因確實可能有一部分是出於對同事的關愛，但很明顯更多的是為了暖萌來的。

可惜他還不知道暖萌和秦亮已經復合了，而她也不知道暖萌這一次能不能真的下定決心再和秦亮分手。如果沒這些事，她真的覺得劉煥不錯，除了年齡比暖萌略小點，真的沒什麼不好的地方了，尤其人也長得帥。

想到這裡，她就想抬起頭再看一眼帥哥的側顏。

「聽說是挺忙的。」她邊說邊抬頭，這一抬頭卻看到樓梯上方的人不知道什麼時候已經安排完了工作，正居高臨下地看著攙扶著往樓上走的他們兩人。

說不出為什麼，池渺渺忽然就有點心虛：「老……老闆早。」

劉煥比她淡定多了，聽到她叫人，也抬起頭來叫了聲「李總」，然後似乎又意識到該解釋一下當下的情況，於是說：「渺渺腳踝骨折了，上樓挺不方便的。」

李牧遙沒有理會劉煥，而是看向池渺渺：「館內後面的貨梯全天開放，妳上下樓可以搭乘那部電梯，身障人士洗手間雖然使用率不高，但每天也有人打掃，相信妳很快就能適應。能帶病來上班固然是好事，還是儘量不要給其他同事添麻煩才好。」

聽聽，這是人說的話嗎？果然資本家都不是好東西！

但表面上，池渺渺還能說什麼，她連忙說：「好的好的，謝謝老闆。」

李牧遙又看向劉煥：「看來你在這適應的不錯，之前的工作量對你來說不太飽滿，我會考慮重新調整一下你的工作。」

劉煥傻眼了，他幹什麼了？哪裡看出他工作量不飽滿了？

但他也不敢說什麼，愁眉苦臉地應了下來。

劉煥將池渺渺和她的輪椅都送到了她的座位後才離開

他一離開，韓夏立刻湊了上來。

剛才樓下那幫噓寒問暖的人裡沒有韓夏，大概剛才在忙別的沒注意她來。這時看到她隔了個週末就變成這樣也不免好奇關心了一下，當然重點還是八卦。

「劉助理夠殷勤的呀！我一沒留神，你們都熟到這個程度了啊！」

池渺渺：「停住，別亂想好嗎？人家只是出於人道主義關懷對我這個殘障人士施以援手的，怎麼被妳解讀起來就變味了？」

45

韓夏說：「平時怎麼沒見他對別人這麼好？對妳還是不一樣啊！」

池渺渺也知道劉煥對她和對別人有點不一樣，但她也清楚那只是因為暖萌。不過真的沒看出來，劉煥會喜歡暖萌那種類型，這不是自找虐嗎？

她搖了搖頭，對韓夏說：「反正不是妳想得那樣。」

「現在不是，誰知道以後是不是呢！其實要我說，李總固然好，卻有點太不食人間煙火了，相處起來未必舒服。不如劉助理年輕帥氣還接地氣。」

池渺渺無語：「這又和別人有什麼關係？再說，我現在也不想談戀愛。」

池渺渺一直覺得感情這種事還是要順其自然，雖然算不上多積極，但也不消極。可是最近暖萌和秦亮的事情確實有點影響到了。

韓夏說：「年紀輕輕的竟然有妳這種不想談戀愛的？現在可是連寶寶都找到男朋友了，我們辦公室裡還單身的只剩下妳一個了。」

這倒是讓池渺渺很意外，難怪剛才覺得程寶寶說的話有點奇怪，雖然還是幾句話裡離不開找男朋友這事，但不像以前一開口就是好大的怨氣，話裡話外一副幸福小女人的口吻。

「上個月她不是還在抱怨沒男朋友嘛，這也太快了吧！對了，誰介紹的呀？」

韓夏神神祕祕地八卦起來：「不是別人介紹的，聽說是網路上認識的，兩人不知怎麼就對上話了，隨便聊了幾句發現彼此特別投緣，然後就見面了，見面沒多久就在一起了。寶寶現在可甜蜜呢，成天文峰長文峰短的，三句不離她男朋友。」

池渺渺問：「網路上認識的人可靠嗎？」

韓夏有點遲疑地說：「應該吧？寶寶也不傻，據說專門去臨市考察過文峰的情況，確實就像他自己說的那樣，在國營企業工作，挺穩定、挺可靠的。」

「去臨市？還是異地戀啊？」

「對啊，妳沒發現她這段時間經常提前下班嗎？就是為了趕高鐵去看男朋友。」

「工作日還要往返兩個城市，這也太辛苦了吧？」

「只有工作日才辛苦，週末她不用去，那男的不加班的話會來看她，大概一個月來一次，跟生理期似的。」

韓夏自覺很幽默，說完還哈哈笑了幾聲，但池渺渺的第六感總覺得這裡面好像有點問題。

韓夏笑完後接著說：「對了，我聽說她上個月都在臨市買房子了。」

池渺渺意外：「結婚用的房子嗎？這進展也太快了吧？」

韓夏高深莫測地撇撇嘴：「當然不是了，還沒到那一步，是文峰勸她買的，據說他們家文峰有內部消息，說臨市有個區的房價會大幅上漲，反正早晚都要買，早買還便宜。」

這方面池渺渺就不太懂了，但料想他們兩人關係肯定很好了，不然這麼大的事程寶寶也不可能聽文峰的，看來緣分來了真是擋也擋不住。

快下班的時候，池渺渺收到了李牧遙的訊息：『來我辦公室。』

自從她不再兼任他的助理後，他一般情況不會專門叫她去辦公室，也不知道今天會是什麼事。

結果李牧遙只是簡單瞭解了一下她負責的幾項工作的進度，但瞭解完之後卻沒有立刻讓她走。

池渺渺就只好忐忑地等著，而李牧遙正在看一份文件，像是已經忘記了她的存在。

她故意咳嗽了一聲，弄出點聲音，他這才抬頭掃了她一眼，說的話卻沒頭沒尾的。

「看不出來，妳的人緣不錯。」

「什麼？」

李牧遙低頭繼續看文件：「不是有人搶著替妳鞍前馬後嗎？」

她仔細想了想，今天對她這個殘障人士施以援手的好像有好幾位同事，但被李牧遙看到的就只有劉煥。

原來他還記著早上的事情。不過怎麼聽起來不像好話呢？

她笑了笑：「『鞍前馬後』倒也不至於，只是劉助理為人比較熱心，如果是其他同事有困難他應該也會主動幫忙吧？」

聽她這麼說，李牧遙抬起頭來：「妳最好是這麼想的。」

池渺渺有點摸不清頭緒：「什麼意思啊？」

李牧遙：「意思是妳用不著自作多情，妳不是他喜歡的類型。我之所以會專門提醒妳，是怕妳忘了公司禁止辦公室戀情的事，免得到時候你們因為私事耽誤工作。」

心裡知道是一回事，但被人這麼直接說出來池渺渺還是有點不爽。

他不打擊人是不是就不會說話了？

趁他不注意，她偷偷撇了撇嘴：「知道了。」

李牧遙繼續工作：「晚上我有事，妳自己叫車回家吧。」

池渺渺簡直求之不得。

說實話池渺渺還是無法一下子適應兩人共處同個屋簷下的生活狀態，雖然他家很大，不刻意為之兩人完全可以見不到面，但考慮到他就在離她不遠的地方，她還是會侷促會彆扭，所以昨天連洗個澡都不能盡興。

今天他無法早回家可太好了，她可以趁他沒回去之前把自己收拾好關進房間。

她問李牧遙：「那老闆你大概什麼時候能下班回家呀？」

「九點、十點吧，問這個幹什麼？」

「沒，只是希望你早點回去，你家太大了，我一個人有點不太適應。」

李牧遙掃了她一眼，沒接她的話，揮了揮手示意她可以出去了。

晚上，池渺渺順利回到了李牧遙家，想著昨天沒來得及好好參觀一下，今天正好他不在家，她便大著膽子四處看了看，不為別的就是為了今天晚上起來上洗手間時別再走錯門。

昨天搬進來時雖然已經有過心理準備，但今天再一看，還是不得不感慨平窮限制了自己的想像力，而且聽說這還只是他眾多房產中的一處。

以前她也沒少寫霸道總裁，但現在想想，那些她的文裡出現的有錢人，其實過著的最多只算得上是中產的生活。這麼說來這一次腿傷的不虧，至少有機會近距離觀察有錢人的生活，為以後的創作搜集素材。

據池渺渺粗略估算，這間房子大概一百坪左右，一中一西兩個廚房，一間餐廳、兩個客廳、五個房間、三間客房，另外兩間其中一個是李牧遙的臥室，還有一間李牧遙的書房，考慮到七十八條家規，池渺渺不敢進去參觀。

另外洗手間有三個，一個在客廳旁邊，一個應該在李牧遙房間內，還有一個就是三間客房對面，她平時用的就是這間。

瞭解清楚了李牧遙家的格局，她打算舒舒服服地洗個澡。

她在按摩浴缸裡放好了水，然後找出昨天用過的塑膠膜把受傷的那隻腿纏了起來，最後把自己全部塞進了浴缸的熱水裡，只留那條腿翹在浴缸外面。

入水那一瞬間，池渺渺忍不住舒服得喟嘆一聲。

李牧遙回到家時，天色剛剛暗了下來，池渺渺的外用輪椅停在玄關處，她換下來的鞋也整整齊齊地擺在鞋架上。

但無論是客廳還是餐廳裡都沒有人，只有最裡面的洗手間亮著燈。

他走向自己房間，照舊先換了衣服洗了個澡。等他再從房間裡出來時，還和之前他回來時沒什麼兩樣，看樣子某人剛才沒有出來過。

他從冰箱中拿出一瓶礦泉水擰開喝了幾口，頓時覺得有點餓了。忙了一個下午，這時候還沒來得及吃晚飯，他正想打電話給管家，被他隨意丟在中島上的手機忽然震動了起來。

他掃了來電人一眼，是池渺渺。

他往裡面亮著燈的洗手間看了一眼，猶疑著接起了電話。

大概是熱水泡太久了，再加上沒吃晚飯，池渺渺有點低血糖，所以剛出浴缸的時候險些滑倒，所幸人沒事，但被她脫下來丟在浴缸旁邊的衣服都被她不小心弄進了浴缸裡了。

她這才發現，自己根本沒帶換洗衣服進來，一條寬大的浴巾倒是能勉強把她的上下風光都遮擋住，但一旦她坐到輪椅上，浴巾太短的弊端就顯露無疑了。

還好自己的房間就在對面，李牧遙又不在家，不然真的是糗大了。

正當她好不容易將自己遮了差不多打算從浴室出去時，忽然聽到門外似乎有動靜，難道是李牧遙回來了？可惜又因為離得太遠聽不清楚。

她想了想，幸好她是帶著手機進來的，乾脆直接問問他好了。

電話接通，池渺渺的聲音從聽筒裡傳了出來，『老闆，在忙嗎？我沒打擾你吧？』

「什麼事？」

『沒什麼事，就是關心一下你下班了沒有。』

李牧遙又掃了走廊盡頭那扇透出橘黃色燈光的門一眼：「下班了。」

電話裡的人立刻緊張起來：『是嗎？那你在路上還是已經到家了？』

李牧遙皺眉想了想，難道她在洗手間裡出什麼事了？

這麼想著的時候，他已經朝她所在的方向走了過去。

池渺渺等了半天沒等到李牧遙回答她，正懷疑是不是洗手間裡信號不好，洗手間的門就被人敲響了。

她嚇了一跳，緩了緩才對著門外問了句：「誰啊？」

「是我。」聲音從手機聽筒和門口兩個方向同時傳來。

「出什麼事了？」李牧遙掛斷電話問她。

池渺渺尷尬極了：「沒事沒事，只是關心你一下。」

「躲在洗手間裡關心我？」

池渺渺一時語塞。

李牧遙：「到底出什麼事了？」

池渺渺低頭看了眼自己，知道這種情況下除非自己能在這裡熬到他回房間睡覺，不然還真的沒機會出去了。

想到這些，她索性深吸一口氣，怯怯地說：「那個……其實是我洗完澡才發現，我忘了帶換洗衣服了，你能幫我拿一下嗎？」

李牧遙鬆了口氣的同時，又覺得沒好氣：「放哪了？」

池渺渺：「就放在我房間的床上了，謝謝、謝謝……」

李牧遙依稀記得池渺渺選了最裡面的一間房間。

他走進去，打開房間內的燈，房間內的陳設一覽無餘。

其實這幾間客房他平時幾乎不會過來，要不是池渺渺給他這次機會，他大概已經忘記自己家還有這樣一個房間了。

墨綠色為主色，新巴洛克風格的家居裝飾……原來她喜歡這種風格……

不過很顯然，她也沒有要長住下去的打算——一眼望去，房間裡屬於她的東西，除了那個讓人從她家帶來的行李箱，就是床上的一疊衣服。

那摞衣服被疊的整整齊齊擺在床邊，應該就是她洗澡時忘記帶進去的換洗衣物。

李牧遙走過去，正打算去拿那些衣服，結果最上面的一件吸引到了他的注意力。

那是很單薄的一件蕾絲製成的東西，酒紅色，他之所以不敢確定那是什麼，是因為它只是被很隨意地團在一起，放在那堆衣服上面完全看不出它本身的形狀。

李牧遙盯著那東西看了片刻，再聯想到她現在的情況，忽然就猜到這是什麼了。

可是這麼小的一團，用料未免太節省了，而且粗略一看，幾乎全是蕾絲，沒有一塊能真正遮擋什麼的布料。

為了確認一下，他從旁邊桌子上的筆筒中抽出一枝筆，小心翼翼挑起那東西，抖開一看，還真的是件內褲……

池渺渺在浴室裡等了好半天也沒見李牧遙回來，心想他不會是找錯房間了吧？

池渺渺正想打個電話告訴他一下自己的房間是哪個，浴室門再度被人敲響了。

池渺渺連忙低下頭整理自己身上的浴巾，確定該遮擋的地方都遮住了，這才悄悄將門打開一條縫隙。

她探頭從門縫看出去，李牧遙正站在門外，沒有往裡面看的意思。

還是她小聲叫了聲「老闆」，他才很嫌棄地將視線移向她的方向，但是並沒有看她。

她伸了手臂出去，還沒等她說下一句話，就感到眼前一黑，視線被一樣東西兜頭遮住了。

「欸欸欸，什麼情況啊？」池渺渺反射性地去扯罩在臉上的東西，扯下來後，門外早已沒有人了。

低頭再看手裡的東西，根本不是她放在床上的那些衣服，而是一件連標籤都沒來得及撕掉的男士浴袍。

找不到也不知道問一下，找錯房間又不是她的錯，發什麼脾氣啊？

池渺渺小聲嘀咕了一句，但有衣服穿總比沒衣服穿強。

半小時後，池渺渺整理好自己從房間裡出來，還沒到廚房，就隱約聞到類似於烤肉的香味。

洗澡真的很消耗體力，此時的她早已饑腸轆轆了。

然而等她趕到廚房的時候，卻看到李牧遙正將盤子和刀叉丟到洗碗機裡。

很顯然這房子裡沒來過其他人，如果是阿姨來做飯，肯定不可能這麼快就做好了，所以剛才在這裡做飯的只會是李牧遙本人。

「老闆，想不到你還會做飯。」池渺渺討好道。

李牧遙面無表情地回應了一句：「煎個牛排而已。」

「要煎得恰到好處，也是門手藝。」池渺渺嗅了嗅空氣，「聞起來還挺香的。」

「還可以吧。」說完李牧遙從冰箱裡拿出一瓶礦泉水，一邊擰開，一邊走向書房。

幾句再尋常不過的對話，從始至終，李牧遙連一個眼神都沒分給她。

她望著他緊閉起來的書房門一陣無語，不就是讓他幫忙找衣服嗎？竟然氣到現在！至於嗎？

正暗自嘀咕著，肚子又咕咕叫了幾聲，池渺渺這才想起正事來，連忙去看煎鍋，乾乾淨淨，什麼都沒留下。

不會吧，只煎了一塊啊？

她坐在輪椅上，也不方便自己做飯，現在再叫廚子上門，等吃上晚飯也不知道幾點了。

池渺渺從冰箱裡拿出一個蘋果，看來今晚只能被迫減肥了。

李牧遙坐在沙發上看書，手裡的書卻始終只停留在最初翻開的那一頁。

他不由自主地仔細聽著門外的動靜，其實隔音效果很好，不太聽得到什麼，只能大概聽到門外有人活動，沒多久門外就沒了聲音，李牧遙緩緩鬆了口氣。

然而下一秒他猛然發現，自己剛才竟然在……緊張嗎？

這天晚上，李牧遙沒有睡好，他又做了夢，夢裡不停地重複兩個畫面——那件內褲，以及女孩纖細光滑的小臂。

因為沒睡好，第二天他整個人的狀態就不好。

早起洗漱時，他看到鏡子裡一臉疲憊的自己覺得不可思議，只是手臂而已，怎麼就能擾得他這樣心神不寧呢？一定是他的病情又有了新的變化！

想到這裡，他迫不及待地打開了電腦寄郵件給他的心理醫生威爾森，簡單描述了自己的情況。

他說：『你這一次不能再忽視我的問題了，我雖然人在國內，但我們的醫患關係還沒有解除！』

義正言辭地寄完這封郵件，李牧遙重新回到洗手間刷牙，但他的注意力始終停留在筆記型電腦上。

這個狀態一直持續到他離開家門上了車，威爾森那傢伙總算回郵件了。

威爾森：『你只是經常夢到她？』

李牧遙想了想，想到池渺渺摔倒在他身上時的情形，想到他被迫抱她的幾次，還有她時不時在他身上抓一把時他的反應……

其實他早就注意到自己對池渺渺表現出的不同，只是以前他總覺得那是事出有因。

想到這裡，他迅速回覆威爾森：『我似乎並不抗拒她的觸碰。』

這一次威爾森回覆得很快：『那真是天大的好消息，治療這種心理疾病，就是一個努力脫敏的過程，你要在這個過程中不斷去突破自己的極限，難得有讓你不太抗拒的人，所以我建議你盡可能製造和她親密接觸的機會，這樣絕對有利於你的病情。』

池渺渺坐上車子好半天，也不見李牧遙發動。其實從早飯時，她就注意到了，他似乎在等什麼人的訊息，完全是心不在焉的狀態。而現在，應該是等到那人的訊息了，竟然就迫不及待地聊上了。

什麼人？男的女的？

池渺渺突然好奇起來。

明明只是在說病情，可不知道為什麼，看到「親密接觸」時，李牧遙莫名心虛了起來。

他不由得去看身邊的人，一回頭發現某人正伸著脖子往他手機上看呢。

池渺渺也沒料到李牧遙會突然看向她，嚇了一跳，連忙縮回脖子，若無其事看向窗外。

李牧遙不緊不慢地收起手機發動車子，直到出了地下車庫，他狀似不經意地問道：「看得懂嗎？」

池渺渺愣了一下才知道他在跟自己說話：「什麼？」

「英文好嗎？」

其實池渺渺剛才已經看到，李牧遙是在編輯一封英文郵件，雖然沒看清楚內容，也沒看清楚是寄給誰的，但很明顯談戀愛的交流方式不可能是郵件，更別說是英文的，那就只能是在工作方面的了。

果然，讓他老闆這麼上心的只能是工作。

認清了這一點，池渺渺頓時失去了興趣，也就很快忘記了剛才那件事。

她坦誠回答：「大學時勉勉強強能及格，大學畢業後沒什麼機會用也就……」

話說一半她忽然意識到自己好像過於坦誠了，連忙補救道：「其實也沒那麼差，不過我記得我們公司招人時對英語沒有要求吧？」

確定她沒看見他和威爾森剛才對話的內容，他暗自鬆了口氣，心情也跟著輕鬆起來。

「確實，術業有專攻，我們只需要一個能把中文運用好的員工。」

池渺渺也很滿意地點點頭：「那我沒問題的。」

46

接下來的這段日子，兩人相處的還算愉快，唯獨讓李牧遙感到困擾的是，他不知道如何再幫自己創造「治病」的機會。

蕭易再次打電話跟他溝通工作後，他忽然意識到，這事或許可以求助於蕭易，不過他一直在心裡對自己強調，他和蕭易不一樣，那傢伙純屬為了玩樂，他是為了治病。

蕭易聽到他的問題時的第一反應就是問：『是誰？那個池渺渺嗎？』

李牧遙再次強調：「我只是發現我對她並不抗拒，但不代表她有什麼特殊性。」

蕭易暗自腹誹，別人碰一根手指頭恨不得都要渾身消毒的某人，卻能忍受這個池渺渺的摟摟抱抱，還說她沒有什麼特殊性？

但他嘴上卻順著他的話頭說：『我覺得也是，可能你對熟悉的人會降低防備，熟悉的人又不可能不知道你的臭毛病，像她那種不怕死的也實屬不多。』

李牧遙聽蕭易這麼說，心情好了不少：「所以威爾森建議我和她多『接觸』，但他只是站在替我治病的角度說的，可實際情況是我和她是老闆和員工的關係，我沒有理由，也不應該這麼做。」

蕭易：『那就讓這一切變得理所應當。』

「什麼意思？」

『你問問她，願不願意做你的女朋友，你李牧遙一出手，還有搞不定的嗎？』

李牧遙沒好氣：「我在跟你說正經事。」

蕭易：『我也是認真的啊，我比那什麼威爾森可靠多了吧？你看看他，只會提要求，「製造親密接觸的機會」，怎麼製造？也多虧你還知道來問問我，你要是就聽他的，隨便「製造」，病治不治得好先不說，人家女孩子也是讀過書混過社會，不以職場性騷擾的醜聞敲詐你一筆，都對不起你李牧遙幾十個億的身家。』

聽著蕭易這番話李牧遙只覺得額角不停突突跳著，「我當然不會那麼做，不管她會不會敲詐我，但你說的辦法絕對不可能！」

『為什麼？』

為什麼？就因為他李牧遙不需要靠欺騙來換取任何東西。而且，感情又不是兒戲，當他女朋友的人定然是與自己真心相愛的那個人，怎麼能為了治病隨便就找個女朋友呢？

「不為什麼，反正不行。算了，你當我沒問吧。」

『欸欸欸，等等！』在李牧遙掛電話的前一秒，蕭易叫住他，『我剛才又想了想覺得這樣確實挺委屈你的，搞不好戀愛談著談著就談婚論嫁了，回頭結了婚，病可能是治好了，但是感情這東西可沒那麼好培養，到時候再鬧離婚，直接分走你幾十億，你不樂意也正常。』

李牧遙有點不耐煩：「我不是說這個……」

蕭易嘿嘿一笑：『兄弟我絕對不能讓你吃這種虧！我看這樣吧，你什麼都不需要做，你只需要在她接觸到你的時候，別表現出抗拒的樣子就行。正常人在一起工作一起生活肯定都會有些接觸的嘛，你到時候只要表現得泰然自若，讓她從此以後不用再刻意照顧你的病情避著你這不就有接觸的機會了嗎？』

李牧遙想了想：「可以試試。」

蕭易趕緊道：『這個時候再來看看威爾森的話才不覺得那麼猥瑣。』

李牧遙不解地皺了皺眉。

蕭易接著說：『他不是讓你創造機會嗎？那你就給池渺渺創造那種能接觸到你的機會。怎麼樣才能接觸到你？當然是把她放在你身邊啊！這次你讓她住在你家就是個不錯的決定。你找個理由，讓她繼續住在你家，一起吃吃飯喝喝酒，一旦放鬆下來，人與人之間的距離自然就拉近了。』說到後面，蕭易為了營造氣氛，還刻意壓低了聲音。

李牧遙卻一點也沒有被感染，還是用沒什麼情緒的聲音回覆他：「如果我是她，聽到你的這段話，我有九成的機率選擇報警，一成的可能性會給你一巴掌。」

蕭易無語，真是浪費感情。

貨梯在失戀博物館的北邊，比較偏僻，旁邊是庫房，一般情況下沒有人會過來，也只有這段時間池渺渺來的比較頻繁。

今天網路叫車到的有點晚，池渺渺等到所有人都離開辦公室才收拾東西打算下班。沒想到路過庫房時，竟然聽到裡面傳來隱約的哭聲。

不會是貨架倒了砸到什麼人了吧？而且她總覺得那哭聲挺熟悉的。

池渺渺驅使著輪椅往裡走了走，還是那個聲音，帶著哭腔質問道：「你心裡到底有沒有我？不然我們約好的事情你怎麼總是忘……總是加班加班，你那麼愛加班還談什麼戀愛，分手算了！」

憤憤地說完這些，那聲音又嗚嗚咽咽地哭了起來。

到了這時候，池渺渺已經聽出前面的人是誰了。

這種事情撞破了怪尷尬的，池渺渺立刻止步，打算原路返回，但想退出去時，車輪壓到了堆疊在地上的塑膠袋，驚動了裡面的人。

「誰？」

說話間程寶寶已經走了出來，兩人視線對上，池渺渺有點尷尬：「我來拿個東西，沒注意到庫房裡有人。」

程寶寶冷哼一聲：「妳都聽到了？」

池渺渺不敢說是也不敢說不是，而且這時候直接走好像也不合適。

她斟酌了一下說：「我也是剛進來，怎麼了？和男朋友吵架了？」

這話像是觸碰到了什麼開關，剛穩定了情緒的程寶寶，又有崩潰的前兆。

池渺渺嚇了一跳，連忙安撫她：「好了好了，哪有情侶不吵架的？今晚睡一覺，明天又好了。」

這話應該是程寶寶想聽的，她的情緒果然好了很多。

她問池渺渺：「妳急著回家嗎？」

急啊，她叫的車已經快到了，但她不能這麼說，只能勉為其難地說：「還好……」

程寶寶看著她的樣子嘆了口氣，過來推著她往庫房外走：「妳都這樣了，也沒人接送妳上下班嗎？」

「其實只要不用爬樓梯，也沒什麼不方便的。」

「妳還挺堅強的，不過這種感覺我懂。」

「什麼感覺？骨折的感覺嗎？」

身後傳來一聲輕笑，看樣子程寶寶的心情好了不少，池渺渺不由得鬆了口氣。

程寶寶：「就是單身的感覺，平時也不覺得怎麼樣，大不了就是寂寞一點，逛街找不到伴，出去吃飯也沒辦法點太多菜，但是一旦生病，事情就沒那麼簡單了。我記得有一次生病，病得頭暈腦脹一點力氣都沒有，而且什麼都不想吃，只想喝個湯，附近能送到的外送又沒有，所以就只能一邊熬著病一邊挨著餓。我當時真的怕自己死在家裡都沒人發現……」

聽了程寶寶這樣一番話，池渺渺忽然理解了這人為什麼表現得那麼恨嫁了。隨著自己的年齡越來越大，原本的小姐妹也都有了男朋友嫁了人，能留給朋友的時間自然不會太多。

這方面池渺渺這個母胎單身狗其實很能對她的無奈感同身受，尤其是她常年宅在家圈子又小，這幾年還保持常聯繫的閨密又是個海王，三天兩頭換男人，大部分的時間不是在和男人約會就是在和男人約會的路上。

可是池渺渺從來沒有程寶寶這麼悲觀過，或許是因為她知道，只要她需要，哪怕暖萌正和男神打得火熱，也會因為一通電話立刻跑來找她。

但這話不能說，說了就是往別人的傷口上撒鹽。

池渺渺說：「我覺得還好，可能只是緣分還沒到吧，該來的時候就會來了，就像妳。」

程寶寶有點欣慰，但想到剛才兩人才大吵了一架，她的表情又有點悵惘，「誰知道呢？搞不好明天就分手了。」

池渺渺安慰她：「不會的，哪家情侶不吵架啊，小打小鬧常有的。」

程寶寶委屈道：「他連我的生日都忘了！上禮拜他說今天要來陪我過生日的，我當時客氣了一下，說他忙就算了，他說到時候看。我心裡當然是希望他來的，他又沒說肯定不能來，所以我從早上就開始等他了，結果他今天連一句問候都沒有，我本來以為他是在醞釀驚喜，可剛才我實在按捺不住，打了個電話過去，才知道他不僅根本沒打算來，甚至連今天是我的生日這件事都忘了。」

這確實有點讓人無語了，但是池渺渺畢竟只是個外人，現在聽的也只是程寶寶的一面之詞，不能不負責任的煽風點火，而且眼下最重要的還是安撫程寶寶。

「可能他只是忙忘了呢？要不然妳想想他的好。」

程寶寶想了想說：「算了，今天他可能是真的忙吧，仔細想想，除了今天這事，他其實對我還是挺好的。平時有事沒事總來找我，也經常關心我工作開不開心，是不是按時吃飯了，有時候感覺他比我媽還細心……」

池渺渺不得不感慨，戀愛中的人真的可以把對方的一個隨意的舉動，甚至是一個眼神都解讀出千萬種柔情來。很顯然程寶寶就是個中翹楚，比起追究男朋友為什麼忘了她的生日這件事，她對於細數他的好似乎更感興趣。

她拉著池渺渺又聊了足足半個多小時，把他們從認識到現在的點點滴滴都講了一遍，直到計程車司機打第三遍電話來催促她的時候，才意猶未盡地結束了話題。

分享隱私絕對是拉進彼此距離最好的手段。

雖然程寶寶在此之前還不太看得慣池渺渺，但經過這一番暢聊之後，兩人立刻好得像親姐妹一樣。

程寶寶親親熱熱地將池渺渺送下樓，雖然早就想走了，但上車前，池渺渺還是有點不忍心地問：「那妳生日一個人過沒問題嗎？要不要我陪妳一起吃個飯。」

程寶寶說：「不用了，妳剛才說得對，兩個人在一起就要彼此遷就，既然他比我忙，那我遷就他好了。我打算明天請個假，等一下直接搭高鐵去找他，給他一個驚喜。」

「啊？那妳會不會太辛苦了？」

「這有什麼的？行了行了，已經耽誤妳這麼久了，快走吧。」

池渺渺還想勸勸程寶寶，原諒對方可以，卻沒必要把姿態放得這麼低，但看程寶寶已經在看車票了，她又悻悻然閉了嘴，坐上了計程車。

在李牧遙家住了快半個月，池渺渺發現李牧遙很少有正常時間下班的時候，週末也有這樣那樣的工作，所以大部分時間只有池渺渺一個人在家。

她從一開始的侷促不安慢慢地放鬆下了來。

今天的晚飯是管家安排的廚師煮的打滷麵，她一邊吃一邊捧著筆電構思後面的小說情節。她最近有點卡文，按照大綱，她應該讓傲嬌奇葩上司男配角淒慘的領便當走人了，可是劇情卻不受控制，男配角的人性光輝得到了展現，她漸漸愛上了這個人物，就捨不得安排原來的結局給他了。

更讓她鬱悶的是，讀者竟然格外記仇，面對男配角後來的轉變不為所動，在留言區大力討伐，要求給他一個痛快。

池渺渺正愁眉苦臉，沒注意到李牧遙什麼時候進來了。

還是阿姨先看到李牧遙，問候了一聲：「李先生好。」

池渺渺嚇了一跳，一回頭發現李牧遙已經在她身後了。

她連忙手忙腳亂闔上筆電，堆起笑臉和李牧遙打招呼：「老闆你今天回來得真早。」

李牧遙瞥了她的筆電一眼，從冰箱裡拿出一瓶礦水，隨口問道：「寫什麼？」

「沒什麼，對了，你吃飯了嗎？沒吃的話一起吃碗麵吧？」

李牧遙看她：「妳每天就吃這個？」

池渺渺不覺得晚上吃打滷麵有什麼不對：「對啊，張師傅做的很好吃呢！」

廚師聽了李牧遙的話卻沒她那麼淡定，連忙說：「池小姐晚上吃的不多，打滷麵也是她點名要吃的。您看您想吃點什麼，我現在幫您做。」

李牧遙思索了一下，勉為其難道：「那我也隨便吃碗麵吧。」

說完他便走向了自己的房間。

拜李牧遙所賜，池渺渺終於見識到了某些人的「隨便吃碗麵」是有多隨便。

原本池渺渺還覺得擁有番茄雞蛋和紅燒肉兩種滷的打滷麵已經夠豪奢了，但是看看沾了李牧遙光的這碗打滷麵就知道自己是多沒見過世面。

原來的香菇丁換成了鮑魚丁，雞蛋換成了龍蝦肉和帝王蟹腿肉，炸醬也不是普通的炸醬，變成了黑魚子醬。

這樣一碗「平平無奇」的打滷麵，饒是挑剔如李牧遙，在吃了一口以後也說：「還可以，難怪妳愛吃。」

池渺渺鬱悶了，她之前吃的打滷麵真的只是普通的打滷麵而已。

李牧遙習慣了食不言寢不語，但池渺渺總覺得兩個人這麼一句話都不說，氣氛很尷尬。

她想起今天程寶寶的事，特別想聽聽李牧遙站在男人的立場會怎麼評價，可未經程寶寶允許，她也不方便說的太直白。

「老闆，我有個朋友，感情上遇到點問題。」

李牧遙冷冷掃她一眼：「不感興趣。」

池渺渺：「這次真的不是要麻煩你，我們不是在閒聊嗎？我就想起了我朋友的事。」

李牧遙：「妳朋友還真多。」

「嘿嘿，我人緣好嘛。」

她把今天程寶寶對她說的事，簡單模糊了人物特徵後轉述給了李牧遙，然後徵詢他的看法：「老闆，從男人的角度看，妳覺得我男朋友的男朋友是真的愛她嗎？」

李牧遙用關愛智障的眼神看了池渺渺一眼：「看來真的是物以類聚人以群分，這樣的問題也要問我？我看妳那些感情進展不順的朋友遭遇的一切都有她們的原因。」

池渺渺遲疑地看著李牧遙：「什麼意思呀？」

怎麼聽起來不像好話？

李牧遙放下筷子，用餐巾擦了擦嘴角說：「以剛才妳說的這些，我看對方選擇了妳這個朋友，未必真的有多麼喜歡她，或許只是因為她是眾多選擇中『最合適』的一個。」

「不喜歡怎麼會覺得合適？」

李牧遙嗤笑一聲：「舉個例子，就像有些女生明明喜歡跟她年紀相仿興趣愛好相仿、更年輕更有活力的同齡人，但是卻可以為了日後生活輕鬆點，選擇一個大她十幾歲身材已經開始發福而事業小有成就的男人，這很難理解嗎？」

「完全不喜歡一個人也可以和對方在一起嗎？」

李牧遙掃了她一眼沒有回答她的問題，因為這答案大家心知肚明。

池渺渺想到文峰慫恿程寶寶在臨市買房一事不禁感慨道：「沒想到現在的男人也這麼勢利眼。」

李牧遙哂笑：「這種事為什麼要分男女？再說男人選擇伴侶，看臉比看錢又高明多少呢？只是有個規律，人往往自己越缺少什麼，就會越看重對方有沒有。」

池渺渺一想確實也是，現實一點沒有錯，而且這種事情說到底還是雙向選擇，只要當事人覺得合適別人就沒什麼好說的。

再抬眼看到對面的男人，她忽然有點好奇：「老闆，那你選女朋友比較看重什麼？」

李牧遙沒有立刻回話，目光先在她的身上來回掃了一遍。

這讓她的心跳不由得加快。她腦子裡突然冒出一個念頭，或許因為他什麼都有，那麼別人看重的美貌才華他未必在意，而女生除了這兩點最重要的應該就是性格了。性格可愛她倒是勉強能沾點邊。

「不看重什麼，畢竟我什麼都不缺。」

果然……池渺渺靦腆地笑了笑：「老闆你這麼說太容易讓人誤會了。」

李牧遙面無表情：「我勸妳少看點那種沒腦子的言情小說，王子之所以會看上灰姑娘歸根結底還是因為她長得好看還是個貴族。」

池渺渺的笑容不由得僵在了臉上。

李牧遙彷彿沒看見，還不忘給她最後一擊：「務實也是一種美德，妳的眼光放低一點，說不定還有希望把自己嫁出去。」

這個天沒辦法聊了……

池渺渺只好再把話題繞回程寶寶身上：「不過我看我朋友的男朋友對她還挺關心的，據說他經常關心她的工作順利不順利，有沒有按時吃飯，每天在一起的人都做不到這一點，別說異地戀了，我覺得他對我朋友也還是有感情的吧？」

李牧遙臉上又出現了那種看傻子一樣的表情：「兩個人本來就不在一起，如果連這些都不聊，還能說什麼？」

他像是覺得聽到了什麼不可思議的事情：「原來真的有人會在意這些毫無成本的『付出』。」

「可是他們都論及婚嫁了，男人要下定決心跟一個女人過一輩子，也不是一件容易的事吧？」

李牧遙：「當然，但誰說論及婚嫁就是真的要結婚了？就算在他們相處的過程中一方給了另一方某些承諾，這也不能說明什麼，畢竟妳也不知道這些話他對幾個人說過。承諾誰不會？未必要真的兌現，每年年初時對我拍胸脯承諾要如何如何的公司主管不在少數，最後有幾個真的做到的？」

池渺渺受教地點點頭，很狗腿地豎了個大拇指：「這種事果然還是要問專業的人。」

李牧遙嗤笑：「這需要什麼專業？這只是常識，難道不是正常人都該知道的嗎？」

聊天就聊天，為什麼總是要人身攻擊呢？

47

第二天程寶寶沒來上班，第三天程寶寶也沒來上班。池渺渺只當她是和男朋友重歸於好樂不思蜀了，也就沒多想，直到第四天，程寶寶來上班了，狀態卻很低靡。

中午時大家都出去吃午飯了，只有池渺渺行動不便等著韓夏回來投餵她。路過茶水間時，她發現程寶寶也沒去，正在裡面吃泡麵。

池渺渺進去拿了瓶礦泉水，全程程寶寶都沒有回頭，她只當她沒聽見有人來了，隨口問了句：「怎麼沒出去吃？」

程寶寶回過頭來，把池渺渺嚇了一跳——原來她在哭。

池渺渺連忙遞了幾張紙巾過去：「怎麼了？」

程寶寶像是見到了救星，再無顧忌，嚎啕大哭起來。

後來從程寶寶斷斷續續的描述中，池渺渺大致聽明白了事情的來龍去脈。

程寶寶在臨市買的是間中古屋，因為她自己總是不在那，所以房子的鑰匙有一份放在了文峰那。房子離文峰公司很近，她知道他每次加班晚了的時候就會去那裡住。

她生日那天趕去臨市卻一直聯繫不到文峰，她猜想他應該很忙，不然也不會忘了她的生日，她雖然努力安慰著自己，可心裡還是會忍不住失落。

心灰意冷之際她只能先回自己的房子。但她怎麼也想不到，當她打開家門時，看到的卻是文峰跟另一個女孩在床上糾纏的情景。

原來他真的很忙……

她當時腦子一片混亂，甚至忘了生氣和難過，以至於那女孩子什麼時候走的都不知道。

後來房子裡只剩下他們兩人的時候，文峰的態度格外的軟。

他向她解釋說那是他的大學學妹，剛失了戀到臨市旅遊散心的，找他出去吃飯，正好程寶寶說要和他分手，他也很鬱悶，兩個鬱悶的人在一起就多喝了幾杯，後來發生的事情就不受控制了。

池渺渺聽完有點生氣：「這是喝了多少才會不受控制？」

她就事論事說：「我跟妳說妳別再被他騙了，男人要是真喝多了，那方面應該是不行的。」

「我也知道……」程寶寶說，「我知道不該原諒他的，可他說他們沒感情，根本不可能，我也捨不得他……」

池渺渺恨鐵不成鋼地又勸了幾句，可是程寶寶表面上認可她的說法，但話裡話外都在為文峰找藉口，她知道自己說什麼都沒用，不過還是替程寶寶感到不值。

看出程寶寶還是放不下文峰，池渺渺只能祈禱文峰這一次真的只是偶然事件，雖然這種可能性很小。

她想了想說：「就算要原諒，也不能這麼輕易就原諒他。」

程寶寶立刻說：「那是肯定的。」

「這樣吧，我有個閨密正好是臨市人，臨市不大說不定人托人就有共同認識的朋友，我讓她去打聽一下，看看有沒有人認識文峰，側面瞭解一下他的為人，如果這次只是一場意外，也可以再給他個機會考察考察，萬一他就是這種人，那妳到時候可別心軟。」

程寶寶用力地點了點頭，然後很認真對池渺渺說：「謝謝妳渺渺。」

池渺渺嘆了口氣，說實話她也不知道自己這麼做是對是錯。

池渺渺口中的閨密就是暖萌，暖萌還真的不負所托，她認識的人多，稍微一打聽就發現有個中學同學竟然是文峰的同事。

對方很好奇暖萌怎麼突然打聽起文峰這個人，暖萌很含蓄地說是因為認識他他的朋友，兩人最近在鬧分手，但又下不了決心，所以想和她側面打聽一下文峰這個人怎麼樣。

老同學想了想說：「文峰這人雖然算不上多帥，看起來也不像那種家裡很有錢的，但就我們接觸下來，我感覺他還挺老實靦腆的，這年頭男人個個滿肚子算計，他算是另類了，結婚的話，應該是個好對象。而且我聽說他和妳朋友已經訂婚了，都走到這一步了也不容易，如果不是什麼大事的話，勸妳朋友好好和他談談吧。」

聽了老同學的話，她也很吃驚：「訂婚？什麼時候的事？我朋友從來沒提過。」

對方也覺得意外：「妳不知道嗎？這事假不了，文峰他們部門的人都知道他訂婚了，雙方家長走動也很多，同事平時開玩笑打趣他，他也從來沒反駁過。」

暖萌對程寶寶的事情略有耳聞，知道以程寶寶的性格，如果真的和文峰訂婚了絕對不可能這麼低調讓所有人都不知道，而且據她所知，程寶寶的父母好像並不是很支持女兒找個臨市的另一半，經常走動更說不上了。

「那你們見過他那個未婚妻嗎？」暖萌問。

「我遠遠看見過一次，栗色齊耳短髮，皮膚挺白的，挺可愛的……不是妳朋友嗎？妳怎麼這麼問？」

「按照你的描述，這確實是我朋友，可是他們並沒有訂婚啊，難不成……」

暖萌沒有說下去，對方似乎也意識到發生了什麼事，悻悻然閉了嘴，氣氛一時間有點尷尬。

暖萌在失戀博物館見過程寶寶，知道老同學描述的人就是程寶寶，但和文峰訂婚的人又不可能是她，所以事情好像遠沒有她們想的那麼簡單。

那天被程寶寶捉姦在床的女人，在程寶寶出現後就灰溜溜走人了，很顯然也清楚自己插足了別人的感情，那麼一定不可能是和文峰訂婚的人。

所以說，這個「老實靦腆」的文峰除了程寶寶和那天被捉姦在床的女生，還有另一個已經訂婚的女朋友？

這就讓池渺渺有點為難了，這個情況該不該如實告訴程寶寶呢？

「嘀」的一聲，身後的監視器響了，她回頭看，李牧遙已經出現在防盜門外了。

她像是見到了救星，連忙迎向門口。

李牧遙一進門就看到坐著輪椅的她不由得愣了愣：「妳在這幹什麼？」

池渺渺：「迎接你回家呀！」

她殷勤備至，又是幫他拿拖鞋，又是幫他倒水。

看著她忙進忙出，李牧遙不動聲色道：「說吧，又有什麼事？」

「果然什麼都瞞不過老闆。」

池渺渺把暖萌瞭解到的情況大致轉述給了李牧遙。

池渺渺說：「我就是糾結，要不要直接把這些資訊告訴我那位朋友，畢竟現在還都只是猜測。」

「妳想求證？那直接問問當事人就好了。」

「當然不行，這樣一來對方肯定會抵賴，搞不好還會倒打一耙怪我朋友找人查他。」

「看來妳也不傻。」

又來了……這人不陰陽怪氣的好像就不會說話。

「這都是老闆教得好。」

李牧遙不屑輕嗤：「那為什麼還要管這種閒事？」

她撓了撓後腦勺：「她是我朋友啊。」

「是嗎？」

池渺渺被他一看，有點心虛，坦白說：「真的是朋友，不過是關係一般的朋友，甚至以前還有點小矛盾。但比起這次的事，以前那些都是內部矛盾了，這次不一樣，揭露渣男的真面目人人有責。」

李牧遙不置可否地微微一哂笑：「看不出來妳還挺講義氣。」

池渺渺笑笑：「還行吧，不過要怎麼確認不是我們搞錯了呢？」

李牧遙端起杯子喝了口水說：「林婉都能從茫茫人海中把蕭易相親對象的社交帳號找出來，如果妳說的那男的確實有個未婚妻，也不會一點痕跡都沒有吧？」

池渺渺如醍醐灌頂，還不忘拍李牧遙馬屁：「老闆你真厲害，不只是投資，任何時候都獨具慧眼料事如神！」

她邊說邊立刻行動起來，先聯絡程寶寶要來文峰的社交帳號。

可能是女朋友太多，怕引來不必要的麻煩，如果不是他的帳號有個近期內的點讚，按照他這個幾年只發過兩則動態的頻率來看，別人都要覺得這是個僵屍號了。

不過既然不是真的僵屍號，就必然有活動過的痕跡。

他關注了三百二十一個人，當然其中也有程寶寶，池渺渺最後從剩下這三百二十人裡鎖定了一個女生。

那個女生雖然發文比文峰勤奮一點，也沒有上傳過露臉的照片，但從一些貼文中可以看出她不是單身。最終讓池渺渺確定她或許就是文峰未婚妻的是，她多次在一些分享的留言@過文峰，兩人甚至還有互動。這個只要一搜文峰的帳號名就能搜出來。

看那女生的資料，應該是文峰的大學同學，不過看所在城市，那女孩現在不在臨市。

池渺渺把查到的結果都告訴了程寶寶：「這些都是推測，也沒有直接的證據證明她是文峰的未婚妻，我覺得最直接的辦法就是問問她。」

電話裡的程寶寶沉默了片刻說：『我考慮一下吧。』

第二天程寶寶又沒來上班，而且電話也打不通，所幸第三天的時候她總算出現了，不過整個人的狀態比前幾天更差了。

一問之後才知道，她後來還是聯絡了那個女生，而且那女生聽說之後立刻就買了第二天的車票來了北城和程寶寶見了一面。

其實男朋友出軌不會一點蛛絲馬跡都沒有，只是在於當事人願不願意去懷疑而已。當所有的忐忑不安和猜測變成現實擺在眼前後，兩個女生都崩潰了。

程寶寶在茶水間裡毫無形象的嚎啕大哭：「妳說我長得也不好看，他既然不缺女朋友，圖我什麼呢？」

池渺渺想起李牧遙的話，心裡已經有了答案，或許只是因為她的條件最適合結婚吧。

但這話卻不知道要怎麼和程寶寶說。

很快，關於程寶寶熱戀沒多久又失戀的事情就在失戀博物館裡傳開了，有人從程寶寶在茶水間裡嚎啕的那幾句分析出了事情的大概始末。

說來唏噓，但誰也不覺得意外，這種事情天天都在上演，能一下子遇到一個兩情相悅一心一意的人倒成了可遇而不可求的事。

或許是傷透了心，這一次的程寶寶下定決心要和過去一刀兩斷，以前所未有的速度將她在臨市買的房子掛到仲介去賣，同時拉黑了文峰所有的聯繫方式。

說實話，這一點讓瞭解程寶寶的所有人都很意外。畢竟當初恨嫁如她，面對男人的事情總缺乏點理智，想不到這一次竟然會這麼果決。

就當所有人都以為已經是過去式的時候，文峰竟然找到了失戀博物館來。

那天是下午，文峰應該是買了票進來的，然後就那麼堂而皇之地直接找到了辦公室。

程寶寶一見到他，整個人就爆炸了，沒好氣地將他拉出了辦公室。

這舉動引起了大家的好奇心。

韓夏湊到池渺渺身邊問：「這就是文峰啊？長得也不怎麼樣嘛，是怎麼做到同時有好幾個女朋友的。」

池渺渺撇撇嘴：「大概夠賤就行。」

門外隱約傳來程寶寶質問文峰的聲音：「你來幹什麼？」

文峰似乎很無奈：「電話打不通，帳號也被拉黑了，我不來怎麼找妳？」

程寶寶沒好氣：「想必你女朋友該說的都跟你說了吧，我們之間沒什麼好說的。」

文峰沒皮沒臉道：「妳才是我女朋友啊！」

韓夏驚嘆：「還真是夠賤的，怎麼辦？我們要不要去幫一幫寶寶？」

池渺渺早就看那個文峰不順眼了，當即和韓夏一拍即合：「等一下他要是不肯走妳就叫保全上來。」

韓夏問：「妳呢？」

池渺渺：「我當然是發揮我的長項，幫寶寶嗆渣男去。」

很快圍觀的人越來越多，但一方面是程寶寶平時在失戀博物館裡人緣確實不怎麼樣，另一方面是誰也不瞭解情況，都不敢貿然出來管閒事，所以最後只有池渺渺出現在程寶寶身邊。

她一出現，程寶寶好像突然就找到了主心骨，態度也更堅決了。

文峰注意到了程寶寶的變化，不由得多看了池渺渺幾眼，最後冷冷丟下一句「這事還沒完」才心不甘情不願的離開。

文峰一走，遠處圍觀的人也就散了，等沒人注意她們的時候，程寶寶的臉上也沒了剛才面對文峰時的那種決絕。

她問池渺渺：「我該怎麼辦，我從來沒想過他會找過來。」

池渺渺安慰他：「他也有工作，不可能一直留在這，他來找妳幾次得不到想要的結果，自然就會回去了。」

程寶寶點點頭：「我沒想到他能找到這裡來，也不知道有沒有驚動李總。」

池渺渺：「你們也只是在走廊裡吵了幾句，應該不至於讓他知道。」

可是說曹操曹操就到，兩人從茶水間裡出來時，正好遇到了迎面走來的李牧遙。

程寶寶有點尷尬地問了聲好，李牧遙和平常沒什麼兩樣微微點了點頭，卻對池渺渺說：「妳來一下我辦公室。」

池渺渺覺得文峰來館裡鬧的事李牧遙應該是已經知道了，她安撫地看了程寶寶一眼，滿懷忐忑地跟著李牧遙回了他的辦公室。

一進門，李牧遙開門見山地問：「妳說的那個朋友就是程寶寶？」

池渺渺連忙替程寶寶解釋：「這事跟寶寶沒關係，那男的是買了票自己上來的，誰也沒料到。」

李牧遙掃她一眼：「我又沒說什麼，妳急什麼？」

池渺渺摸了摸鼻尖訕笑道：「這不是急著跟你彙報情況嗎？」

李牧遙輕嗤一聲，沒揭穿池渺渺的滿嘴跑火車，淡淡吩咐道：「跟保全那邊說一下，最近多留心，不要放閒雜人等上來，另外最好讓程寶寶換個地方住，平時上下班都要留意自身安全。還有妳……」

他沒好氣看她一眼：「也別不當一回事。」

原來老闆只是擔心她們，完全沒有責怪的意思。

池渺渺笑嘻嘻地說：「那些話我會轉達給寶寶的，至於我，我能有什麼事啊？我一個殘疾人士，對他一點威脅都沒有。」

李牧遙沒接她的話，他隱約覺得文峰那種人不會那麼好打發，但也擔心是自己想多了，於是揮了揮手，示意池渺渺可以出去了。

程寶寶聽了池渺渺的提醒暫時住到了親戚家，後來文峰還真的去她家找過她，可惜沒找到，只能每天來失戀博物館守著了。

「寶寶，我看了館裡展示的那些東西，還有那些故事也很受觸動，難道我們真的要跟她們一樣了嗎？」

「寶寶，妳能不能給我一次機會讓我好好解釋。」

「程寶寶，妳以為妳是誰？我請假住著酒店來找妳，只是為了跟妳說幾句話，妳這是什麼態度？」

「我勸妳也別太清高，我們分了，我不信妳能找到比我更好的，但凡妳行情好一點，也不至於那麼趕著找男人了。」

文峰幾乎每天都會來，售票處得到上面的指示，不再賣票給文峰，保全部門的人見到他就高度戒備，防止他闖進去。

文峰只能站在樓下對著失戀博物館大門喊話，且話越說越難聽。

每次他來的時候，程寶寶就坐在樓上哭。

她對池渺渺說：「我不想來上班了，太丟人了。」

池渺渺安慰她：「大家都知道，這不是妳的錯，再說妳不來上班，他還是有辦法找到妳親戚家，到時候更麻煩。」

程寶寶下決心道：「要不然我再好好跟他談談，好聚好散也別鬧的太難看。」

池渺渺：「他那樣哪像是肯好好談的，我看最後的結果要麼是妳跟他復合，要麼是他搞不好會不要臉的提出什麼分手費之類的。實在不行還是報警吧。」

程寶寶連忙阻止：「千萬別，我不想把事情鬧大。」

池渺渺：「那妳也別去理他。」

程寶寶點了點頭。

第二天一早，當池渺渺頂著大太陽，遙控著輪椅趕到失戀博物館時，失戀博物館門口已經鬧成了一團。

原來是文峰趁著保全不注意，衝進了失戀博物館裡，一邊錄著影片一邊威脅著說誰敢動他就把影片上傳到網路上，而他的要求是見一下程寶寶。

程寶寶無奈，只好出來跟他說話。

此時還沒到上班時間，館裡的人並不多，提前到的還都是女同事。

文峰說這裡說話不方便，要帶程寶寶出去說，程寶寶死活不肯，有兩個女同事出來幫腔，也有保全擋在中間，但礙於他在拍影片，誰也不敢真的和他起衝突。

池渺渺趕到時撞上的就是這一幕。

程寶寶明顯被嚇傻了，直到她看到池渺渺出現，才像是找到了救命稻草一般躲到了池渺渺的輪椅後。

池渺渺安撫地拍了拍程寶寶的手背，對文峰說：「她不會跟你走的。」

文峰已經徹底失去了耐心：「怎麼又是妳？別人的家務事跟妳有什麼關係？」

池渺渺也不怕他：「你們已經分手了，哪來的家務事？你再這樣我們只能報警了！」

文峰被這句話激怒了，他走上前：「妳以為我會怕？不過在妳報警前，我可以讓妳嚐嚐管閒事的後果！」

說著他一腳踹開池渺渺的輪椅就去抓程寶寶。

周圍幾人見他去拉程寶寶，第一個反應都是去護住程寶寶，卻沒人注意到池渺渺所在的地方旁邊有個小小的臺階，被文峰這麼一踹，她的輪椅重心一偏就處於要倒不倒的狀態。

眼見著自己就要和地板來個親密接觸了，池渺渺內心哀嚎著還真是流年不利，這一次不知道又要傷到哪。

然而下一秒她卻感覺到輪椅被人一把扶住，然後不等她反應過來是怎麼回事的時候，一個身影已從她眼前閃過，正撒潑耍賴的文峰瞬間被人一拳打倒在地。

原本還混亂不堪的場面一下子安靜了下來。

文峰呲牙咧嘴地摸了一下嘴角，發現手指上竟然有血跡，立刻大嚷大叫道：「打人了打人了啊！還有沒有王法？我要報警！」

說著又拿起手機打算把李牧遙的樣子拍下來，李牧遙完全沒理他，對旁邊保全說：「替他報警。」

老闆都出手了，保全們也不再客氣，兩、三個人上來迅速將鬧事的文峰拉了出去。

程寶寶被剛才的變故嚇壞了，小聲抽噎著，另外幾個女同事在一旁安慰她。

李牧遙掃了她一眼說：「今天放妳一天假，回去休息吧。」

程寶寶謝過李牧遙，被其他幾位同事陪同著離開了。

人都散了，李牧遙也沒多看池渺渺一眼，拿出手機撥了個電話，似乎要找人。

電話鈴聲在不遠處響起，他們循著聲音看過去，劉煥剛走進來，正在刷卡簽到，一抬頭看到臉色不善的李牧遙嚇了一跳。

他反射性地看了一眼時間，確定自己有沒有遲到。

李牧遙丟下一句「來我辦公室」便轉身往樓上走。

劉煥二話不說連忙跟上，發現旁邊還有個池渺渺，於是用眼神向她求助，希望她能給點提示。但池渺渺的注意力根本不在劉煥身上，因為她注意到李牧遙的手背上有血，雖然極大的可能不是他的血，但那微微顫抖的手已經暴露了他此刻的狀態並不好。

見李牧遙臉色陰沉大步流星走向自己的辦公室，眾人只當老闆是被氣到了。只有池渺渺知道，他是在隱忍、在克制，努力不讓自己在公司員工面前暴露出軟弱無助的一面。

劉煥也察覺到了李牧遙的不對勁，一路沉默無話地跟在他身後。

李牧遙只覺得手背上被沾到血的地方像是被灼傷了一樣讓他難以忍受，就像周身被布下了一張無形的網，從手背上的那一處開始慢慢收緊。

直到手放在水龍頭下的那一刻，他才覺得周身壓力忽然一輕，那張網終於消失了。

他深深吸了口氣，臉上的神色隨之輕鬆了一些。

劉煥跟在他身邊幾年，對他的病情略有瞭解。

在來失戀博物館之前，他除了像其他老闆助理那樣要處理一些老闆安排下來的工作，更重要的就是要幫他避開一些令他不舒服的人和事。

以前他在這方面的要求近乎於苛刻，他要在他需要的時候隨時出現，但同時還要和他保持著適當的距離。

但從美國回來以後，他發現老闆似乎沒那麼需要他了，他猜測是他的病情有所好轉，真心替他、也替自己高興。

今天這種情形，他不知道自己已經多久沒有見過了。

他低聲請示：「需要打個電話給威爾森醫生嗎？」

李牧遙一邊擦手，一邊掃了他一眼。

這一眼讓他鬆了口氣的同時，心又提了起來。

看老闆的神色，說明此刻他的身體並沒有問題，但那眼神又分明透露著對他的不滿。

他表情訕訕的，等著老闆的指示。

李牧遙：「程寶寶那個前男友的事你去處理一下，以後公司方圓一百公尺內，不許這人再出現。還有，那人剛才錄了影片，你一起處理，我不想在網路上看到什麼糟心的東西。」

劉煥當時雖然不在場，但聽了李牧遙的指示大概能還原當時的情形，再想到李牧遙手上的血跡，不免有點心驚——被人碰一下都要不舒服很久的他老闆，竟然主動和人動手了？

這也太不可思議了！

池渺渺一直觀察著李牧遙辦公室的動向，見劉煥出來，她立刻悄悄溜了過去。

李牧遙聽到聲音抬起頭來，見是她，又面無表情地收回視線低頭工作，好像自始至終沒看到她似的。

池渺渺往前挪了挪輪椅，觀察著他的臉色：「老闆，你沒事吧？」

「誰讓妳進來的？」他態度冷淡。

池渺渺裝傻：「不是你讓我進來的嗎？」

李牧遙懶得在這種小事上跟她爭辯，沒好氣道：「有事？」

池渺渺笑嘻嘻的：「我沒事，只是想來看看你有沒有事。」

「那妳可以出去了。」

看他沒事她也就放心了，可他這是在跟她生氣嗎？

今天鬧出那種事也不是她的錯啊，她甚至還差點成為受害人呢，他要是再生她的氣她就太委屈了。

她試探著問：「老闆，你生氣了？」

李牧遙冷笑：「妳還會關心我生不生氣？」

那就是在生氣了。

池渺渺委屈道：「今天這事要怪只能怪那個渣男，也怪不得別人對吧？」

言下之意就是你要生氣就生那渣男的氣，可別遷怒其他見義勇為的好市民。

李牧遙卻冷冷一笑，看向她：「妳不可以氣嗎？」

他還真是在生她的氣……

「我？我怎麼了？」

「自己什麼情況自己心裡沒數嗎？都坐輪椅了還要湊這種熱鬧！」

「不是……那怎麼能是湊熱鬧呢？當時……」

「當時周圍沒其他人了嗎？妳怎麼衝在最前面？」

「不是……」

「不是什麼？」

「這件事……」

「這件事妳以後不用管了，他既然來公司鬧事，這件事就由公司來負責。」

池渺渺剛想再度開口，忽然就想明白李牧遙為什麼生氣了。

她沉默了。

說實話，她第一次見李牧遙生這麼大的氣，可回過神後，心裡卻是溫暖的，原來他是在擔心自己。

「知道了。」她難得乖巧地應了句。

李牧遙見她的態度忽然轉變，也意識到自己剛才似乎是有點衝動了，重新看向面前的文件，同時用沒什麼情緒的語氣解釋道：「我不是為了妳，我只是對我的員工負責。」

不管是出於什麼原因，那也是為了她好，池渺渺心裡還是暖暖的。

池渺渺：「其實……」

「其實什麼？」他皺眉。

「我覺得你也好不到哪去……」

在他充滿警告的注視下，她糾結了一下子，還是鼓起勇氣，把他剛才說她的話原封不動悉數奉還回去。

「當時周圍也不是沒有其他人，保全都在，用得著老闆你衝在最前面嗎？他鬧到公司來就是公司的事情了，你是公司老闆但也不用你事事親力親為，公司的事情自然有公司的人去負責，你自己什麼情況你心裡沒數嗎？我也不是為了你，我是怕公司沒人管，我領不到下個月薪水了。」

池渺渺每說一句話就往門口挪一挪輪椅，最後一句說完時她也不敢去看李牧遙的臉色，迅速

「逃離」了李牧遙的辦公室。

看著沒來得及關上的門，想著某人剛才的話，李牧遙氣笑了。

就她這樣，還奢望領下個月的薪水？

不過經池渺渺這麼一提醒，李牧遙也覺得自己剛才太過衝動，並不像他以往的行事風格。煩躁地揉了揉眉心，一定是最近的瑣事太多，才讓他變得這麼容易煩躁衝動。

48

也不知道劉煥用了什麼辦法，渣男文峰沒再來失戀博物館鬧過事，就連程寶寶也沒再被他騷擾了。

然而就當眾人都以為這事就這樣翻過了一篇時，文峰竟然又出現了。

那天剛好池渺渺和程寶寶下班都比較晚，兩人就一起出了失戀博物館。

程寶寶去搭公車，池渺渺去路邊叫計程車，這時候忽然有一輛臨市車牌的車停在路邊，從車上下來的人竟然是文峰。

他的突然出現把程寶寶和池渺渺都嚇了一跳。

他說想和程寶寶再談談，想讓程寶寶上車跟他走，但程寶寶並不覺得兩人之間還有什麼好談的。兩人你來我往，拉扯了起來。

一開始文峰的態度還不錯，到後來就有點不耐煩了。池渺渺能感覺得出來程寶寶很害怕，不停地往自己身後躲。池渺渺雖然行動不方便，但這種時候也要護著程寶寶，不能讓她被文峰帶走。

文峰對程寶寶還有為數不多的耐心，但對池渺渺就全然不是那麼回事了。

上一次在失戀博物館門前就是她攔在兩人之間，而且他也聽說事情之所以會這麼快被沒什麼心眼的程寶寶發現，也是因為有個同事查了他，還鼓勵他們分手。

當時在場的幾個人裡，文峰一眼就看出程寶寶比較依賴池渺渺，最有可能是她口中提到過的那個同事。

此時一看又是這女人擋在自己和女朋友中間，頓時沒好氣道：「怎麼到哪都有妳？我們兩人的事關妳一個外人什麼事？我勸妳趁早滾遠一點，不然別怪我對女人動手。」

眼看著事態越來越嚴重，還好池渺渺留了個心眼，在文峰出現的第一時間就傳了訊息給失戀博物館保全部的同事，他們趕過來也只是幾分鐘的事。

就在文峰對著池渺渺大呼小叫的時候，人已經趕到了。

不過帶著人過來的不是保全部的主管，而是劉煥。

文峰見到劉煥，態度立刻三百六十度大轉彎，連忙解釋只是想在回臨市前跟程寶寶道個別，好歹兩人也談了這麼久了，並沒有其他意思，不過如果她覺得沒必要，就算了。

不等眾人有什麼反應，文峰就乖乖開車離開了。

本來以為又是一場難以善終的鬧劇，沒想到這麼虎頭蛇尾的結束了。

打發走其他人，池渺渺問劉煥：「我剛才只傳了訊息給保全部，怎麼把你也驚動了？」

劉煥：「說什麼驚動不驚的，這件事李總本來就交給我了，沒讓那傢伙澈底死心就是我沒把事辦好。剛才聽到保全的人說他又來了，我就跟著出來看看。妳們沒事吧？」

兩個女孩搖搖頭表示沒事。

劉煥對程寶寶說：「為了妳自己的安全著想，我建議這段時間還是在家休息吧，就當是給自己放個假了。反正李總說了薪水照發，等妳覺得狀態好點了隨時回來就行。」

程寶寶猶豫了一下說：「那我想想吧，幫我謝謝李總。」

正在此時程寶寶等的那班公車到了，她也就沒再多停留，跟池渺渺和劉煥道別上了車。

程寶寶離開後，池渺渺也打算打車離開。劉煥一掃剛才總助的幹練霸氣，想起早上在監控室看到的那段錄影，心虛地瞥了不遠處失戀博物館二樓的方向一眼，又有點彆扭地看向池渺渺。

池渺渺見狀就知道他是有話要說，於是問他：「還有什麼事嗎？」

劉煥故作隨意道：「沒什麼，唉對了這裡叫車不方便吧？要不要我送妳？」

池渺渺一聽連連擺手：「沒事，你先走吧，我在這叫車挺方便的，其實剛才都過去好幾輛空車了。」

笑話，她現在住的地方可是萬萬不能被公司同事知道的，當然也包括劉煥。

劉煥沒再堅持，但也沒有要走的意思。

「到底怎麼了？」

劉煥支支吾吾：「也沒什麼，只是想跟妳打聽點事。」

套話不是劉煥的強項，如果可以他很想直接問問李牧遙對她有沒有什麼不同尋常的地方，畢竟作為貼身助理，如果摸不清老闆的心思以後跟在老闆身邊做事會很被動。

可是他跟池渺渺也沒熟悉到那種分上，就算真的有什麼，萬一人家不想跟他說呢？故意瞞著他呢？

所以這話一出口，他就後悔了。

見劉煥欲言又止的樣子，池渺渺忽然福至心靈，她哈哈一笑：「你是想問暖萌的事情吧？」

劉煥愣了一下，鬆了口氣的同時，立刻點點頭：「對對對，妳那本書的合作談妥之後，我們就沒怎麼聯繫了，我記得她說喜歡貓，正好我有個朋友家的貓生了幾隻，想問問她感不感興趣。」

池渺渺感慨劉煥工作時雷厲風行果斷成熟，遇到感情問題竟然這麼木訥，不過這也更顯得他簡單純粹，更在乎暖萌。

即便不確定暖萌最後會不會和秦亮分手，但萬一呢，說不定劉煥就是她的那個命中註定。

想到這些，池渺渺決定讓這件事順其自然。

她說：「你不是有她的聯繫方式嗎？你直接問她不是更好嗎？」

「也是啊哈哈。」劉煥撓了撓頭說，「不過上次只留了電話，忘了加聊天帳號了，妳方便的話把她的帳號傳給我吧？」

「方便，這有什麼不方便的。」說著池渺渺拿出手機，當即就把暖萌的帳號傳送給劉煥。

兩人正說著話，忽然一輛價值一棟豪宅的藍色賓利停在他們面前。

好幾百萬的車並不多見，而且還是在失戀博物館附近，所以這車上坐著的人也就不難猜了。

片刻後，後坐車窗緩緩降下，露出李牧遙稜角分明的側臉。

劉煥頓時有點心虛，他老闆剛才明明還一副很忙碌的樣子，怎麼忽然就出現在這裡了？

李牧遙今晚確實還有不少工作，但他剛才在辦公室時正好看到了池渺渺她們被文峰糾纏的一幕，所幸劉煥及時帶人趕到，把那臭蟲一樣的傢伙趕走了。

他本以為事情到這裡就結束了，池渺渺肯定也被嚇壞了，但卻又注意到，池渺渺和劉煥竟然沒事一樣在路邊有說有笑地聊了起來。

然後他就出現在這裡，他給自己的解釋是，他在氣她根本沒把他的話聽進去，還從來沒有人敢像她一樣對他這麼陽奉陰違。

還有劉煥，他是他的私人助理，很多時候代表著他，他雖然年輕，但之前看他還算穩重聰明，最近也不知道怎麼了，被他撞到好幾次和館裡的年輕女同事嬉皮笑臉的，像什麼話？

他掃了車外的兩人一眼，問：「剛才我在辦公室看到那個方文峰又來了，出什麼事了嗎？」

劉煥連忙湊上前去解釋剛才的事情。

他聽完之後點點頭，又掃了兩人一眼說：「解決了就好，上車吧，順路送送你們。」

劉煥簡直以為自己聽錯了，這還是他的老闆李牧遙嗎？

他的車除了司機老張和自己，絕無第三個人坐過，他竟然讓池渺渺也上車，而且他絕不是那種好心讓員工搭順風車的老闆。

看來他猜的沒錯，李牧遙對文峰出手，別人以為是他不滿文峰在館裡鬧事，但是從監視錄影可以看出，李牧遙是在文峰踹了池渺渺的輪椅後才出手的。

那維護之意並不像是老闆對員工，更像是男人對女人。

只是不知道他們進展到哪一步了，老闆自己有沒有意識到這一點？池渺渺有沒有察覺到老闆對她的格外不同？

他還沒回過神來，李牧遙就很不耐煩地看了手錶一眼催促道：「拖拖拉拉什麼呢？」

劉煥也不敢再說什麼，立刻扶著池渺渺上了車子後座，然後將輪椅收起放進後行李箱中，自己坐到副駕駛座。

上了車，劉煥不由得留意著後座的情形——以前但凡在同一個封閉空間中有個不太熟悉的人，李牧遙的臉色都會難看得嚇人，不過今天就不一樣了。

這還是李牧遙的車上頭一次坐了這麼多人，車子空間雖然很大，但後排兩人也沒刻意避開彼此，中間的距離不到半公尺，而看老闆的臉色哪有半點不舒服的樣子，他沒看錯的話，那面朝窗外的俊臉上甚至還有那麼一點點的愜意。

所以當司機老張問先去哪的時候，他無比善解人意地報上了自己家的地址。

其實據他瞭解的是，他們最早到的應該是池渺渺家，然後是李牧遙家，最後才是他家。但是他這麼說了之後，後排的兩人沒有任何異議。

難不成兩人的感情已經發展到了心照不宣的階段了？

這一路上，劉煥越想越後怕，難怪在池渺渺受傷後，他多跟她說了幾句話就被他老闆說什麼工作量不飽滿，或許從那個時候起，兩人之間就不太尋常了！

剛才他們站在路邊說話，還有說有笑的，不知道他老闆看到多少，會不會誤會？

劉煥暗暗告誡自己，以後要把池渺渺當作未來老闆娘對待，千萬不能再像以前一樣了。

一路上池渺渺都有點緊張，生怕露出什麼蛛絲馬跡被劉煥看出來。

好不容易熬到劉煥下車，池渺渺略鬆了口氣。

李牧遙的聲音悠悠地從身邊傳來：「今天沒事吧？」

池渺渺愣了一下才明白他指的是文峰的事，搖了搖頭說：「沒事，劉助理來的特別及時，文峰一看到劉助理溜得比老鼠見到貓還快。」

池渺渺怕他覺得麻煩，故意把事情說的很輕鬆，說完還特別沒心沒肺地笑了笑。

但李牧遙卻沒被她毫不在意的語氣感染到。

他並不覺得這事會這麼容易的過去，他狀似無意地道：「我不在的時候還是讓老張送妳吧。」

「不用，真的不用。」池渺渺連忙拒絕。

李牧遙義正言辭道：「妳別想太多，我是怕公司還沒怎麼樣，員工就出事，麻煩。」

最後那句「麻煩」中透著滿滿的不耐煩。

「哦。」池渺渺偷偷瞥了瞥嘴說，「我不也是怕麻煩嗎？怕太麻煩張司機。」

老張立刻說：「不麻煩，李總平時也不怎麼用我，我閒著也是閒著。」

池渺渺在後視鏡裡朝老張甜甜一笑算作回應。

李牧遙沒好氣：「早知道怕給人添麻煩下次就別什麼閒事都管。」

看來這事是過不去了，池渺渺悻悻地不再說話。

片刻後李牧遙再度開口：「我過兩天要出差一趟，妳自己注意安全。」

池渺渺一聽到他要出差，立刻關切地問：「去哪？坐飛機嗎？誰陪你去？」

聽到這一連串的問題，李牧遙意味不明地抬眼看向她。

對上他的視線，池渺渺才意識到自己一個小嘍囉這麼盤問老闆的事好像有點出格了。

她訕訕地摸了摸鼻子，看向窗外，沒想到李牧遙沉默了片刻後竟然耐心十足地一一回答了她的問題：「去萊港一趟，單程一個多小時的飛行時間，劉煥陪我去。」

他什麼都不說還好，或者敷衍一下也行，可這麼一五一十的回答完，反而讓池渺渺覺得有點不自在了。

而且聽著他的聲音，心裡竟然升騰出一點陌生又奇妙的情愫，有點心慌，但分明又是讓人歡喜的。

怕他看出什麼，她立刻假裝沒心沒肺地笑著說：「老闆你放心去吧，我會照顧好我自己，哦對了，工作也不會耽誤的。」

說的好像他多擔心她似的。

李牧遙無語輕嗤了一聲，但嘴角卻悄悄爬上了他自己都沒察覺的笑意。

李牧遙雖然說過他不方便的時候讓老張負責接送池渺渺，她面上都答應著，但是那輛賓利實在太顯眼，往失戀博物館門口一停，不出五分鐘，絕對館裡所有人都知道了。不想被別人知道她現在住在李牧遙家，那又要另外和老張約其他地方見面，這麼熱的天，她還不如自己叫個車，可以直接停在公司樓下不知道多方便。

這幾天事情比較多，她下班通常不算早。不過李牧遙比她更忙，通常她走的時候，他的辦公室的燈還亮著，晚上回家也都是在她休息之後。聽說是有個海外投資的專案，因為有時差，所以他經常要在晚上加班。

這天池渺渺走的時候，李牧遙辦公室的燈還是亮著的。

她從車窗外收回視線，忽然注意到不遠處的停車場上停著一輛白色Haval。這車型隨處可見，只不過因為此時大多數同事已經下班，停車場上格外空曠，就顯得這輛車有點明顯。而且不止今天，這幾天她似乎都見過這輛車。

池渺渺原本也沒太當一回事，可是計程車因紅燈停下時，她又看到了那輛車。

她想到了文峰……

難不成是在跟蹤她？池渺渺想看看開車的人是誰，奈何光線不好，實在看不清楚。於是她讓司機換條路走，原本應該在下一個路口右轉，變成了直行。

她刻意觀察那輛車，那輛車並沒有跟上，而是在她原本該右轉的路口右轉了。

池渺渺鬆了口氣，大概是最近壓力太大，精神有點緊繃。跟老闆住在同一個屋簷下，一開始還好，可時間長了，下班也像在公司似的，就讓人覺得壓力無處釋放。

還好李牧遙說他馬上要出差，到時候家裡就只有她一個人，說話再也不用控制分貝，更不用像個變態的犯罪分子一樣每經過一個地方還要清理指紋了，想幹什麼就幹什麼，只需要在李牧遙回來前把家裡打掃乾淨即可。

這種輕鬆自在的日子，光是想想都很令人期待呢！

接下來的這段時間，池渺渺開始盼著李牧遙出差。

可能思想上過於熱切，行動上就會不自覺地露出蛛絲馬跡。

晚飯時，她狀似不經意地問李牧遙：「老闆，你不是說要去萊港嗎？什麼時候走呀？」

李牧遙頭也不抬地切著盤子裡的牛排說：「妳好像很盼著我走。」

池渺渺連忙否認：「怎麼會呢？」

李牧遙抬頭看向她：「這已經是妳第六次問我了。」

池渺渺無話可說……

她表現得有這麼迫切嗎？

「明天。」他說。

池渺渺有點高興，但還是裝模作樣道：「這麼急啊？那這次記得把藥帶夠。」

李牧遙假裝沒看到她藏都藏不住的眉飛色舞，冷冷囑咐她：「我不在的時候還是讓老張接送妳吧，我覺得那個方文峰不會那麼輕易甘休。」

一開始，池渺渺和李牧遙的想法差不多，但小心翼翼防了一段時間發現文峰並沒有再出現過，她也就放鬆了警惕。

池渺渺的想法是，畢竟事情這都過去多久了，對方對程寶寶又沒那麼深的感情，自己也是有正經工作的人，來館裡鬧應該也是一時衝動，現在事情過去這麼久了，他自己的生活也該回歸正軌了。

但是她也擔心李牧遙再囉嗦，就乖順的應了下來。

第二天，池渺渺一天沒在失戀博物館見到李牧遙，也沒見到劉煥，她猜他們應該已經出發了。

等她忙完手頭上的工作時，失戀博物館裡已經沒什麼人了。她照常搭乘倉庫旁邊的貨梯下樓。等電梯的時候，她聽到旁邊的樓梯間裡好像有人，她以為是其他還沒下班的同事，也就沒當一回事。

這個時段的貨梯一般沒什麼人用，電梯門很快打開，片刻後又到了一樓。

一樓電梯外是一個很少人經過的走廊，這段時間池渺渺一直從這裡走，早就熟門熟路，自然也不會覺得害怕。但今天她剛出電梯就感覺到背後掠過一陣風，緊接著一隻冰涼的手捂上了她的嘴，還不等她反應過來，就被來人粗暴地往樓梯間拖去。

一切發生得太快，池渺渺怎麼也想不到，原本以為只有在網路新聞上會看到的事情竟然發生在自己身上。

她腦中閃過無數念頭，最強烈的那個竟然是——她沒把李牧遙的話聽進心裡去，結果出了事，他又要生氣了。

如果李牧遙沒出差就好了。

她奮力踢打著，試圖製造出一點聲響來，卻忽然感覺到脖子上貼上了一個冰涼的東西，頓時一動也不敢動了。

身後的人壓低聲音威脅道：「妳老實配合我，什麼事都不會有，但如果妳不想活了，那就怪不得我了。」

是文峰的聲音，她第一時間就猜只能是他，可當猜測被證實的時候，她還是想不明白，他為什麼要這麼做。在他和程寶寶交往的這段時間中，吃虧的一直都是程寶寶，就算一拍兩散他也沒什麼損失。

難道，他是記恨她們找了他的未婚妻？

如果真的是這樣，那就不能再用著常人的思考方式來揣度這人了。

文峰又說：「我只是想見一下程寶寶，但是我一直聯繫不到她，妳幫我把她約出來，我們談完就讓妳們走。」

「真的嗎？」

池渺渺假裝聽進去了他的話，其實只是想拖延時間，趁機想辦法逃脫。

她摸到口袋裡的手機，慶幸文峰沒有第一時間讓她把手機交出來，也慶幸文峰沒有看到她頭髮下耳朵裡還塞著藍牙耳機。

她偷偷摸索著按亮螢幕，回憶著螢幕上鍵盤的位置，嘗試著解鎖。

第一次，手機微微震動兩下表示沒有成功。

第二次，還是如此。

第三次，沒有任何回應，應該是解鎖成功了。

「廢話！不然我還能幹什麼？」

池渺渺假裝鬆了口氣：「那你可以好好說，用不著這樣，怪嚇人的。」

她腦中飛速分析著，該打電話給誰。但很快意識到一點，就算電話順利接通，對方也未必知道她現在在哪。

生怕螢幕再次鎖定，她的拇指在手機螢幕的左下角點了一下。

應該打開了聊天對話，最後跟她傳過訊息的人是李牧遙，是她問李牧遙什麼時候的航班，對方可能在忙沒有回她。

理論上，此時的李牧遙應該已經在萊港了，就算她成功向他發出求救信號也沒什麼用。可是不知道為什麼，哪怕他現在遠在千里之外，在她看來，他都比其他人更靠得住。

她先是嘗試傳了段語音，正好身後的文峰又說話了。

文峰：「還不是妳們把我逼急了？等一下我推著妳出去，妳表現得自然一點，別在別人面前露出馬腳，不然我真的不知道自己會做出什麼事。」

文峰推著她轉了個方向，看樣子是打算帶著她從後門離開。

「你要走後門嗎？平時這裡的門不會開吧？」

一般情況下，後門確實都是鎖著的，但文峰竟然能避開前門保全進來，說不定就是從後門進來的。

她這麼說，主要目的只是為了暴露自己的位置。

「嗖」一聲，語音傳出去了。

「這不用妳操心，給我安靜一點。」

架在脖子上的東西又貼近了一些，她可以感覺得到，那裡應該已經劃破了皮滲出了血絲來。

她一動也不敢動，勸說他：「你冷靜一點，可別幹出什麼傻事，你還有父母，還有那麼好的工作，等等見了寶寶好好和她談談，沒有什麼不能商量的。」

文峰冷哼：「現在知道怕了？」

說話間他們已經到了失戀博物館的後門，果然那上面的鎖已經被人弄開了。

文峰推著她飛快出了失戀博物館。

失戀博物館後面是一所學校的後牆，此時天色已經黑透了，很顯然早已過了放學時段，早晚高峰時車流竄動的街道此時卻空蕩蕩的。

正在這時，前面不遠處的一輛車車燈閃爍了兩下，就著稀薄的光線，池渺渺看清楚了，是那輛總是出現在她附近的白色 Haval……

他推著她快速朝那輛車走過去，眼看著越來越近，文峰明顯鬆了口氣，而池渺渺則愈加害怕起來。

她不知道文峰要把自己帶到哪，不知道他還打算對程寶寶做什麼，但可以肯定的是，他絕對不是只想找程寶寶談談那麼簡單，所以一定不能讓程寶寶來見他。

可是到了他讓她叫程寶寶出來的時候，該怎麼辦？

這時候，空蕩蕩的街道後方忽然傳來一個男人的說話聲。與此同時，池渺渺能感受到，身後的人緊張了起來。

她又何嘗不是，因為這或許是她唯一的機會了。

說話的聲音越來越近，池渺渺很快聽清楚了，只有一個人的聲音，那人應該是在講電話。

池渺渺的心頓時涼了一半——如果對方只有一個人的話，就算發現池渺渺被人控制了，對方也未必會冒著風險幫助她。

那人一邊講著電話一邊從他們身邊經過。

池渺渺看向那人，那人的注意力全部都放在講電話上，並沒注意到他們這邊的異樣，此時她也感覺到壓在她肩膀上的手又沉了幾分。

她總覺得文峰瘋起來無法預測，所以她不敢出聲，生怕惹到他，很可能還沒等到別人來救她，她就已經把自己交代在這了。

可是看著那人越走越遠，恐懼再一次席捲而來，她忽然發現自己的手腳都是綿軟無力的。

見那人一走，文峰也怕再遇到什麼事，連忙推著池渺渺快走幾步，很快就到了那輛車旁邊。打開車門池渺渺才看清裡面，車被改裝過，後排並沒有座椅。

這是早就做好綁人準備的。

池渺渺的心澈底沉到了谷底，之前她還抱著一絲希望，指望著文峰能像他自己說的那樣，只是想好好和程寶寶聊一聊。

到了此刻，她才知道自己的想法多麼天真。

他趁著池渺渺沒反應過來，迅速拿出膠布封上了池渺渺的嘴，又拿出繩子將她牢牢捆死在輪椅上，然後連人帶輪椅一起弄進了車裡。

而正當他搞定這一切要關上車門的時候，車門卻忽然被身後伸來的一隻手擋住了。

夜色中那隻手的皮膚顯得格外白，很像她心裡想著的那個人。

「要帶走我的人，是不是要跟我說一聲？」

緊接著站在車門前的方文峰頭一仰，整個人猛然被人朝後扯去。

聽到剛才說話的聲音，原本已經心如死灰的池渺渺忽然活了過來。

是她太害怕以至於產生幻覺了嗎？不然那個無論如何也不該出現在這裡的人，怎麼會從天而降來救她？

被文峰拿著刀脅迫時都沒有哭的池渺渺此時卻控制不住自己的眼淚，伴隨著車外的打鬥聲眼淚也越來越洶湧來。

沒過多久，她聽到警笛聲由遠而近，與此同時，有人鑽進了車裡。

車內的光線很暗，但那一刻她卻可以篤定，上來的人是李牧遙。

他二話不說幫她解開繩子，又將她扶起。

池渺渺也顧不上撕嘴巴上的膠帶，在雙手被解放的那一剎那，便不管不顧地撲進了來人的懷裡。

臂彎中的身體似乎有一瞬間的僵硬，但他既然沒有推開她，她就假裝沒察覺。

此時的她太需要這樣的懷抱了，這樣踏踏實實可以讓她放下戒備的所在。

很快她聽到車外的人聲嘈雜，似乎是員警到了，偶爾夾雜著幾句熟悉的聲音，好像是劉煥。

一切聽起來很混亂，又井然有序地進行著。

或許是剛剛經歷了生死攸關的時刻，在回歸正軌後，她整個人就像被抽空了一樣，一點精神都沒有。

還好有李牧遙在，池渺渺自然而然放下所有的戒備和擔憂，什麼事情都不用管，任由他安排，除了一點——他剛才又和人動手了，那輛車大概是租來的，車上也髒得很，會不會讓他的老毛病又發作了？

李牧遙見池渺渺的目光一直緊隨著自己，以為她還沒從剛才的緊張情緒中解脫出來，於是簡單和警方說了剛才的情況，把剩下的事情都交給劉煥後，就帶著池渺渺回到了自己的車上。

一路上，一向聒噪的池渺渺格外安靜，這讓李牧遙心裡很不安。

他又回想起今晚發生的事情，懊惱失戀博物館的安全措施竟然有這麼大的疏漏，又氣劉煥沒把事情辦好，才讓文峰那種無賴不依不饒沒完沒了。

兩人這麼安靜相處了一路，很快到了李牧遙家。

李牧遙覺得今天的事一定給了池渺渺不小的刺激，可是安慰開導別人也不在李牧遙掌握的技能範疇內。

他想了想說：「我和警方那邊說好了，今天妳先好好休息，等妳的狀態好的時候再去做個筆錄。」

池渺渺是個自癒能力很強的人，其實在被抱上李牧遙的車，置身於安全又熟悉的環境中後，她的狀態就漸漸恢復了。唯一讓她掛心的還是李牧遙，上次他跟文峰動手後，雖然沒有在別人面前表現出什麼，但觀察細緻的她卻沒忽略他慘白的臉色和微微顫抖的右手。

今晚，他的手臂上雖然沒有血跡，但也有淤青和刮傷的痕跡，而他的衣服因為跟人動手髒了了，就連嘴角也掛了彩，這還是認識他以來，他最狼狽的一刻。可他卻一副渾然不覺的樣子，這太讓池渺渺意外了。

所以李牧遙說什麼做筆錄的事她根本沒聽進去，她的目光從他的手上移到他的臉上，「老闆，你沒事吧？」

李牧遙愣了愣，被她這麼一提醒，他才後知後覺感受到了嘴角的疼痛。

他回想起今晚發生的事情，想必受傷的地方不只有嘴角，而且就算沒受傷，他現在的樣子肯定也很狼狽。那種再熟悉不過的焦慮感又悄悄浮出水面，正順著血液流向他的四肢百骸。

但他面上不動聲色，淡定回覆池渺渺：「我沒事，關鍵是妳。」

「我也沒事。」

李牧遙：「那妳先休息一下，我也去洗個澡。」

「好。」

李牧遙點點頭，轉身走向自己的房間。

當回到房間看到鏡子中的自己時，剛才還能佯裝淡定的他，立刻又不好了。

他胡亂甚至有點慌張地扯開襯衫釦子，迫不及待地脫掉襯衫，甚至來不及脫去褲子，他就已經站在了蓮蓬頭下。

隨著冰涼的水柱從頭頂泄下，那種焦灼難耐的感覺總算漸漸退去，神思也逐漸恢復了冷靜。

他靜靜回憶著這個混亂的晚上發生的一切，有兩件事讓他一時琢磨不透——一是收到池渺渺傳給他的幾段語音時的那一瞬間，他竟然那麼驚慌害怕，以至於差點就亂了方寸，而當他在車上找到她時，她撲進懷裡的那一刻，那種失而復得的踏實喜悅是他這麼多年來都未曾感受過的。

他究竟是怎麼了？只因為她陰差陽錯地比別人跟他更親近一些，所以投注在她身上的感情也不由自主地多了些嗎？

是的，或許這就是答案。

而讓他想不透的第二點是，今晚發生的事情放在以往或許不會要他的命，但足以讓他澈底失控。可是今晚，從事情發生到他感到不適竟然隔了這麼久，或許池渺渺不提醒他的話，還會更久。而就算回到家被她提醒後，他的那種不適感也比起以往輕了很多。

真的像威爾森說的那樣，他在一點點被她治癒了嗎？

他抹著臉上的水珠大口呼吸著。

說不上自己此刻是什麼樣的心情，不敢太高興，怕歡喜落空，卻又忍不住感懷。

畢竟這些年來，什麼對他來說都是唾手可得，可唯獨像尋常人一樣的生活在他看來卻那麼遙不可及。

受傷了太多次，失望了太多次，真的看到希望的時候，也會懷疑那是不是真的。

49

洗過了澡，換了一套居家的衣服，李牧遙拿出手機想要打給威爾森聊聊今晚的事情。

就在這時，他房間的門被人敲響了。

李牧遙起身去開門，門外是已經洗漱乾淨換上了睡裙的池渺渺。

她的睡裙是很少見的薄荷綠色，荷葉領、蓬蓬袖，寬大的裙擺下一邊是打了石膏笨重的右腳，另一側是纖細瑩白的左腳。

她坐在輪椅上仰頭看著他，半濕不乾的頭髮顯得格外黑亮，更加襯托出她的皮膚白皙、眼瞳漆黑。

莫名其妙的，他腦子裡又浮現起了在那輛被改裝過的越野車裡，她不管不顧埋進他懷裡的情形。

「什麼事？」他問。

池渺渺看著他，不禁有點出神。

也不知道是不是礙於家裡有她這個外人，池渺渺發現，自己住進來的這段時間裡，李牧遙即便在家也都穿得很正式得體，像今天這麼隨意的時候還是頭一次。

他穿著一件白色圓領T恤，衣服料子不算太厚，以至於衣服下面的肌肉曲線隱約可見。

T恤下面是一件咖啡色的棉麻居家褲，因褲腰處有點鬆，褲管便拖了地，蓋住了一半腳面。

他似乎也是剛從浴室裡出來，頭髮還沒來得及吹乾，像是剛用毛巾胡亂擦過，淩亂又慵懶，這樣的他少了白天辦公室裡的凜冽，多了點在他身上難得一見的少年氣。

更重要的是，他長得太好看了，即便是在家時這麼隨意的狀態，也和雜誌上的明星照片一樣養眼。

池渺渺不由得又想起不知道已經被她想了多少遍的那句「要帶走我的人，是不是要跟我說一聲」的霸氣到不能再霸氣的警告，以及他衝進文峰那壞蛋的車裡把她抱出來的場景……

可惜當時光顧著害怕了，無論怎麼回憶，也想不起縮在他懷裡的感覺。

池渺渺在內心惋惜了片刻，想起他開門前，她在擔心的事——他把自己關在房間裡這麼久，是不是又舊疾復發了？

她關切地問：「老闆，你怎麼洗澡洗了這麼久呀？」

她一邊說一邊偷偷往他房間裡看，企圖看出點蛛絲馬跡。

李牧遙沒給她這種機會，直接擋在她的面前。

池渺渺訕笑著摸了摸鼻子說：「飯做好了，再不吃就涼了。」

李牧遙掃了她的表情一眼，完全看不出今天被劫持的人是她。

「看來是我白操心了。」

這麼沒頭沒尾的一句讓池渺渺莫名其妙：「什麼？」

「還擔心妳因為今晚的事留下什麼心理陰影，打算幫妳諮詢一下心理醫生，不過看妳的自癒能力應該用不著看醫生了。」

原來他還在擔心她。

池渺渺心裡暖暖的，拍馬屁的時候也更加自然了：「這不是多虧了老闆你嗎？因為你及時出現，英勇打倒那個文峰，這才能讓我好端端的坐在這。有你在，我都沒機會受傷，根本用不著自癒。」

李牧遙坐到餐桌前，阿姨幫他倒了杯檸檬水，他喝了一口放下杯子，也不看池渺渺，說：「嗯，看出來了，妳挺好的。」

池渺渺小心翼翼地問：「那你呢？」

「我？」

池渺渺仔細觀察著他的神色，不像是剛經歷過什麼病痛的樣子，她稍稍鬆了口氣的同時又覺得有點奇怪。

她很想問問他究竟怎麼回事，但還是忍住了。一個病人大概並不喜歡別人總提起他的病吧，哪怕對方只是出於關心。

再開口時她換了個話題：「我想說你不是說今天要出差嗎？怎麼沒走？」

李牧遙在收到池渺渺訊息的時候其實正打算從辦公室出發，當時劉煥已經在樓下等他了，所以那時候他的身邊並沒有其他人。

猜到池渺渺出事後，他立刻衝下樓，所幸他還沒有完全喪失理智，下樓時不忘打了個電話吩咐劉煥報警並且帶人過來支援。

李牧遙：「本來是要走的，因為妳改成明天了……」

說到這，他又有點猶豫，畢竟今天如果不是有他在，還不知道會發生什麼不可收拾的事情，「我出差的話，妳一個人可以嗎？」

池渺渺連忙點頭：「老闆你放心吧，文峰這次犯的事性質應該挺嚴重的，不會這麼快就放出來吧？他都進去了，我還怕什麼？你儘管放心出你的差，不用擔心我！」

看她巴不得他立刻就走的樣子，李牧遙輕嗤一聲：「沒心沒肺。」

不過池渺渺的話並不是沒有道理，和警方那邊打好招呼，確保文峰不會這麼快被釋放，李牧遙才放心去了萊港。

只是他原定計劃是在當地好好考察一下的，因為出了文峰那事，他決定儘早完成工作就回北城。

其實經歷了這樣的事情誰又能不害怕呢？

池渺渺不敢去想如果當時李牧遙沒有出現，現在的她會是什麼樣。

短暫的後怕過後，讓她想得最多的還是那天的李牧遙。

而且她發現自己每次想起他時的心情，好像和以往有點不同了，但具體是哪種不同她又說不上來。

不過李牧遙出差的這幾天，家裡只有她一個人，她從精神到行動上都放鬆了不少。

之前「家規」規定她不得在他家裡吃零食，因為即便垃圾很好清掃，氣味卻很難消散。這幾天他不在，她又格外想吃，於是就買了一大堆，打算週末好好放鬆一下，以撫慰她這顆剛受過驚嚇的心。

週六的晚上，她把赤鉅資買回來的零食隨意鋪排在茶几上，開了一罐冰鎮啤酒，打開電視找到那一部她早就想看的電影，拉好窗簾營造出電影院的氣氛，調節好中央空調的溫度，就開始了她愜意的週末時光。

電影是去年紅起來的一個新銳導演的最新作品，這位導演很擅長拍一些情感類題材的影片，慣用的套路都是前面輕鬆幽默，後面溫馨感人。

這一次果然也是這樣，電影開篇的場景設定很新穎，而且笑點密集。池渺渺將雙腳蹺在茶几上，一邊吃著零食一邊肆無忌憚地大笑著。然而笑著笑著，她莫名就覺得背後陰風陣陣，像是有什麼人在看著她。

某種意識牽引著她回過頭去，這一回頭，差點把她嚇得從沙發上摔下去。

不知道什麼時候開始，走廊的地方多了個人……

她一開始沒看清楚對方的身形，文峰留下的後遺症讓她誤以為有什麼人偷偷潛了進來，她當即被嚇得尖叫一聲。待又仔細看了一眼，她更害怕了——雖然此時客廳裡黑漆漆的，依舊是看不清楚對方的臉，但是那個身高、那個站姿，已經足夠池渺渺認出那是誰了，她甚至可以想像出某人要殺人般的眼神。

池渺渺手忙腳亂地把自己的傷腿從茶几上搬下來：「老……老闆，你什麼時候回來的？」

李牧遙這才緩緩走向她，他似乎有點疲憊，一邊將襯衫衣領的釦子解開一顆，一邊走到她旁邊坐下，用沒什麼溫度的聲音說：「在妳笑出豬叫聲的時候。」

池渺渺尷尬笑笑：「不是說後天才回來嗎？怎麼突然提前了？」

話說到一半，她又覺得自己這嫌棄的語氣有點太過赤裸裸，連忙補救道：「我是說你回來怎麼也不和我說一聲，我才能去接你呀。」

他慢條斯理地轉頭看向她。

房間裡光線很暗，只有巨大液晶螢幕上透出的些許光亮在李牧遙立體的五官上留下斑駁的光影。

「剛發生了文峰那事，我還擔心妳多少會有點害怕，現在看來是我多慮了。」

池渺渺也沒多想，幾乎是脫口而出：「有你在，我還怕什麼？」

說完才覺得氣氛不對，她又連忙補救道：「我的意思是說，老闆你已經把文峰送進去了，讓我澈底沒了後顧之憂，所以就不害怕了。」

李牧遙深深地看了她一眼，沒再繼續這個話題，而是看向前面的螢幕：「這是什麼電影？」

池渺渺的注意力也立刻回到了電影上：「是剛上映的一部愛情片。」

她想到男人一般都不喜歡看這類談情說愛的故事，連忙說：「老闆你要是不喜歡看這個我們可以換一個。」

李牧遙：「不用，就這個吧。」

聽李牧遙說就看這個，池渺渺還挺高興的，畢竟誰也不願意只看一半就停下來。

池渺渺立刻向李牧遙推薦起這部電影：「老闆你看過去年那部《異性朋友》嗎？也是這個導演的作品，雖然是小成本的電影，製作不大，但上映後口碑特別好，這位導演還因此獲了獎呢，這是他的最新作品，我剛看了開頭，特別好看……」

說話間池渺渺又看到了茶几上的零食，獻寶似的從裡面找出之前跟他搶過的那個牌子的糖遞給他：「對了老闆，這個牌子又出新口味了，特別好吃，你嚐嚐。」

他卻只是淡淡掃了躺在她手掌中的幾枚糖果一眼，拒絕道：「不用了，謝謝。」

她又殷勤地打開一罐啤酒：「老闆你試試這個，有一點點甜，涼涼的特別解渴，啤酒配電影，特別愜意！」

李牧遙面無表情地看向她：「妳如果能安靜一點，我就更愜意了。」

「哦。」池渺渺悻悻地把那罐啤酒放回茶几上。

周遭總算安靜了下來，唯有電影裡男女主角的說話聲傳來。空氣裡還彌漫著一種不知道是糖果還是啤酒的味道，有點甜膩，卻也讓人很想去嘗試一下。

李牧遙坐著沒動，努力讓注意力放在電影情節上。

沒過多久，身邊又傳來某人沒心沒肺的笑聲，但是李牧遙卻沒有被打擾的不快，反而讓他覺得難得的放鬆。

回想著他搬進這棟房子裡的這段時間，差不多有三年了，因為父母不在北城，自然也沒有來他這裡住過。這裡對他而言就是個可以洗澡睡覺，讓他疲了累了能回回血的地方。

這房子雖然很大，但有些房間他或許一年都不會進去一次，家裡的設施也很齊全，但眼前的電視他開啟的次數一隻手都數的過來。

在他的授意下，出入這裡的人都過分的安靜，像今天這樣，大概是這三年來的頭一次。

其實最初讓池渺渺住進來的那幾天，李牧遙不知道後悔了多少次。他原本只是想著，讓她隨便選一間房間住著，不允許出現在他的活動區域內，那麼她就不會干擾到他，這和之前獨居時的狀態幾乎沒什麼不同。

可是他漸漸發現，自從她搬進來後，他的周圍就充斥這與她有關的一切，他總是時不時地能在家裡的地板上發現她的頭髮，廚房的中島檯上有她用過的杯子，玄關的置物櫃上有她亂七八糟的小東西，甚至是她停留過的地方，都留有她的味道……這些原本足以讓他渾身不舒服的存在，是約法三章都規避不掉的，他只能默許，只能忍耐。

而忍耐的結果就是他發覺自己的忍耐力似乎變強了，對她的包容度也更高了，就像他以前害怕旁人的碰觸，但自從招她進了失戀博物館後，因為她一次又一次的失誤，他已經對她免疫了，甚至還有點習慣了她的存在。

這次出差前他又寄了個郵件給威爾森說明他最近這段時間的變化，也著重說了池渺渺被劫那天的事情。

威爾森很快回覆了郵件，但他對他的遭遇到的危險不聞不問，而是不著調地回了句：『哇哦，這真是個浪漫的故事。』

還好李牧遙早就適應了威爾森偶爾會這樣，沒好氣地回覆道：『你是說員工在公司遭人劫持很浪漫，還是我和人打架很浪漫？』

威爾森跟他不在同個頻道上，他問他：『那你還是單身嗎？』

李牧遙的耐心澈底被他磨沒了，回了幾個問號過去。

半晌後威爾森再度回覆他，和上一次郵件裡的內容倒是差不多。

威爾森：『我早就說了，治癒過程就是一個脫敏的過程，既然和那位女孩的接觸讓你尚且能忍受，那我建議你多多接觸她，可以的話嘗試逐漸深入的接觸，多方位的挑戰你能接受的極限。』

所以繼上一次讓他努力「製造親密接觸的機會」後，這一次他這位醫生又建議他「嘗試深入接觸」了，還是「多方位」的。

他問威爾森：『你確定你是認真的？』

威爾森：『當然，我都是為了你好。』

又是一陣肆無忌憚的大笑聲，說實話池渺渺笑起來真的很不好聽，但是不得不說，有那麼點感染力。

他在黑暗中悄悄觀察她，發現她的側面輪廓竟然非常立體，表情豐富，笑可以有千百種，被感動時的表情也有千百種，甚至連發呆時上一秒和下一秒的樣子也不盡相同。

不得不說，不管是哪一種表情，都很生動。

他想起蕭易對她的評價——證件照都拍的那麼好看，可見真人很漂亮。

他忽然發現，她確實很漂亮。

隱隱傳來檸檬味的甜香，他知道那是她嘴裡那塊糖果的味道，他忽然很想嚐嚐那味道到底有多甜。

口腔裡的甜味過於濃郁了，池渺渺隨手拿起啤酒喝了幾口，隱隱約約感覺有一道視線落在她的身上。

她回過頭，發現只是自己的錯覺，李牧遙正神情專注地看著電影。

她呼出一口氣，發現自己的心跳竟然因為剛才的那個錯覺猛然加快，而且她發現他離她那麼近，近到她稍稍挪動手臂就能觸碰到他。

血液開始沸騰，臉也不受控制地開始發燙。

還好光線夠暗，他應該看不出來。

「怎麼了？」身邊突然傳來他的聲音。

她掩飾性地拿起裝滿啤酒的易開罐說：「沒事，就是有點熱，唉這天氣……」

說完她便仰起頭咕嘟咕嘟喝了幾口。

李牧遙的視線順著她的眼睛移到她的下巴上，最後又從她纖長白皙的脖頸上收回。

「還有嗎？」他問。

池渺渺喝了足足大半罐啤酒，才覺得自己臉上的溫度降了下來，聽到李牧遙問話，她毫無形象地用手背擦了擦嘴角問：「什麼？」

李牧遙又被她這個下意識的小動作搞得心猿意馬起來，微微蹙眉回道：「啤酒。」

聽清楚李牧遙竟然主動要酒喝，池渺渺特別高興，立刻從旁邊的箱子裡拿出好幾罐，豪爽地擺在他面前：「絕對夠！」

李牧遙嗤笑一聲，伸手拿過一罐，正要打開，又被池渺渺奪了過去。

他不解地看過去，就見她一臉諂媚地說：「我先幫你擦擦。」

邊說邊拿出紙巾仔仔細細把易開罐擦乾淨，然後才打開遞給他。

有那麼一刻，李牧遙竟然有點欣慰的想，這傢伙也不是總那麼沒眼色的。

電影確實是好電影，總是能在不經意間牽動人心。

李牧遙很少喝酒，對這種辛辣中暗藏甘甜的味道忽然就上了癮。

不知不覺，隨著電影進入尾聲的時候，一箱啤酒也被兩人喝光了。

池渺渺的酒量李牧遙早有領教，只是他沒想到，自己也好不到哪去，不然他怎麼會被一個杜撰出來的故事打動，不然他怎麼會覺得正一把鼻涕一把眼淚的某人竟然也挺好看的。

頭腦有點暈沉，他不由得閉上眼靠在沙發頭枕上。

池渺渺怎麼也沒想到開篇那麼搞笑的故事結局竟然這麼虐——原本互不交心各懷鬼胎的兩個人，當意識到自己對對方的愛時，終於下定決心正視彼此的感情決定追隨對方的腳步，可是卻總是因為這樣那樣的原因與對方失之交臂。

尋尋覓覓小半生，他們在各自的領域大放光彩，想要什麼都唾手可得，但唯獨一段「不走心」的感情卻再也難以尋得。

池渺渺哭累了，也像李牧遙一樣仰靠在沙發上。

見李牧遙似乎也很受觸動的樣子，她歪頭看向他，問：「老闆，如果你是男主角，你會在過去這麼多年後再把女主角追回來嗎？」

「不會。」

池渺渺意外：「為什麼？」

難不成在她老闆這種工作狂眼裡，感情就是這麼不值得一提？感情用事更是顯得幼稚可笑嗎？

李牧遙也轉過頭來看向她：「因為如果是我，我根本就不會讓自己錯過她。」

兩人目光相觸，池渺渺不由得愣了愣。

她從來沒有這麼近距離的觀察過李牧遙，原來他的睫毛這麼濃密，鼻樑這麼高挺，嘴唇略顯單薄，但唇形溫柔，看起來很好親……

池渺渺不知道，就在她用目光描摹他的五官的同時，他也在仔仔細細的打量著他。

腦中突然就冒出威爾森的那封郵件，冒出那句「深入接觸」。

他的目光最後停留在她的唇上，或許是因為喝了許多酒，她的唇較比平時更加嫣紅飽滿，那上面似乎還有未乾的酒，泛出濕潤的光澤來。

平生第一次，他想要嚐一嚐那上面的味道，是不是跟他剛才喝過的那一杯一樣，苦後回甘。

伴隨著悠遠纏綿的片尾曲響起時，電影已經徹底放完了。

池渺渺發現，這部電影不僅故事好看，就連最後的片尾曲都很好聽。

片尾曲沒有歌詞，只有一個女孩子的哼唱聲，但聽著這個曲子再閉上眼，池渺渺的腦中就有了男女主角的前半生。

就當李牧遙壓抑不住內心的衝動想要吻上去時，卻發現對面的人竟然就這麼睡著了……

他不由得停下動作，因為再上前一步就有了趁人之危的嫌疑。

而這一停頓之後，剛才那種衝動便一瞬間消散了。

他連忙起身，回房間去洗了個臉。

等到再出來時，也顧不上去看池渺渺了，滿地的易開罐和滿茶几的零食袋差點要了他的命。

他連忙深呼吸幾次，嘗試著讓自己放輕鬆，然後甚至等不到讓阿姨來打掃，就迫不及待地「親自上陣」了。

花了半個多小時這才勉強把客廳恢復了原樣。

一切終於順眼了，除了在沙發上睡得不省人事的某人。

這傢伙睡得真的很沉，客廳裡的水晶燈大亮對她也沒半分影響。

而且他剛才賣力打掃她留下來的爛攤子時，她竟然還會時不時發出幾聲細小的鼾聲。

李牧遙很意外，女生睡覺也會打鼾嗎？再看她的睡相也實在算不上雅觀。

他自責地捏了捏眉心，剛才他怎麼會覺得她好看？一定是因為自己剛剛喝了酒，視力變差了，加之昏暗的環境下眼中的人會比平時好看，這才讓他產生了錯覺。

李牧遙檢討完自己剛才的看走眼，最終還是彎腰抱起池渺渺朝她房間走去。

將池渺渺安置在床上，正要離開時，李牧遙注意到了池渺渺桌子上的筆電。

筆電是敞開著的，正處於休眠狀態，晃一晃滑鼠，或許就能看到它的主人離開前在做什麼了。

李牧遙想到有那麼幾次突然回家時，她手忙腳亂收筆電的樣子……

他記得林婉說過，她是個網路小說作者，他猜她私下裡寫的應該就是一些沒什麼營養的小說，倒也不至於見不得人，為什麼那麼怕他看到呢？

但是他只是在那筆電前站了一下子，就轉身出了她的房間。

回到書房，坐在電腦前，李牧遙不由得又想起了林婉的事情。

林婉說池渺渺其實是她喜歡的一位作者，而池渺渺最初之所以會誤以為林婉自殺，是因為有人在社群上看到了她們的互動就認為她們很熟，所以得到消息第一時間私訊了池渺渺。

社群？

李牧遙很少關注這一類平臺，上一次為了查上傳林婉影片的帳號才註冊了一個。

他打開電腦，回憶著帳號密碼登錄。

雖然當時沒關注任何人，但是他天生記性好，瀏覽過的每一個帳號的名字，無論多麼冗長複雜，他都記得清清楚楚。

不過最初那個「鄰家小喵婉婉」的用戶已經不存在了，可能是林婉後來改了名，但他還記得上傳林婉被送醫院影片的那個帳號名字。

他在搜尋欄裡輸入「ersrhusidhf799qq」，所幸這個帳號並沒有改名，但看她的社群內容，最初關於林婉的自殺影片都刪掉了，上傳的內容都是些小女生的人生感悟。

這個帳號的關注列表很簡單，隨便打開幾個，就找到了林婉的帳號。

現在她叫「許家小喵婉婉」……

女孩子一談起戀愛，所有的話題好像就都離不開那個男生。林婉社群上的內容也大多和許魏有關，除此之外，就是轉發一些無聊的網路段子。

她的關注中有一千多個人，找起來比較吃力，所以李牧遙選擇先從她發過的貼文內容著手。

正一頁頁翻著林婉的主頁時，被他放在桌子上的手機像是有感應似的突然響了起來，來電人好巧不巧正是蕭易。

李牧遙猶豫了一下接通電話，蕭易問他：『在幹什麼？』

很稀鬆平常的一句開場白卻讓李牧遙難得有點心虛，總不能坦白告訴對方，自己在翻他前女友的社群主頁吧。

「什麼事？」他直接忽略了他的問題，冷聲問。

蕭易難掩激動地說：『剛剛帶著我家老爺子複查了一下，醫生說沒什麼大礙了，他老人家又思鄉情切，催著我帶他回國，我就想著收拾收拾下個月回去。』

最初決定投資失戀博物館，一方面是因為多年好友蕭易的面子，更多事考慮到失戀博物館和「拍拍」的戰略性合作。

所以說到底他也只是失戀博物館的投資人，並不需要事事親力親為，當初接手失戀博物館的管理工作也是因為蕭易臨時要帶著他父親出國一段時間，而「拍拍」才是他真正的地盤。

眼下蕭易要回來了，一切就要各歸各位了，他也不用像現在這麼忙了。

這是好事，可是不知道為什麼，李牧遙卻沒感到一絲一毫的輕鬆。

「還是伯父的身體要緊，畢竟剛做完手術，能不能經得住長途飛行也是個問題。」

蕭易：『醫生和老爺子都說沒事了，再說我也不能總在外面閒著，你一個人撐了這麼久，兩家公司的事務加起來夠你忙的，我這不是想早點回去幫你分擔分擔嗎？我太期待我們重新並肩作戰的感覺了！』

「好吧。」李牧遙的聲音帶上點笑意：「訂好機票把航班號碼傳給我，我去接你們。」

『好嘞。』

掛上電話，李牧遙也沒心思再翻林婉的社群，關了電腦，起身回臥室。

50

池渺渺聽說文峰之所以會做出那麼極端的事情確實只是因為一時的不甘心，但她約程寶寶出來也沒想真的怎麼樣，他只是想復合，畢竟程寶寶確實是個不錯的結婚人選。

但如果程寶寶實在不願意他會要一筆分手費。

他沒有真的想要弄出什麼事，畢竟就算沒了女朋友，他還有份不錯的工作。

可是他不知道，他這麼做的性質已經很嚴重了，所以他短時間出不來，工作自然也沒了。

池渺渺問李牧遙：「他這樣才是真的雞飛蛋打一無所有了，那他出來會不會報復？」

李牧遙似乎完全不擔心：「應該不會。」

池渺渺不解：「為什麼？」

李牧遙：「女朋友和工作沒了都可以繼續找，而且除此之外他還有把他當成鳳凰的父母、親戚和左鄰右舍。我聽說他這次發生的事情還瞞著他家裡，既然還有所忌憚，就不怕他繼續糊塗。」

看來李牧遙已經對文峰放過話了，這樣一來，池渺渺和程寶寶都不用再擔心了。

在李牧遙家住了一個月，轉眼就到了池渺渺可以拆石膏的日子了。

池渺渺本想自己去醫院，但李牧遙以她對高檔私立醫院的看病流程不熟悉的理由提出陪她一起去。

可等到了日子他又總是因為這樣那樣的事情去不成，就害得她拆石膏的日子一拖再拖。天這麼熱，她是一天都不想再拖著石膏度日了，就當她忍無可忍決定隨便找個醫院拆石膏的時候，李牧遙突然又有時間了。

他們最終還是去了那家私立醫院。

醫院地處市中心以外的郊區，可以說是很偏遠了，但也正是因為偏遠，所以環境不錯，上次池渺渺來的時候剛受傷，沒有仔細觀察周圍環境，這一次一路走來，才注意到這醫院也算得上依山傍水，占地又很廣，但來來往往卻都是醫務人員，偶爾看到一個穿著不是醫務人員的，還戴著帽子口罩把自己捂得嚴嚴實實的，一看就是明星藝人之類不方便在公眾場合隨意露臉的人。

骨科在六樓，李牧遙推著池渺渺來到電梯前。

上一次來這裡時，池渺渺的身邊離不開人，沒辦法只能讓他陪著她坐電梯，但坐了一個多月輪椅後，池渺渺已經很習慣了，就對李牧遙說：「我坐電梯你走樓梯吧，我們六樓見。」

李牧遙看她一眼說：「不用。」

池渺渺還想再勸勸他，電梯門已經在他們面前打開了。

電梯員笑盈盈幫他們控制著電梯門，李牧遙推著池渺渺走了進去。

而就在電梯門快要關上的時候，外面又來了什麼人，電梯員連忙又按了開門鍵。

進來的是一對年輕男女，倒是沒有像池渺渺之前見到的人一樣捂得那麼嚴實，女生只戴了副墨鏡，身材很火辣，一身名牌，風格很時尚前衛。男人三十多歲的樣子，微胖，穿著倒是很隨意，一臉的「操勞過度」的疲憊感，外加一副不好相處的傲慢神態。

兩人在聊他們剛見過的某位「朋友」，女的批評對方身邊的女伴是整容臉，男的嘲諷對方剛投資的項目不知道虧了多少錢。

池渺渺只在兩人進來時看了一眼，要不是他們太旁若無人，說話那麼大聲，她都不會留意他們。

電梯門內側是被擦得一塵不染的鏡面，上面可以清晰地看到電梯內的眾人。

池渺渺一直透過鏡子留意著身後李牧遙的神情，她發現一向「目中無人」的他竟然看了前面那男人兩次。

難道是因為他們說話聲音太吵了？

忽然她注意到李牧遙微微皺了皺眉，與此同時她感到有人似乎也在透過電梯門上的鏡子打量他們。

她循著感覺看過去，那男人已經驚喜地回過頭來，故意地湊近一步看向李牧遙：「這不是李總嗎？」

這一瞬間，池渺渺腦中閃過很多想法——合作方？親戚？朋友？

不，一定算不上朋友，因為她能明顯感知到李牧遙的抗拒，再結合那男人一臉油膩的挑釁，兩人十有八九關係很差。

李牧遙甚至連一個眼神都沒有分給那人。

男人反而覺得更有意思了：「呦，這才幾天，就不認識了，我是嚴悅呀！」

嚴悅？

這名字有點耳熟，尤其是「嚴」這個姓並不多見，池渺渺立刻在腦中搜尋著在哪看到過。

她忽然想到之前暖萌跟她講過得李牧遙的創業史，其中有個地產大亨的兒子處處和李牧遙過不去，先是抄襲他公司的遊戲又搶先讓遊戲上線再倒打一耙。後來李牧遙賣掉遊戲公司做了交友平臺「拍拍」，他又做了個類似的，處處和李牧遙對著幹。

據說「拍拍」其實從構思到運營上都沒什麼問題，後來也是聽說總有人從中作梗，讓他錯失了幾次好的機會。

而那個地產大亨好像就姓嚴！

池渺渺恍然大悟，但又不得不感慨真是冤家路窄。

所幸轉眼就要到六樓了，也不用再委屈李牧遙跟他討厭的人周旋。

而就在這時，電梯忽然出現短暫的失重，電梯裡的燈也隨之暗了一下，很快又恢復如常，只是電梯卻停了下來。

一瞬的安靜過後，電梯裡的幾人才意識到發生了什麼事。

墨鏡女鬱悶道：「你們的電梯都不定期檢修的嗎？這種地方還會遇到這種事，真是晦氣。」

那個叫嚴悅的男人也顧不上挑釁李牧遙了，兩人你一句我一句罵個沒完。

電梯員一邊陪著小心道著歉，一邊撥打了管理室的電話。

池渺渺連忙去看李牧遙，他臉上一點情緒變化都沒有，但過於泛白的臉色昭示著他的狀況並不好。

電梯員很快和電話那邊的管理員交涉完，對方第一時間通知電梯廠商，但是需要他們在電梯中等待大約十五分鐘。

池渺渺一聽到要等十五分鐘後便慌了，她剛要說什麼，就感覺到一隻手忽然在她的肩膀上捏了捏。

池渺渺和李牧遙的視線在對面的鏡子中交匯，他沒有特別的表情甚至眼神，但池渺渺就是知道，那意思就是讓她不要聲張，他不想被人知道他有那樣的病。

可是十五分鐘呢！還是在空間這麼狹小的電梯轎廂內。

墨鏡女依舊在抱怨，嚴悅回頭看了李牧遙一眼說：「也不都是壞事，能跟大名鼎鼎的李總困在同一個電梯裡，這可是難得的緣分啊。你說是吧，李總？」

這一次李牧遙只是冷冷掃了嚴悅一眼，依舊沒有說話。

嚴悅也不生氣：「呦呵，這麼久沒見李總還是這麼目中無人啊！哦對了聽說你那個『拍拍』快經營不下去了？很正常，人的運氣不可能總是那麼好，什麼『每兩年成功一次的創業神話』？

可真敢寫，現在臉疼嗎？哦對了，聽說你最近又投資了什麼失戀博物館，廣告倒是沒少做，還把一個過氣女明星又帶紅了！可是圖什麼呢？你真以為那什麼狗屁失戀博物館能賺錢啊？還是你只是為了捧紅那樣的貨色，值得嗎？對了，不提我差點忘了，她以前跟過你，這就難怪了……只是沒看出來，我們李總還真念舊！」

這個嚴悅口中的「過氣女明星」很明顯就是汪可，可是聽他對汪可的評價，難不成兩人以前有過節？

池渺渺忽然想起殺青宴那天晚上汪可跟她講的「故事」，說她和李牧遙的第二次見面就是李牧遙撞見她被一個富二代欺負，然後他很奇葩地錄了影片幫她逼走了那富二代。

她記得當時汪可說那富二代的爸爸叫什麼嚴利明，那眼前這個嚴悅不就是當初那個富二代嗎？

看來他和李牧遙真的是積怨已久了。

池渺渺又迅速分析了一下幾件事的時間線，大致推測出事情應該是李牧遙為了汪可得罪了嚴悅，所以嚴悅才在那事以後處處針對李牧遙，先是抄襲了他的遊戲公司的產品然後倒打一耙，接著又在他創立「拍拍」後弄了個同類型的網站跟他對壘，並且還使了不少陰招對付他。

池渺渺越想越覺得眼前的人面目可憎醜陋至極！

或許是因為她的目光太過灼熱，嚴悅的注意力忽然轉移到了她的身上。

「呦，這位是新歡啊？怎麼還是個殘障人士啊？」他邊說邊自覺幽默地朝他的女伴笑笑，然後又看向池渺渺假惺惺地說，「剛才我說的那些話不好意思啊，妳也別怪李總，男人嘛，誰還沒點風流史呢？」

池渺渺才沒工夫理他，狠狠瞪了他一眼並不接話。

真正讓她揪心的還是李牧遙的身體狀況，她知道這種時候最好能讓他轉移一下注意力，如果嚴悅的嘴賤能讓他暫時忘記現在的處境也好，可惜李牧遙的臉色明顯更差了。

或許是池渺渺擔憂的神色太過明顯，嚴悅的注意力又回到了李牧遙身上：「不舒服啊？」

池渺渺連忙佯裝著不高興道：「早就說讓你早點來醫院看看，非要等到感冒加重才肯來！」

嚴悅掃了池渺渺一眼，又看向李牧遙：「不對吧，這不像是感冒吧？」

他像是想起了什麼，大呼小叫道：「之前有人說你有那種什麼『幽閉恐懼症』，不會是真的吧？」

這對別人來說明顯是件不幸的是，而在嚴悅看來就像是發現什麼新奇好玩的東西一樣，完全沒打算掩飾自己的幸災樂禍。

池渺渺相信，如果是在李牧遙身體沒問題的情況下，以他的毒舌，對付十個嚴悅也沒問題，可惜他現在確實不太好，這個嚴悅還這麼不依不饒，真是可惡！

還好，罵人這方面，她們小說作者也是專業的。

「嚴先生，看您要去八樓，八樓有什麼科啊？」

嚴悅可沒有跟她嘮家常的興致，不客氣地回了句：「跟妳有什麼關係？」

池渺渺朝他笑笑說：「我是建議您有空也去消化科看一看。」

嚴悅挑了挑他短粗的眉毛，很顯然有點好奇她為什麼這麼說。

池渺渺在他的注視下，故作嫌棄地抬起一隻手搧了搧，然後很難為情地說：「聽說會這樣都是因為消化功能不太好。」

很明顯嚴悅不是個腦子太好的人，他反應了足足半分鐘才意識到池渺渺是在暗示他口臭，更大的可能性是在諷刺他說話不中聽。

嚴悅臉上閃過一絲惱怒之色，但很快又恢復成笑嘻嘻的模樣。

他故意靠近一步，問池渺渺：「真的嗎？妳再聞聞。」

而就在他要探下身來的前一秒，李牧遙以一種保護的姿態繞到了池渺渺前面，與池渺渺面對面的將她和嚴悅隔了開來。

嚴悅見狀並不生氣，調侃道：「李總還真是當英雄當慣了，不過你誤會我了，我沒有想幹什麼。」

池渺渺沒想到李牧遙在這種時候還會擔心她被人欺負，心裡五味雜陳，可是她也發現他的臉色比起幾分鐘前更差了，她甚至能感覺到他的身體都在發抖。

嚴悅似乎也看出來了李牧遙的不對勁，他當然不可能放過這種機會，佯裝著關心道：「欸我說你的身體沒問題吧？幽閉恐懼症會不會死人啊？萬一等一下你在這裡面出事了，別人不會誤會我做了什麼吧？」

嚴悅只是隨口這麼一說，誰知李牧遙竟然開口了：「我的身體確實有點小問題，如果潔癖也算的話。所以我要是在這裡出了事跟你肯定脫不了關係，因為就在剛才，你的口水都濺到我的衣服上了，讓我很不舒服，請你跟我保持距離。」

說著，李牧遙還抬起手臂，嫌棄地看了一眼。

一個嫌他口臭，一個嫌他髒，嚴悅差點氣炸了，但他也不能真的怎麼樣。

電梯員怕他們在這時候打起來，連忙出來打圓場道：「不好意思各位，電梯公司的人應該馬上就到了。」

嚴悅正有氣沒處發洩，正好對著電梯員「呸」了一句：「馬上馬上！都等多久了還馬上？」

女伴附和著他的話抱怨，電梯員陪著小心不住地道歉。

池渺渺擔心地看著李牧遙，從她的角度正好可以看到一滴汗珠順著他的鬢角滑出，又沿著他的下顎滑至下巴。此時他的嘴唇已經一點血色都沒有了，幾乎站不直身體，垂在身體兩側的手也在微微發抖。

「這裡是不是缺氧啊？我都沒力氣大聲說話了。」池渺渺忽然放軟了聲音抱怨了一句，然後扯了扯李牧遙的衣服，像是在撒嬌，「我沒力氣，某些人又吵，你離我近點。」

被池渺渺這麼一扯，李牧遙終於可以不再那麼筆直地站著了。但池渺渺的輪椅扶手又太低，並不方便他借力，他深吸一口氣乾脆把她的頭攬入懷中，以她的肩膀借力。

這在外人看來，就是兩個小情侶的親昵姿態，池渺渺卻心知肚明，他是真的站不住了。

可是即便心知肚明她也無法抑制自己過快的心跳，她覺得都快心臟病發了。

身後又傳來嚴悅的調侃聲：「呦這兩人夠黏膩的啊！」

可惜除了他的女伴沒人理他。

池渺渺心急如焚地思索著，如何讓李牧遙好受一點。她忽然想到在飛機上，是給他聽了她失眠時愛聽的自然聲，轉移了他的注意力，才讓他平靜了下來，可是她今天出門沒帶耳機啊！

而那個討厭的嚴悅還在觀察著他。

看來只能想別的辦法轉移他的注意力了。

池渺渺正愁眉苦臉地想主意，冷不防面前的李牧遙的身形忽然晃了晃，眼見著他就要真的站不住了。

光電火石之間，池渺渺也不知道自己是怎麼想的，她揚起臉，忽然伸手扯住李牧遙的襯衫前襟，在所有人、包括李牧遙在內都猝不及防的時候，將他拉到自己面前，探著頭吻了上去。

她清晰地看到李牧遙眼中閃過一絲震驚。

「閉眼。」短暫停頓的片刻，她小聲說。

其實她也不知道，自己這麼鋌而走險的一招到底有沒有用，或許會適得其反，讓他更加難受，但她沒有時間思考。

然而下一秒，李牧遙真的閉上了眼睛，彷彿將一切交給了她。

池渺渺忽然覺得自己身上責任重大，可惜她的經驗中，並不包括接吻這一項。

但電視劇沒少看，言情小說裡涉及到的這類情節，她也沒少反覆揣摩研讀，同時在大腦裡場景還原……

猝不及防的，理論與實踐相結合的機會就這麼來了，對方還是這麼一朵生人勿近的高嶺之花。

她輕輕用嘴唇描摹著他的唇，和他冷硬的外表不同，他的嘴唇很柔軟。

池渺渺小心翼翼勾著他的脖子啄吻，讓她慶幸的是，他似乎並不抗拒，呼出的氣息依舊是顫抖的，卻又說不出是因為他的病，還是因為她的忽然碰觸。

有人先回過神來，不屑輕嗤。

池渺渺卻顧不上那麼多，她的所有注意力都集中在兩人皮膚相觸的部位。

忽然她感覺到唇上被什麼冰涼柔軟的物體輕輕掃過，這讓她的腦中空白了一瞬間，那一瞬間過後，她意識到，那是李牧遙的回應。

最初那種大義凜然、不管不顧的豪邁模樣瞬間退卻，她像所有第一次嘗試接吻的女孩一樣，羞赧、不知所措、小鹿亂撞。

她覺得，如果接下來有人要發病，那應該是她。

不知道從什麼時候開始，兩個人的地位發生了翻天覆地的變化，之前那個將一切交托給她的人此時成了這個漫長深吻中的主導。

門外忽然傳來嘈雜的人聲，還有工具刮動轎廂廂體的聲音。

片刻後，轎廂內光線驟亮，電梯門被人從外面打開。

李牧遙這才緩緩離開了她的唇，目光在她唇上流連，竟然還有一點意猶未盡的意思。

眾人很快被解救出來，嚴悅一出去就開始打電話又是要投訴，又是要請律師告醫院的，再也顧不上騷擾李牧遙了。

而李牧遙和池渺渺，兩人因為剛才在電梯裡發生的事情都有點尷尬，誰也沒有跟誰說話，尤其是李牧遙，醫生幫池渺渺拆石膏時，他還會仔細詢問拆掉石膏後的注意事項，可從醫院出來後，他就彷彿身邊沒她這個人一樣，連個眼神都沒有分給她。

這是不好意思的表現嗎？可是她是女生，她才應該不好意思啊！

那這是生氣的表現嗎？池渺渺想了想發現這種可能性非常高！畢竟他有潔癖，碰他一下都是玷汙了他，而且以他的眼高於頂，在他看來能配得上和他李牧遙接吻的雌性怕是還沒有出生！她的所作所為簡直就是對他的褻瀆！

不過等等！她差點忘了，他在電梯裡是回應過她的，如果不喜歡為什麼要回應？

怎麼又想到了電梯裡的情形？池渺渺覺得自己要無法呼吸了！

快要進李牧遙家門前，為了緩解一下尷尬的氣氛，她決定找點話題。

「那個……雖然剛拆掉石膏腿還有點疼，但是行動方便多了，我這就收拾一下東西搬回去了。」

李牧遙按密碼的手指頓了頓，接著按下後面幾個數子，防盜門「啪嗒」一下打開，他讓出位置，然後說：「澈底好了再回去吧。」

池渺渺：「我是覺得已經打擾你這麼久了，再住下去不合適了。」

「我這幾天有點忙，可能沒空送妳，過幾天吧。」

「沒事沒事，我等等打個電話給暖萌，讓她明天來接我。」

李牧遙煩躁地皺了皺眉，但也沒再說什麼。

池渺渺猶豫了片刻，覺得今天的事情還是應該跟他說明一下。

她組織了一下語言，叫住正要回房間的李牧遙：「老闆，今天在電梯裡，我其實……」

然而還沒等她說下去，就被他打斷了：「我知道，是為了替我掩飾我的病。」

雖然她想說的也是類似的話，但聽李牧遙這麼說，總覺得有點不舒服。

她繼續解釋道：「我是想起了飛機上的事，就猜想轉移你的注意力或許能幫助你控制病情，但我今天出門沒帶耳機，所以就……」

不知道為什麼，雖然早就猜到她那麼做的目的，但此刻聽她說出來，他還是覺得很煩躁，原來人的感情和身體上的行為真的是可以分開的。

真是可笑，他竟然還會覺得那個生澀的吻滿含情意。

他越想就越是煩躁，不知道自己在期待什麼，又在失望什麼。

他用沒什麼溫度的聲音再次打斷她：「我知道了，今天謝謝妳。」

說完他便走向自己的房間：「明天我叫司機送妳。」

看這態度，看來他是真的生氣了。

可是池渺渺發現自己也很生氣，準確地說，是有點失望，失望他把那個吻說得那麼輕描淡寫，雖然她的初衷確實是替他解圍，可那是她的初吻啊……

其實從電梯裡出來後，李牧遙的腦子裡就反反覆覆都是電梯裡的那個吻。

這讓他幾乎沒辦法思考，甚至開車的時候都沒辦法專心。

他打開電腦，想了想又拿起手機，直接打了個電話給威爾森。

算算時間，此時威爾森那邊正是半夜，接到李牧遙的電話時，他明顯是剛從睡夢中醒來。

「抱歉打擾你休息，但今天發生了一件很嚴重的事情，我必須跟你說一下。」

威爾森：『你還能自己打電話給我，我覺得事態或許沒那麼嚴重。』

李牧遙沒理會他的揶揄，把今天在電梯裡的事情簡單講述給他聽。

然後他總結道：「我現在無法控制自己的思想，大腦中不斷的浮現出已經過去的事情，可我明明不想再去回憶的，我認為這是強迫回憶的症狀……」

威爾森連忙打斷他：『放輕鬆，任何讓人緊張、尷尬的事情在一段時間內都可能被不受控制的回憶起來。你經歷的事情確實讓我很意外，這是一個巨大的進步不是嗎？不過，要想進一步瞭解你的情況，確定你是不是真的不那麼抗拒和別人接觸，我們需要先搞清楚一點——你是因為發現自己不抗拒她才更想跟她待在一起，還是因為渴望跟她在一起才不抗拒她的。只有你弄清楚了這一點，我才知道該給你什麼樣的建議。』

掛上電話，房間裡再度安靜了下來，顯得門外拖鞋摩擦地板的聲音格外的清晰。

不是說拆了石膏也要多休息嗎？走來走去的幹什麼？還有，今天的她好像格外不安分。

也是，終於可以回家了，能不高興嗎？

李牧遙正煩躁著，忽然聽到房門被人敲響。

池渺渺等了好半天，李牧遙的房門總算開了，他還穿著進門時的衣服，站在房間裡，臉色看上去不太好。

不過池渺渺不太在意，反正她老闆的臉色一向不好。

「老闆，我明天就走了，一直想請你吃頓飯的，畢竟這段時間你這麼照顧我，但考慮到你也不愛去外面吃飯，我就在家裡準備了晚飯。」

主要是考慮到他去過的地方都很貴，所以只能在家裡請客了。

但她現在雖然拆掉了石膏，行動還是沒有那麼方便，要大張旗鼓的做頓飯也有困難，所幸做個蛋糕還算容易，然後再叫個外送就差不多了。

見李牧遙將信將疑地看向廚房的方向，池渺渺連忙說：「我做了你最愛吃的黑巧克力焦糖口味的蛋糕。」

原來她忙進忙出這麼久是在做飯，他的心情略微好轉了一些。

他走向廚房，果然看到中島檯上放著一個剛剛做好的蛋糕。不過所謂的晚飯，就是這個蛋糕？

正在這時，門鈴響了，池渺渺看了對面牆上的監視器畫面一眼，是送餐的來了。

外送員是不能直接進入這個社區的，一般是送到社區門口再由管家送上來，今天送餐上來的人是個新面孔，但穿著一樣的管家制服，大概就是前些天管家跟她提過的新人。

她開了門，對方推了餐車進來。

在池渺渺的幫助下，這位新管家將池渺渺叫的外送一份份擺上餐桌。

「這就是妳說的晚飯？」李牧遙不悅地問。

池渺渺一邊擺盤，一邊回答說：「家裡的食材不全，我想起來你說過這家的意大利麵特別好吃，我就點了這個。」

他什麼時候說過這種話，再說意大利麵能好吃到哪去？

之前是她叫外送時自作主張叫了他那份，他知道那一家衛生狀況還過得去，勉強吃了兩口，味道確實差強人意。

現在怎麼就變成他愛吃了？

但這時他忽然注意到有一個盤子放在了餐桌邊緣，稍微碰一下就可能掉在地上。他走上前想去把盤子放好，卻正好被擺放完餐盤要轉身離開的管家撞了一下。

池渺渺眼看著那個新人管家撞向李牧遙，而且剛才沾了油的手還不小心碰到了李牧遙的袖子。

她原本想阻止的，但很顯然，根本來不及。

她還記得她把咖啡潑在他身上時的情形，當時不明白李牧遙為什麼會反應那麼大，後來明白了，也知道自己那次多麼幸運逃過了一劫。

可是人不可能總是那麼幸運。

她想著完了完了，這個管家要涼了，間接造成這次重大事故的她也涼了……

然而讓她意外的事，李牧遙並沒有表現出太明顯的不適，雖然他臉色確實不怎麼好，還是又洗手又消毒的，但也沒說什麼就讓管家離開了。

池渺渺觀察著他的臉色，不確定地問：「老闆，你沒事吧？」

李牧遙洗好了手，沒好氣地看她一眼，走向了自己的房間：「我去換件衣服。」

看來是真的沒事，只是不高興而已。

她忽然意識到，除了她把他衣服弄髒那一次，後來她喝多了酒也好，受傷後也好，她都碰過他的衣服，也碰過他的人，好像也沒他自己說的那麼嚴重。

房間裡，正在換衣服的李牧遙對著穿衣鏡中的自己也陷入了沉思——剛才那種情況如果是放在以前，他怕是早就無法忍耐了，但是剛才，他雖然還是會感到不舒服，並沒有出現呼吸困難的症狀。

很顯然，他的情況在慢慢好轉，但他一直以為，這種好轉只是對池渺渺才有效的，現在看來，面對一個完全陌生的人，他也沒有以前那麼抗拒了。

而這一切轉變的開始，就是從她出現以後。

他想，或許還是應該把她留下來的。

腦子裡忽然冒出蕭易那句類似於玩笑的提議，有那麼一瞬間，他竟然真的在考慮讓她成為他女朋友的可行性。

池渺渺早就等在餐桌旁了，見他出來，連忙替他倒了杯酒。

李牧遙掃了桌上那瓶酒一眼，似笑非笑道：「請我吃飯喝我的酒？」

池渺渺訕訕道：「這不是怕我隨便買的酒老闆你喝不慣嗎？」

李牧遙微微一哂沒揭穿她的摳門，走到餐桌旁坐下。

池渺渺還不確定他是不是真的沒事，試探著問：「怎麼換個衣服這麼長時間？」

李牧遙拿著酒杯的手頓了頓，片刻後他說：「接了個電話。」

池渺渺並不關心他到底在房間裡幹了什麼，知道他沒事就放心了。

卻聽他接著說：「我聽說妳家那出事了。」

池渺渺差點被一口意大利麵噎到，她家能出什麼事？

李牧遙：「也不是什麼大事，考慮到妳明天就要搬回去了，我找了人提前去妳家幫妳打掃一下。」

「家裡遭賊了？」她問。

李牧遙：「也不是，社區裡在修管道，停水了。」

池渺渺鬆了口氣，幸好不是什麼大事。

但她老闆什麼時候變得這麼好心，還提前讓人去幫她打掃衛生？

池渺渺：「停水啊？那應該很快就能解決吧？」

李牧遙：「聽說那管道沒個十天半個月的應該是修不好。」

「這麼久！」池渺渺開始煩惱，「那我回去要怎麼活？」

李牧遙涼涼地瞥她一眼：「有那麼著急嗎？幾天也等不了？」

池渺渺也沒注意到李牧遙的神情變化，隨口應了句：「是啊。」

沒有水她一天都受不了。

「啪嗒」一聲，是李牧遙放下叉子的聲音：「看來讓妳住在這也是委屈妳了。」

「委屈？不委屈不委屈！」

雖然跟他住在一起確實有點壓力，但是也不得不承認如果不是沾了他的光，她怕是這輩子也享受不到這種生活——任何雞毛蒜皮的小事都可以找管家，廚子做飯又好吃，房子又大又寬敞……

可是她怎麼覺得老闆似乎有點不高興呢？

「老闆，我說錯什麼了嗎？」她小心翼翼地問。

「妳說呢？」李牧遙看向她，「想來就來說走就走，妳把我家當什麼地方了，又把我當什麼人了？」

這話是從哪說起啊？池渺渺太冤枉了，她來他家住是他的提議啊，現在她的腳好了不走難道一直住下去嗎？

「老闆，你是不是誤會什麼了？」

「老闆？」李牧遙摩挲著手裡酒杯，好像第一次注意到她的這個稱呼。

池渺渺見李牧遙看著那瓶紅酒，忽然有點心虛，他不會還在怪她自作主張動他的酒吧？

她也只能厚著臉皮先發制人地和他套套關係了：「老闆和員工這是表面上的關係，我們一起經歷了這麼多事，怎麼說也算朋友了吧？」

生怕他說她自不量力，她緊接著又補充了一句：「如果老闆你不介意的話。」

李牧遙剛才那股無名火總算被壓制住了，雖然朋友這個定位和他預想給她的身分還差一個字，但總歸比老闆和員工的關係更近了一步。

他點點頭：「妳這麼說，也算是吧。」

池渺渺呼出長長的一口氣，又看了那瓶紅酒一眼，：「對嘛，我們都這麼熟了就沒必要太見外了。」

李牧遙：「是啊，既然是朋友，不管妳家管道維修的事讓妳立刻就走也不合適，就踏實再住幾天吧。」

池渺渺完全沒意識到這邏輯有什麼問題，感激涕零地應道：「好的好的，那謝謝了。正好我之前還遺憾沒機會讓你嚐嚐我親手做的飯呢，現在好了，我多住兩天就有機會了，老闆你想吃什麼？我明天就去買菜。」

李牧遙看她一眼說：「妳決定吧，我說的妳也未必會做。」

這是瞧不起誰呢？

池渺渺擅長的事沒幾樣，做飯算是一樣，所以絕對不能容忍被人瞧不起她的手藝，「你不說怎麼知道我不會，不是我吹牛，我光是聽個菜名就能知道這道菜該怎麼做了。」

「是嗎？」李牧遙有點意外地看她一眼，「那我就不客氣了。炭烤和牛、脆皮鰻魚、海膽烤飯、松茸蟹湯，甜點就天婦羅霜淇淋吧。」

池渺渺傻眼了：「日本料理啊？」

「妳不是說沒有妳不會的嗎？」

「那是，日本料理要麼生吃要麼裹著麵糊炸一下，哪有我們中華美食的做法那麼繁複啊！但總吃生的和油炸食品對身體不好，我覺得為了老闆你的健康著想，我還是做幾道家常菜吧。」

李牧遙只是不置可否地笑了笑。

第四卷　永不失戀

51

拆去石膏後，池渺渺的腿雖說還是有點不方便，但是出門吃個飯，不久站不走太遠的路還是可以的。

在家憋了這麼久，她早就迫不及待地想約暖萌見面了。

兩人一見面，池渺渺才知道暖萌和秦亮已經分手了，雖然之前暖萌就有分手的打算，但真的聽到兩人分手的消息，池渺渺還是覺得挺突然的。

據暖萌說，秦亮這次像是動了真格，帶她回了趟老家，把能見的親戚朋友都見了一遍，又是看房子又是看鑽戒的，顯然是真的下定決心要和她過下半輩子了。

而且那小編劇也挺慘，和秦暖的長期合作沒有了，秦亮怕再碰上他，乾脆在自己的圈子澈底封殺了她。沒了工作沒了男人，她現在只能到處賣慘，倒是挺讓人解氣的。

聽說她現在混的這麼慘，池渺渺又忍不住唏噓，秦亮竟然一點舊情都不念。

暖萌冷笑：「看吧，這就是男人。」

池渺渺不知道該如何評價秦亮，但是想到他和暖萌這幾年的感情，還有他最後下定決心做的那些事，也不禁有點替他們惋惜，「那妳就沒再考慮考慮？」

暖萌嘆氣：「我也不是意氣用事才非要跟他分手，小編劇那事倒是讓我清醒了很多。我發現我以前看他真的是帶著濾鏡的，後來經過那件事後冷靜下來再看我們這段關係，他自私懦弱偽善，外加還覺得自己挺聰明，我都奇怪自己當初是怎麼看上他的，還覺得他老實忠厚又上進有夢想。」

兩人相對沉默了片刻。

暖萌說：「這事都過去時了，別說了。對了，說說妳那個稿子。妳看到讀者評論了嗎？大家都炸了，妳怎麼沒按照大綱寫？這是要把男配角扶正的意思嗎？」

池渺渺有點心虛：「我是越寫越覺得男配角冤枉，之前那個結局對他來說也太不公平了，就想換個方向。」

「妳這方向換得有點澈底啊，讓故事裡的終極 Boss 最後變成了女主角的命中註定，妳就不怕讀者寄刀片嗎？」

池渺渺：「其實我覺得，作為一個作者，應該有點社會責任感，還是要考慮如何傳遞點正能量，男配角他本身的性格是有問題，但不能因為他有問題我們就拋棄他，我們應該教化他啊，所以我讓女主角成為他的救贖，治癒了他，這多正能量啊！」

暖萌打量著池渺渺：「不對啊，我們喵大是不是有什麼事瞞著我？」

池渺渺忽然就有點心虛：「我能有什麼事？」

「我沒記錯的話男配角這個人物的設定應該是照著李牧遙來設定的，最初妳對這男配角也是咬牙切齒的，這才幾天，就要幫男配角扶正了，妳在他家住這麼久，是不是發生了什麼我不知道的事？」

池渺渺差點被方文峰綁走這事暖萌大概知道，但李牧遙救她的細節，她卻沒對暖萌說。想到那天發生的事，還有幾天前在醫院電梯裡的那個吻，她還是忍不住心跳加快。

「真的沒什麼，就是接觸多了，發現他也並非我之前想的那麼壞。」

暖萌想了想認同道：「其實我也覺得李總人挺不錯的，而且透過妳對他的描述，我覺得他對妳也不是一點想法都沒有，要不然妳真的好好考慮一下發展發展？」

其實午夜夢迴時，她也不是沒有偷偷想過。

普通人眼裡的李牧遙或許刻薄冷漠難以靠近，但經歷了這麼多事後，她發覺他其實是個內心很溫柔的男人。

回想起他們相處的點點滴滴，她也會忍不住去揣測，他對她是不是也產生了不同尋常的情愫。可是她很快又讓自己冷靜下來，畢竟他那樣的人，什麼樣的女孩子沒見過呢？一定是他偶爾展露出的脆弱無助，和對自己的依賴，讓她誤會了。

在那種時候，不管在他身邊的是什麼人，或許都會被他那麼依賴吧。

想到這些，池渺渺心裡有點不舒服，但她也明白自己和李牧遙之間的差距。本來就是不可能的事情，還不如趁著自己沒有泥足深陷，早點脫身。

今天正好回家看看社區管道有沒有修好，修好了，她就搬回家去。

總覺得一切似乎早有暗示，就比如雖然他們兩家只隔著一條街，但這條街的兩邊卻像是兩個世界，就像她和他一樣。

「人家是什麼人，怎麼會看上我？再說我這人很專一的，只喜歡玄彬。」

其實說出剛才那句話後，暖萌就後悔了，以前玩笑歸玩笑，但現在池渺渺和李牧遙走得這麼近，李牧遙要是真的對池渺渺產生了感情也就罷了，如果沒有，而池渺渺卻當了真，那難受的只能是自家閨密。

還好看池渺渺也不願多說的樣子，暖萌也就趁機換了個話題。

她夾了個豬腳放進池渺渺碟子裡：「今天這個烤豬腳做的不錯，妳好好補一補！」

和暖萌吃完飯，池渺渺順便回自己家社區看了一下，社區路面整整齊齊，完全沒有維修過管道的痕跡。她和社區保全打聽，才知道是隔壁社區管道出了問題，她這個社區一直好好的，應該是李牧遙之前搞錯了。

不知道情況時還好，現在知道了就沒什麼理由不搬回來了。

她想著那就今晚和李牧遙道個別搬回來吧。

池渺渺回到李牧遙家，一邊收拾自己的東西，一邊等李牧遙回來。

其實她的東西不多，只有幾身衣服和些日常用品，一個雙肩背包就全部裝下了，可是她卻收拾了很久。

就這麼一直收拾到天黑，李牧遙還是沒回來。

她原本想著在人家家裡借住這麼久，離開時應該當面道個別的。但是眼下，也不知道李牧遙什麼時候才能回來，如果太晚，她可能就等不到當面道別了。

她拿出手機傳了個訊息給他，說她今天回家看過了，家裡管道沒什麼問題，想今天搬回去。訊息傳出去後，她有點忐忑，怕他在忙，自己這點小事打擾到他工作，又不免有點期待，或許看她說要走，他會專程回來送送她。

然而過了很久，李牧遙只回了個「知道了」。

池渺渺原本還準備了一大堆感激的話，很想對他說。但見他態度這麼冷淡，猜他或許還在忙，猶豫一下，還是把剛打好的長長的一段話都刪掉了。

她把房子又打掃了一遍，確保這裡和她來之前一樣一塵不染，才出了門。

兩家離得真的很近，只隔了一條街，池渺渺的腿不方便，走得很慢，但半個小時也已經到家了。

因為家裡有一段時間沒人住了，雖然被李牧遙安排的人打掃過了，但是一打開門還是有一股撲面而來的腐朽氣味，她連忙開窗換氣。

以前她覺得自己的小日子過得愜意極了，父母給她的這套房子，雖然是典型的「老破小」，所幸地段不錯，而且她只有一個人住，並不覺得空間窄小。

可是在李牧遙家住了一個月後再看這房子，那落差感不是一兩句話能形容的。就像這裡和對面的富人豪宅社區，雖然只隔著一條街，但卻涇渭分明，有著很明確的次元壁，大家各自有各自的活動區域，感覺離得很近，實際上又非常遙遠，如果突破這個壁壘，必然會引發一連串的「水土不服」。

然而這個小房子才是真正屬於她的生活，未來與她相配的也應該是個平凡的好人，而非李牧遙。

可是想到那個男人，想到他冷硬外表下不為人知的柔軟一面，她又很不爭氣地難過起來。

李牧遙下午有個商務談判，商務談判之後還有個應酬，因為是比較重要的合作夥伴，所以這個光還是要賞。而且對方絞盡腦汁投其所好，無論吃飯的環境還是菜品看得出都是為了迎合他的喜好。

照理說他的心情應該是不錯的，可是想到剛才池渺渺傳來的訊息他就沒來由的生氣。

他上次的話算是白說了，她就那麼迫不及待地從他家搬走嗎？甚至等不到他回去道個別。

李牧遙越想越生氣，對酒桌上的推杯換盞觥籌交錯也失去了興致。

總算熬到了酒局散場，李牧遙在劉煥的陪同下上了老張的車。

他今天難得的喝了不少，但頭腦一片清明，還知道此時池渺渺應該已經回到她那有股黴味的老公寓裡去了。

想到這些，也不知道為什麼，他覺得胸口有點憋悶。

他降下車窗，濕熱的空氣撲面而來，不適的感覺沒有一絲一毫的緩解。

正想再把車窗升上去，才發現他們正經過池渺渺所住的那片老舊社區。

此時還不算太晚，又是週末，一眼望過去，家家戶戶都還亮著燈。

李牧遙的視線停留在那些亮著燈的窗戶上，猜想著，不知哪一家是池渺渺家的。

想到她這種人，絕對不會虧待自己，一個人在家肯定也做了不少菜，哪像他，只能和一群不交心的陌生人一起食不知味。

片刻後，李牧遙回到家。不出意料的，房子裡空空蕩蕩死氣沉沉，走廊盡頭的那扇門裡沒有燈光流瀉而出，更沒人迎出來對他噓寒問暖。他很快意識到，自己是在失落，而在他看來，這種莫名其妙的失落就是矯情。在過去的多少年裡，他一直獨來獨往，周遭人表現出的親近，甚至只是靠得稍近一些都讓他感到厭煩甚至惶恐。

此時此刻，沒了有旁人的打擾，這才應該是他最習慣也最喜歡的狀態。

所以，他在失落什麼？

他像往常一樣，洗了澡換了衣服，但也沒有辦法把心裡那點讓他煩躁的失落感驅逐出身體。

直到他想拿一瓶水，打開冰箱的那一刻。

熟悉的蛋糕包裝盒，熟悉的甜膩氣味，他自己都沒注意到，在他看到這個蛋糕時，那困擾他一整晚的失落感一下子就消失了。

他把蛋糕從冰箱裡拿出來時，一張卡片落在了地上。

他彎腰將其撿起，打開，一看那歪歪扭扭的字跡就知道這是出自誰的手筆。

『本來有很多感謝的話想對老闆你說，但不知道從何說起……』

看到這裡李牧遙不由得冷哼一聲，有什麼不知從何說起的，她不是個作家嗎？還會被這種事難住？毫無誠意！

『總之很感謝你這段時間對我的照顧，不知道怎麼回報，只能聊表心意匆忙做了這個蛋糕，還有好好工作了……』

就這樣？

抬眼看到桌子上的黑巧克力焦糖口味的蛋糕，他還是沒忍住用叉子挖了一塊送進嘴裡。黑巧克力的氣味似乎比前幾次更濃郁了，甜度也很適中，看來雖說是匆忙做的，但也是用了心的。

甜食果然能讓人心情愉悅，李牧遙再看向那卡片時，心情明顯好了一些。

『其實本來是想當面道個別的，但看你好像在忙，也就沒再打擾。』

算她還懂點道理，知道在人家家裡借住這麼久，離開時應該當面道別。

『對了，我不在的時候你也要記得按時吃飯哦，我已經和管家說過了，只要你在家，一日三餐不用問你，直接安排人幫你做飯。身體是革命的本錢，加油哦！』

然後是一個傻乎乎的笑臉。

自作主張！他家的管家什麼時候這麼聽她的話了？

雖然是這麼想的，心情卻莫名晴朗了起來。

洗過了澡，池渺渺躺在沙發上看電視，手邊放的是剛叫來的零食外送。沒有了李牧遙的那些家規，池渺渺應該無比愜意的，可是她卻始終心神不寧。

她這麼走了，他會不會生氣了？

她想了想，拿出手機又傳了一則訊息給他。

池渺渺：『老闆你回家了嗎？我做了蛋糕放在冰箱裡你記得吃。』

訊息傳出去後，池渺渺等了半天沒等到回覆，她便想找點事給自己做。

拿出筆電打開檔案，正好今天的更新還沒來得及寫。

寫之前她習慣先看一下上一章的評論，這一看更鬱悶了。就因為讀者看出她有把男配角扶正的意思，留言區已經炸了。一開始大家還只是就事論事討論劇情，後來可能見她不為所動不受這些評論影響，那些人乾脆開罵，有些話惡毒到不像話。

雖然池渺渺早有一定的心理準備，但還是第一次見識這種陣仗，也會忍不住生氣。

再看社群私訊，情況差不多，除了罵她的，還有勸她迷途知返的。到底誰才是作者？

池渺渺一氣之下乾脆把社群設定成不能傳訊息和留言。

正在這時，手機震動了兩下，她拿起手機看了一眼，頓時什麼氣都消了。

李牧遙回訊息還是一貫簡潔的風格：『嗯，蛋糕不錯。』

知道他沒因為自己一言不發的搬出來而生氣就好。

不過想想也是，他那麼愛乾淨愛靜的人，也是迫不得已才讓她搬進去，她現在自覺地搬走，他應該如釋重負才對。

可是想到這一點，她又忍不住有點失落。

52

第二天上班時，池渺渺正指揮著工人更換一批展覽品，沒顧及身後，一回頭險些撞上一個男人。還好那人及時出手，一把將她扶住。

她連忙道歉，對方也說「沒關係」，但話說到一半兩個人都愣住了。

池渺渺怎麼也沒想到，自己會在失戀博物館裡遇到宋琛。

他還是像大學時那樣穿著牛仔褲運動鞋，T恤外隨意套著一件休閒襯衫，整個人看起來還像多年前一樣，那麼很乾淨舒服。

「宋師兄？」

「渺渺？」

他怎麼會在這？

宋琛是她們學院裡大一年級的學長，她去學校報到那天就是他接的。後來迎新晚會上，按照慣例需要在新生和大二學生中各選出一位作為主持人，當時新生主持就是池渺渺，而宋琛則是輔導員指定的另一位主持人。

宋琛身高一百八十公分，性格開朗大方，在學校裡各方面能力都不錯，待人也很溫柔得體，而且最重要的是，在沒有遇到李牧遙只前，她一直覺得在三次元中認識的最好看的男生就是宋琛，尤其是他笑起來還有點像是韓國明星玄彬，這很難讓人不心動。

池渺渺是喜歡宋琛的，但喜歡宋琛的人又何止是她，光是她知道的，前仆後繼就不知道有多少，更別提男生們偶爾提過的外校的女生了。

不過池渺渺比她們幸運，她入學後認識的第一個人就是宋琛，有著近水樓臺先得月的優勢。就比如大學裡的教材並不強制學生購買，為了省錢，很多人會從學長、學姐那買二手，關係好點的這錢也省了。宋琛自然不缺那點書錢，所以池渺渺大學頭兩年用的書幾乎都是宋琛的。

那應該是他們關係最親近的一段時間，他有時候會叫她一起吃飯，週末時還會傳訊息給她問她在做什麼。

閨密鼓勵她去表白，說他這樣明顯是對她有意思，可當時她怕了。

一方面是她沒談過戀愛確實不擅長這個，另一方面，她潛意識裡總覺得宋琛好像也不像室友說的那麼喜歡她，所以她的表白並不是走走過程，是真的前途未卜。

就在她猶猶豫豫的時候，宋琛有女朋友了。

那之後本來就算不上多熱絡的兩個人乾脆就沒了聯繫。

其實後來池渺渺也後悔過。當初不如聽閨密的話搏一把，或許結果就不一樣了，而最壞的結果無非也就是後來那樣，彼此不再聯繫。

池渺渺突然想起老同學說他快結婚的事情，她連忙抽回還被他握著的手臂。

宋琛看了看她身後那群還在幹活的工人，問她：「妳在這裡工作啊？」

池渺渺：「是啊，你呢？來參觀的嗎？」

宋琛：「嗯，這不是個網紅打卡聖地嗎？早就聽說了，一直沒來看過，正好今天出來辦事路過這裡就進來看看。我聽說妳一直在專職寫小說，沒想到會在這裡工作。對了，我們在這說話不會耽誤妳工作吧？」

池渺渺這才想起身後那群工人，問他：「你急著走嗎？」

宋琛笑了：「我才剛來，不著急。妳先忙妳的吧，我自己先隨便逛逛。」

眼看就要到中午了，池渺渺說：「我馬上就好，等一下我帶你逛逛，中午請你吃飯。」

宋琛沒有拒絕，笑著目送她離開。

走出宋琛的視線範圍，池渺渺才鬆了口氣。

她正指揮著工人快速把剩下的工作做完，肩膀上忽然搭上一隻手。

池渺渺嚇了一跳，回頭一看，是韓夏。

韓夏神神祕祕地朝著前面某個方向點了點下巴：「那帥哥是誰？」

池渺渺不用回頭也知道她指的是宋琛，「一個學長。」

韓夏：「呦，一聽這稱呼就有故事。」

池渺渺早就習慣了韓夏的風格，隨口敷衍了一句：「別鬧了。」

韓夏望著宋琛的方向摸了摸下巴：「如果沒遇到老闆，這位的確算是人間尤物了，可惜前面有老闆在那對比著，再出色的帥哥都黯然失色了，也難怪妳不動凡心呢。」

一提起李牧遙，池渺渺不知道為什麼，又有點心虛，她連忙催著韓夏快走：「妳不是說妳今天特別忙嗎？快去忙吧！」

送走了韓夏，她這邊的工作也差不多做完了，打發走了工人，她深吸一口氣，走向宋琛。

就算他不是這麼多年的白月光，至少也是在大學裡幫助過她的學長，久別重逢，她還要表現得熱絡一點。

宋琛總是很溫和，雖然很多年沒見了，但是很快就能讓她找回他們當初在大學時的那份熟稔。

所以哪怕池渺渺最初面對他時還有點放不開手腳的彆扭，聊了一陣子後也就放鬆了下來。

池渺渺帶著宋琛參觀完一樓展廳，又參觀了二樓，還帶著他在放映廳看了失戀短片，正好時間快到中午了，池渺渺便提議去吃烤肉。

李牧遙開了一上午的視訊會議，下午還有一大堆文件要看，本來中午又不想吃飯了，但忽然想到某人讓他按時吃飯的臨別贈言，莫名地竟然也覺得餓了。

劉助理的電話占線，他索性直接去找他說。但一出辦公室，正好看到池渺渺和一個男人有說有笑地走出了失戀博物館的大門，看樣子是一起出去吃午飯了。

「呦，渺渺去吃飯了怎麼也不說一聲，還想說讓她幫我帶一份呢！」

李牧遙聽出是韓夏的聲音，回頭問：「那人是誰？」

韓夏剛才說話時根本沒注意到老闆就在旁邊，此時見他臉色陰沉地望著正走在小廣場上的一男一女，忽然意識到或許有好戲看了。

於是她把自己知道的和猜到的一股腦地說了出來：「渺渺的大學學長，長得特別帥，還有點像玄彬。」

不知道是不是自己的錯覺，韓夏明顯感覺，她提到玄彬的時候，老闆的臉色更差了，但她還是斗膽繼續道：「感覺他們兩人以前要麼談過戀愛，要麼彼此喜歡，這時候忽然遇上了說不定還能再續前緣……」

韓夏正想像著一場破鏡重圓的故事，忽然發現剛才站著李牧遙的地方已經沒了人，再一回頭，正看到她老闆辦公室的門被人狠狠摔上。

劉煥接完電話出來，問韓夏：「老闆剛才是來找我的嗎？」

韓夏聳聳肩表示不知道，但還是好心提醒他：「不過我勸你現在別去招惹他。」

和其他人在一起時，池渺渺絕對是話多的那個，跟李牧遙在一起時，她更是如此，因為李牧遙是個你跟他說話他都未必會理的人，你要是也一言不發，那兩人只能尷尬地沉默了。跟宋琛在一起時，池渺渺總是有點放不開，以前是因為暗戀他，現在是因為被以前的相處模式所影響，好在宋琛很健談，並不會讓氣氛陷入尷尬。兩人不知怎麼聊著聊著就聊到了彼此的感情狀況。

池渺渺說：「對了，聽說你快結婚了，什麼時候辦婚宴啊？我還等著包紅包呢！」

宋琛卻悵然地笑了笑說：「早就分手了。」

池渺渺有點意外，連忙道歉：「不好意思啊，我不知道。」

「不怪妳，分手後我也沒跟別人說，畢竟也不是什麼好事，用不著大張旗鼓的宣傳。」

池渺渺不由得嘆了口氣，難怪一個人來逛失戀博物館呢，原來是因為失戀啊。

宋琛像是看懂了她的心思，有點好笑地說：「想什麼呢？我都分手大半年了，用不著時時緬懷，今天真的是碰巧路過而已。」

池渺渺的想法被人戳穿，有點不好意思：「我也沒說什麼啊。」

宋琛笑著看她：「妳呢？還單身？」

池渺渺撥弄著盤子裡的烤肉應了一聲。

宋琛又笑了：「妳們寫言情小說的是不是都特別理想，一定要有那種長得特別帥，又特別有錢，對別人不聞不問唯獨對妳特別關照的霸道總裁出現，才能讓妳動動凡心啊？可是現實生活中有這種人嗎？」

池渺渺的腦海中莫名浮現出李牧遙那張面無表情的臉……

宋琛見她不做聲，以為她生氣了，連忙解釋說：「我開玩笑的，不會生氣了吧？」

池渺渺朝他笑了笑：「怎麼可能？我是那麼愛生氣的人嗎？」

宋琛點頭：「我也說嘛，妳是出了名的神經比筷子還粗的人。」

聊到以前上學時的事，氣氛自然而然輕鬆了不少，最初那種因為久別重逢後的陌生感也不存在了。

飯後池渺渺要去結帳的時候卻被告知宋琛已經先她一步結了帳。

池渺渺有點不好意思：「說好是我請的。」

宋琛無所謂地笑笑：「妳什麼時候這麼客氣了？大不了下次再讓妳請回來。」

池渺渺：「一言為定啊，下次可別跟我搶。」

從烤肉店出來，宋琛送池渺渺回失戀博物館，兩人一路上有說有笑。

到了失戀博物館門前，宋琛想起什麼似的說：「哦，對了，我公司也搬到這附近了，有什麼事隨時聯繫。」

池渺渺說好。

宋琛晃了晃手裡的手機，跟她道別。

李牧遙站在二樓的樓梯口，正好看到了一樓門前兩人惺惺惜別的一幕。

他轉身回到辦公室，郵箱裡有不少郵件需要處理，但他卻沒那個心思。

不知不覺中，他打開了社群網站，想到上次進行到一半的事情，他熟門熟路地找到了林婉的帳號，很快就在帳號的關注中找到了池渺渺的帳號。

原來她的筆名叫「蒼茫喵喵」。

她快速瀏覽著她上傳的內容，沒有令他失望，她還真的在社群上提到過他，不過都是半年以前的事了。

『嘲諷技能滿點的宗師級選手，雞蛋裡挑骨頭專業資深學者，越有錢越摳門的現身說法當事人，老闆病重症病患……求求來個人快把他帶走吧！』

李牧遙頓時氣得不輕，雖然知道她這人一貫是口是心非，但他沒想到，在她眼裡自己竟然是這樣的！

他很想問問她到底有沒有良心，但很快發現，他沒有留言許可權，也沒有辦法傳私訊給她。

李牧遙困惑了，這是早就把他拉黑了嗎？可他這帳號分明沒怎麼用過，她是怎麼發現的？

他忍著氣又翻了幾則動態，看到有一則有網址的貼文，猜測這應該是她最近的作品。

李牧遙點進網址，網頁自動跳轉到一個小說網站，停留的頁面正是一篇名叫《老闆幫幫忙》的連載小說，作者蒼茫喵喵。

看最後更新日期，是幾天以前。

李牧遙對這類小說一向嗤之以鼻，但聯想到她在他家時總是偷偷摸摸捧著筆電的樣子，又安耐不住自己的好奇心。

他抱著懷疑又挑剔的態度打開了第一章……這一看，就沒有停下來過。

小說開篇描述了女主角糟糕的境遇，整天忙忙碌碌幹著毫無價值的工作，年近三十沒有存款沒有前途，感情經歷一片空白，而讓女主角境遇變得更慘的是，一個突然出現的變態老闆。

看到這裡，李牧遙隱約有了一些不好的預感。

他耐著性子又讀了幾章，很快那種不好的預感被證實了。

後來她花了大段的篇幅去描寫這位新老闆有多麼刻薄摳門語出驚人，又是如何毫無人性地壓榨剝削了她。其中，比如向她索賠洗衣費、洗車費，以及讓她頂著烈日去買咖啡等橋段莫名熟悉。而且女主角這位變態老闆讀書以及後來創業的履歷幾乎和他一模一樣，只是這裡把大學和創業公司用其他名稱代替了，甚至就連開的車型也是一樣的，停車也喜歡停在辦公大樓正對面的中軸線上，等咖啡時手指會不自覺地在杯子上敲十二下……

單看這些，這個人物的原型分明就是他了。

可是文中這位老闆的老闆病雖然無藥可救了，但偏偏沒頭腦也沒能力，更要命的是他在感情中也特別失敗，這就造就了更加變態的他……

看到這裡，李牧遙已經忍無可忍了！以前他只覺得她小心思不少，偶爾言不由衷，沒想到私下裡膽子竟然這麼大！

如果是以往，李牧遙可能已經聯繫律師告她誹謗了！

李牧遙正想打電話叫池渺渺滾進來說個清楚，忽然注意到她這篇文下的留言竟然都是在罵作者的。

李牧遙的心情稍微好了一點，看來那些言情小說的讀者們也有不少能明辨是非的。

但他仔細一看那些留言的內容，又有些不確定了。

『說好的早早讓這變態老闆領便當呢？都三十萬字了，他怎麼還好好活著？而且還越活越好？』

『一人血書，求這老闆下線！』

『作者不會是想把老闆扶正吧？那不好意思只能棄文了！』

『作者就是個白蓮花死綠茶，早知道是這樣我根本就不會點進來！』

『垃圾！』

李牧遙忽然有點好奇，她後面究竟寫了什麼？

於是一整個下午，李牧遙都沉浸在一篇言情小說中無法自拔，終於在下班前追平了池渺渺更新的所有內容，也漸漸明白了那些讀者為什麼罵她——雖然她一開始把老闆寫的很不堪，但後面用大量的情節去證實最初的一切都是誤會，至於老闆的感情經歷，也都是被人誤傳的，老闆確實受過情傷，才讓他的性格有些極端……

總之在後來的塑造下，原本讓人恨得牙癢的角色其實是個不被人理解孤傲但卻溫柔善良的正面形象。而且就像讀者說的那樣，故事的女主角原本有一位心心念念的白月光學長，可就當所有人都以為那位學長才是故事的主角時，眾人又發現，關於學長的劇情好久才能看到一點，著墨最多的全是和這位老闆有關的情節，而且女主角在文中對她這位老闆的態度也有了很明顯的變化。

看到這裡，李牧遙的心情在經歷過大起大落後還算不錯。

算她還有點良心。

不過那些評論真礙眼，有一些更是不堪入目！

難怪池渺渺一開始還按時更新，最近幾天都沒有更新了，也難怪她的社群禁止傳私訊和留言，一定是受不了網路上這些烏煙瘴氣的評論。

正好他剛註冊了帳號，就挑選了其中幾個罵的最兇的人嗆了回去。

然而他很快發現，要罵的人實在太多了。已經完全失去了耐心的李牧遙還沒忘記自己是什麼專業出身的，於是他一不做二不休一連串操作後讓網站澈底無法登錄了。

就當是她沒有過分扭曲事實的一點小小的獎勵吧，不過她和那什麼學長一起去吃飯的事還是讓他惱火，只是沒最初那麼生氣罷了。

等等，他為什麼要生氣？

回想自己這一下午的心潮起伏，再回想起和池渺渺相處的點點滴滴，他忽然意識到一個很嚴重的問題——他對她似乎產生了一種能讓人不斷陷入麻煩的感情，俗稱喜歡。

李牧遙從黃昏時分一直坐到暮色沉沉，直到辦公室門被劉煥敲響。

劉煥：「失戀博物館第二輪的宣傳提案您看過了嗎？行銷那邊問這週能不能投放。」

李牧遙頭也不抬地說：「我看過了，在和拍拍的合作方面讓他們多注意，其他沒什麼問題，儘快安排投放吧。」

「明白。」

正當劉煥要離開時，就聽李牧遙問他：「你平時看小說嗎？」

劉煥一頭霧水，想了想回答說：「上學的時候會看，最近沒有。」

「有個作者的作品你讓影視公司那邊評估一下，如果有適合開發的，就把版權買回來。」

李牧遙名下的公司，除了拍拍和失戀博物館，很少有人注意到，他其實還參股了一家影視公司。

劉煥應下：「好的，是哪個作者？」

李牧遙拿出手機，正想把池渺渺的作者專欄傳給劉煥時才想起來，網站被他親手駭了。

他只好吧池渺渺的社群主頁傳給他，並且吩咐道：「這件事你親自跟進一下，有進展隨時彙報。哦對了，你親自跟進沒問題，但是不要讓對方知道和我有什麼關係。」

這安排有點微妙，雖然一時間還想不出老闆這麼安排的用意，但他相信老闆肯定有他的想法，所以一點也不敢怠慢。

吩咐完這些，李牧遙站起身來準備下班：「回家吧。」

到了這一刻，糾結了一下午的心緒總算安定了下來——最難以左右的從來都是人心，包括他的，也包括她的。

奇怪的是，知難而退這件事在大部分事情上屢見不鮮，可唯獨在感情中不是，既然有那麼多不知所畏的人在一往無前，頭破血流也依舊執迷不悟，多他一個人又算什麼？

53

暖萌剛進家門就接到了池渺渺的電話，她以為池渺渺是來討論稿子的，但事實上，今天的池渺渺完全沒心思討論稿子。

『我今天見到宋琛了。』她主動坦白。

「誰？」暖萌愣了一下很快反應過來，「妳說妳那長得像玄彬的學長？」

『對。』

暖萌興致缺缺：「請妳參加他的婚禮啊？」

『不是。』池渺渺有點唏噓，『他分手了。』

一聽這話，暖萌頓時像換了個人似的：「好事啊！」

『妳積點口德不行嗎？』

暖萌狡辯：「我怎麼就缺德了？分手本來就未必是壞事嘛！說明他們在婚前發現彼此並不合適，迅速撥亂反正，及時止損，這還不是好事啊？更重要的是，這就意味著他還有機會遇上他的真命天女，而這真命天女說不定就是妳呢哈哈哈！唉，妳別只顧著說我，其實妳心裡早樂開了花了吧？」

經暖萌這麼一提醒，池渺渺發現自己在聽說宋琛恢復單身的消息後，除了意外並沒有暖萌說的那種竊喜……

她忽然有點茫然，她不是一直惦記著他嗎？

『還真的沒有，妳說到底是為什麼？』

暖萌似乎也有點意外，不過很快就找到了答案：「這還有什麼『為什麼』的？你們都有多久沒見過面了，當初再喜歡現在的感覺肯定也淡了，但是一個人能吸引妳一次，他就能再吸引妳第二次，姐妹，妳脫單的機會來了！」

池渺渺無語：『八字還沒一撇呢，今天只是碰巧遇到吃了個飯而已，我也不知道他現在是什麼情況。』

池渺渺把今天和宋琛遇到以及一起吃飯的過程簡單講給暖萌聽。

暖萌依舊很樂觀：「知道他單身就行，別的慢慢瞭解。而且我覺得他對妳也不是一點意思都沒有，他要是對妳沒意思，就不會故意等妳一起吃飯了，再說後面又是告訴妳他公司也在附近，又是說讓妳下次請回去的，分明就是幫你們下次約會做好了鋪墊。」

『是這樣嗎？』池渺渺表示懷疑。

「不管是不是，我覺得這次無論如何妳都要爭取一次，就算是給自己一個交代吧。而且現實點講，他確實是個很不錯的戀愛對象，各方面條件都不錯，還是妳的白月光，當然最重要的是，比起李牧遙還是他更實際點，至少我們能碰得到。」

暖萌的這句話成功點醒了池渺渺。

她忽然明白了，為什麼自己在聽到宋琛恢復單身後並沒有絲毫開心的情緒，也終於明白，為什麼暖萌說的都對，可她卻提不起絲毫的興致。

原因是，她的心裡好像走進了一個她碰不到的人。

可是既然碰不到，又何必太勉強？或許只是因為他之前發病那兩次，陡然拉進了彼此的距離，所以會讓她產生一些莫名其妙的想法。也或許，她只是一時愛慕虛榮鬼迷心竅，對他根本沒有太深的感情。

不然她沒理由放著多年的白月光不喜歡，而喜歡一個脾氣性格根本不對她胃口的人。

一定是這樣的！

想通了這一點，她決定聽取暖萌的建議：『那我該怎麼做呢？』

暖萌說：「妳寫了那麼多言情小說，女追男的方式還不懂啊？不過比『追』更高一個段位的是『撩』，妳好好想一下，就從回請他開始。」

池渺渺想了想，覺得也不是件多難的事，不懂自己當初怎麼沒把人搞到手。

她立刻發下豪言壯語：『等我的好消息吧，保證一個月內把他拿下！』

「不錯嘛！這才是我們的喵大！」暖萌說著，忽然想起什麼，「對了，我發現小說網站忽然登錄不上了，已經一個下午了，也不知道怎麼回事。」

池渺渺想起她文章下的那群酸民頓時樂了：『還有這種好事？那群酸民罵不到我豈不是要憋死？』

暖萌說：「正好妳也調整一下，想想後面怎麼收尾吧。」

網站直到第二天中午時才恢復正常，但也不是完全正常，因為網站有些文下的留言莫名其妙地消失了，池渺渺正在連載的文就是這種情況。

她樂得如此，但想了想還是決定先停更，等自己想好了究竟要怎麼寫再開始動筆。

做好了決定，她打算發個動態通知一下讀者，登入社群，發現有一則私訊，對方自稱是某影視公司的人，諮詢她版權情況。

這種事在池渺渺第一部作品被成功開發後時有遇到，但都沒什麼下文，所以這一次她也沒有很上心，直接把暖萌的工作手機號傳給對方，讓對方和她的「經紀人」對接。

李牧遙交待的事情劉煥不敢耽擱，當下就聯繫了那個「經紀人」，簡單表達了一下自己的來意，兩人又約了時間見面詳談。

可是不知道為什麼，劉煥總覺得對方的聲音特別耳熟，很像暖萌。

難道真的是日有所思夜有所夢？是他總惦記著暖萌，所以聽到一個差不多的聲音都能聯想到她？

幾天後，當劉煥見到這位「經紀人」時，有種夢想成真的狂喜。

暖萌也很意外：「怎麼是你？」

劉煥激動道：「這也太巧了，電話裡我就覺得聲音像妳，妳換手機號碼了？」

暖萌：「沒有，我有兩個號碼，你這個號碼是？」

「我只有這一個號碼。」說完，劉煥忽然意識到一個問題，她之前也沒想到是他，這麼說他們上次一起吃過飯後，她根本沒有記下他的號碼！

不失落是不可能的，但還好他們的緣分不淺。

暖萌：「你跳槽到影視公司了？」

劉煥想起李牧遙的囑咐，連忙說：「沒，這是在幫一個朋友的忙，和我老闆一點關係都沒有。」

暖萌了然點頭：「原來是兼職，那你做得了主嗎？」

生怕對方不在意自己，劉煥篤定地說：「放心吧，我比影視公司的人還能做主！」

暖萌笑了笑，笑容裡分明保持著幾分懷疑：「那我們就開始吧。」

不用更文的這段時間，池渺渺把主要精力放在如何追求宋琛上。

令她欣慰的是，後來她約宋琛吃飯，他答應得很爽快，見面時的氣氛也不錯。

除此之外平時兩人也經常傳訊息聊天，看上去關係是比普通朋友要親近一些，但也僅此而已，要想更進一步，似乎總欠缺點什麼。

正百思不得其解的時候，手裡的手機忽然響了起來，她嚇了一跳，再一看來電人名字，她又嚇了一跳。

都下班兩小時了，李牧遙打電話給她能有什麼事？

她緩了緩神接通電話。

李牧遙的聲音依舊如往常般清冷，但說出的話卻不像他的風格，『在忙嗎？』

他有事只會直接吩咐，什麼時候有過這麼客氣的開場白了？

事出反常必有妖，這讓池渺渺立刻警惕了起來，「還行，是有什麼事需要我做嗎？」

『也不是什麼大事。』電話對面的男人輕咳了一聲，『就是想問問妳哪家店的蛋糕比較好吃。』

這什麼意思？

李牧遙又補充道：『最好是有黑巧克力焦糖口味的。』

這下子池渺渺聽懂了，這是他老闆變著方法地說想吃她做的蛋糕呢！

她還當是什麼事呢！

她頓時鬆了口氣，笑嘻嘻地說：「哪家店都沒有我做的好吃。」

對面的男人輕嗤一聲：『大言不慚。』

池渺渺完全不在意他的口是心非，大包大攬道：「正好家裡還有材料，我今晚做好，明天帶過去給你。」

『好。』李牧遙頓了頓說：『也不能讓妳白做蛋糕給我。』

池渺渺難得大方：「沒事，都是朋友了，一個蛋糕而已，客氣什麼？」

李牧遙：『可能不是一個。』

「那你要吃幾個？」

倒不是心疼，是池渺渺家裡剩下的那點巧克力確實也不夠做多個蛋糕的。

『不一定。』

「不一定？」

李牧遙：『妳做的蛋糕確實不錯，我是覺得我偶爾可能會想吃，所以也不能每次都讓妳白做。』

池渺渺連忙說：「別別別，幾個蛋糕而已，老闆你可千萬別給我錢，太見外了！不過現在物價這麼高，我的收入也那麼微薄，要不然你幫我加薪吧？」

李牧遙聽到她叫他不要太見外時，還覺得挺欣慰，看來她還有點良心，但聽到後半句時，剛生出的那點欣慰頓時煙消雲散了。

他沒好氣道：『妳想得美。』

池渺渺太委屈了，她這要求過分嗎？再說是他自己說不能讓她白做的。

『換一種方式補償妳吧。』李牧遙說。

換一種方式？池渺渺也不知道自己是怎麼回事，頓時想到一些少兒不宜的畫面。

李牧遙輕咳了一聲說：『我可以像之前那樣，在妳需要的時候花點時間指點妳一下。』

池渺渺不解：「之前哪樣？」

『就是妳朋友出現感情問題時那樣。』

「可我朋友最近沒什麼感情問題要諮詢啊。」

見她一副興致缺缺的樣子，李牧遙更來氣了：『我的時間不值錢嗎？還不如妳那點薪水？』

自從池渺渺從李牧遙家搬走後，兩人的生活又回到了「正軌」，他是老闆，她是剛轉正的小職員，如果不是刻意為之，兩人甚至連交集都不會產生，再也沒人迎接他回家，也沒人和他一起吃飯看電影，更不會有這樣那樣的意外讓他們之間發生超出彼此關係的事情。

更讓李牧遙惱火的是，池渺渺竟然能對這些變化那麼安之若素無動於衷，對於能不能見到他，她似乎根本不在意！

憑什麼折磨得他夜不能寐，她卻還能活得那麼沒心沒肺？

而且蕭易就快回來了，到時候他就再也沒有理由留在失戀博物館，以他對她的瞭解，說不定他一走她就忘了他是誰了。

李牧遙覺得不能再坐以待斃，於是才有了今天這通電話。

他都捨得浪費自己寶貴的時間去回答她那些顯而易見的問題，她竟然還沒意識到自己占了多大的便宜！

「值值值，太值了！」

池渺渺嘴上這麼應付著，心裡卻很想問問李牧遙，他的時間是能頂飽還是能解渴？如果只談理想不談錢的老闆都是在耍流氓，那李牧遙這種行徑又是在幹什麼？

果然資本家都不是好人！之前還說是朋友，這算什麼朋友？

見她的態度有所變化，李牧遙的語氣稍稍好轉：『妳可以諮詢我任何問題，如果妳只想諮詢感情問題也可以，到時候可以替任何人來跟我諮詢。』

池渺渺忽然想到自己和宋琛當下的狀態，正好可以諮詢一下專業人士。

池渺渺：「什麼問題都可以問嗎？」

李牧遙打開一封工作郵件，隨口說道：『妳說。』

「怎麼樣判斷一個男生是否喜歡一個女生呢？」

李牧遙握著滑鼠的手忽然一頓：『為什麼這麼問？』

池渺渺心虛道：「只是隨便問問，你不是說都可以問嗎？」

李牧遙想了想說：『這個很簡單，一個人的想法不一定要透過對方的言語來揣測，很多時候肢體語言更誠實一點。比如一個人很喜歡注視另一個人，會情不自禁想要靠近對方，甚至會模仿對方……這都是一個人很在乎另一個人的表現。』

池渺渺凝眉想了想：「在乎不代表喜歡吧？也可能只是欣賞呢？還有沒有其他的？」

李牧遙又想了想，沉默片刻說：『反常。比如一個人從來不吃辣，但妳有一天發現他竟然吃辣了，或者一個宅男突然喜歡外出了……』

池渺渺努力思索著宋琛在面對自己時的反常舉動，忽然意識到自己現在根本不瞭解他的習慣和興趣愛好，又怎麼能判斷出什麼時候是反常的呢？

李牧遙繼續說：『或者他原本很討厭的事情，唯獨某一個人做起來時，他沒那麼討厭，甚至還會時時回想起來。』

他的腦海中不由得又浮現出她冒冒失失潑他一身咖啡的情景，那些讓房間淩亂不堪的花瓣，以及她酒醉後邋裡邋遢的樣子，還有在飛機上她強行塞進他嘴裡的那粒在地板上滾過的藥片……

她不止一次讓他感受到自己的生命受到了威脅，可他卻讓這個「劣跡斑斑」的「恐怖分子」住進了自己家。

從不跟別人分享空間的他對她的存在漸漸習以為常，甚至在她離開時竟然產生了不捨的感覺……

李牧遙越想越覺得懊悔沮喪，他李牧遙什麼時候變得這麼沒有原則了？這哪裡是反常？這分明已經構成斯德哥爾摩效應了！

池渺渺發現李牧遙的情緒莫名其妙就不好了，她自認自己沒說錯什麼，於是問：「老闆，你不舒服嗎？」

李牧遙沒好氣道：『頭疼……』

池渺渺：「那你還是好好休息吧，我們下次再聊。」

『不用，妳繼續。』

池渺渺：「可是你不是頭疼嗎？我看你最近都很忙，是不是沒休息好？」

還知道關心他一下，看來也不是完全的無藥可救。

李牧遙語氣緩和了一些：『現在好一點了，妳繼續。』

「哦哦，除了反常這一點，喜歡一個人時還會有別的明顯的表現嗎？」

李牧遙仔細回想著自己和池渺渺相處的點點滴滴。

他說：『心理學中有一種效應叫做「光環效應」，也叫「暈輪效應」，是指愛屋及烏的強烈知覺像月暈的光環一樣，向周圍彌漫擴散。所以如果一個人能包容另一個人的缺點，甚至覺得那個人的缺點都是可愛的，那麼他一定喜歡那個人。』

其實在她離開他家後，他就發現了，在他看來的她最初的「油腔滑調」，不知道什麼時候變成了「古靈精怪」，她的「冒冒失失」也變成了「不拘小節」，就連她製造出的那些意外，都讓他覺得是種宿命般的緣分。

李牧遙認命地嘆了口氣，他這次怕是真的不得了了。

池渺渺苦思冥想了老半天，也沒找出自己有什麼缺點，要說最可能算是缺點的，那應該是讀書成績了。

她記得讀大學時，她和宋琛也談到過她的成績，當時她還有點不好意思地說，哪怕對著他書上的筆記複習，她也只能勉強及格。

當時宋琛好像還很同情地安慰了幾句。

這算什麼呢？池渺渺也想不明白。

池渺渺問李牧遙：「那怎麼讓才能讓一個人喜歡上另一個人呢？」

『首先是第一印象，人本來就是視覺動物，只是以前沒有現在這麼瞭解自己罷了，美即好，長得好看的人天生在很多場合具有優勢，就是這麼不公平，』李牧遙忽然意識到這問題的方向有點不對，『妳怎麼忽然問這個？』

池渺渺起初有點心虛，後來想想覺得自己的心虛沒有道理。

她支支吾吾地說，「也不一定能用得上，萬一人家對我真的一點意思都沒有，你說的這些也沒用。」

李牧遙問：『誰，妳那個學長？』

池渺渺默認。

李牧遙說：『妳怎麼能這樣？』

池渺渺不解，「我哪樣了？」

李牧遙說，：『妳才剛剛轉正，不想著怎麼把工作做好就想著談戀愛了？一點也不求上進，天天想著找男朋友！而且這人怎麼樣，妳瞭解嗎？還是妳只會看臉這麼膚淺？』

他竟然說她膚淺！雖然事實是這麼回事，但他這輕蔑的口氣很傷人，再說，她要不是個外貌協會，以他那個爛脾氣，她早就不理他了！

「我大學時暗戀他好幾年，能不瞭解他嗎？不是只有你會看人的！」

她會看人就不該放著他李牧遙視而不見，而是看上那個學長了！

『誰允許妳談戀愛的？』

一聽這話，池渺渺差點氣炸！

「我只聽說不許談辦公室戀情的，沒聽說員工在公司外找個男朋友也不許的，這是公司還是佛門寺廟啊？叫失戀博物館就不能談戀愛了？還是老闆不談戀愛其他人也只能單身？」

『妳說什麼？』

池渺渺忽然意識到，她竟然在和李牧遙吵架！全公司上下連個敢大聲跟他說話的人都沒有，她竟然敢跟他吵架！她還真的把自己當對方朋友了？是飯碗不想要了嗎？她完了！她完了！

她煩躁地抓了抓頭髮，努力緩和了態度：「我是說我絕對不會耽誤工作的，而且八字還沒一撇呢，可能又不了了之了，像以前上學時一樣。」

聽到這話，李牧遙心情稍微緩和了一點。但她剛才那句話真的把他氣的不輕，『我也是站在朋友的角度提醒妳，找男朋友要慎重。』

「我明白、我明白……」池渺渺摸著滿腦門的汗一疊聲應道。

『不過，妳倒是提醒了我。』李牧遙說，『遇到合適的人，我會考慮的。』

李牧遙提到「合適」兩個字時，池渺渺不自覺想到當初林婉鬧得要死要活的時候，蕭易還去見了他父親朋友家的女兒。

門當戶對這種觀念，聽起來很守舊，其實有很深刻的道理在其中，池渺渺一直很認同。

但是不知道為什麼，此刻的她想到這一點卻有點難受。

她訕笑著說：「那就好那就好。」

他說要找女朋友，她竟然還能笑的這麼沒心沒肺！

李牧遙被氣得不輕。

看來她是一心只想著她那個學長了。

李牧遙深諳羅密歐與茱麗葉效應——阻礙越多感情越深的道理。

李牧遙想了想，還不如推她一把，儘快讓她知道他們之間有多不合適，主動斷掉。

他說：『其實讓妳那個學長喜歡妳也不是什麼難事。』

池渺渺一聽這話，頓時來了興致，倒不是因為追到宋琛讓她多麼期待，而是每一次明明面對的是一件很難做成的事，但李牧遙這種輕描淡寫勝券在握的態度很振奮人心。

「那我該怎麼做？」

聽著她驟然亢奮的語調，李牧遙咬牙切齒地說：『以妳這點理解能力，只是理論上講講妳未必能懂，還是要理論和實踐相結合。』

池渺渺愣了愣：「怎麼結合？」

李牧遙：『我勉為其難，花點時間，配合妳模擬一下約會過程，在這個過程中，我會告訴妳什麼時候該幹什麼以及為什麼要這麼做，更方便妳理解。』

所以他是要跟她約會？

雖然說是假的，但她光是想想就覺得很緊張！

「不用了吧，老闆你那麼忙，我哪好意思浪費你那麼多時間。」

李牧遙卻一錘定音：『正好我現在有空，收拾一下，我去接妳。』

54

池渺渺怎麼也不敢想，自己竟然要和李牧遙約會了。

但她現在蓬頭垢面一身臭汗，怎麼出去見人？

掛上電話，她立刻衝進浴室，用平生最快的速度洗了個澡，然後又吹頭髮化妝。勉強把自己收拾好的時候，李牧遙的電話就到了，這樣一來連挑選衣服的時間都沒有了。讓李牧遙等她，那是萬萬不可以的！

她只好隨便拿出一身換上，出門前對著鏡子照了照，衣服上還有點褶皺，可是也來不及熨燙了。頭髮也有點亂，出門找個洗手間再整理吧。

這兩天，池渺渺在公司沒什麼機會見到李牧遙。今天一見，他難得穿了簡單的白色T恤搭配淺藍色牛仔褲，頭髮似乎也理短了一些，少了點工作時強大氣場帶給人的壓迫感，多了點親切感，整個人看起來就像隔壁大學裡高年級的學長。

那一瞬間，池渺渺滿心的緊張都變成了難以名狀的悸動。

「還愣著幹什麼？上車。」他隔著副駕駛座對她說。

她連忙收回飄得有點遠的心緒，拉開車門上了車。

李牧遙上下掃了她一眼，發動車子。

池渺渺低頭看自己的裙子：「有什麼問題嗎？」

李牧遙：「妳是不把我當回事還是不把今天的事當回事？」

這有什麼區別嗎？

「我就是太重視了，怕你等我，所以也沒來得及好好打扮一下。」她委屈地說。

李牧遙神色稍緩，邊開車邊說：「序位效應聽說過嗎？」

池渺渺搖了搖頭。

李牧遙接著說：「序位效應也叫第一印象效應，指交往雙方形成的第一印象對今後交往關係的影響。如果你們第一次見面妳給對方留下了不錯的印象，那對方更願意深入的瞭解妳接近妳。」

池渺渺不以為然道：「我們又不是第一次見面……」

經她這麼一提醒，李牧遙不由的就想到他和池渺渺的第一次、第二次、第三次碰面的情形，以及這段時間自己的心緒不寧，認命的說：「無所謂了。」

池渺渺不解：「什麼？」

「就算是第一印象不好，也不是不能扭轉。心理學研究表明，多種刺激出現的時候，人們印象的形成主要取決於後來出現的刺激。也就是說，如果妳給對方的第一印象很差的話，可以靠日後的改進來彌補。」

池渺渺：「這個倒是不難理解」

她邊說邊朝窗外看了一眼：「我們現在去哪？」

李牧遙將車子駛入主幹道：「去看電影。」

片刻後車子很快停在城東一家電影院門前。

這是一家動漫主題電影院，不僅位置選在寸土寸金的 CBD 附近，裝潢更是花了大價錢的，所以票價自然也比普通電影院貴不少。

以前池渺渺只聽說過這裡，還捨不得花昂貴的票價來這裡看場別的地方也能看到的電影。

今天機會難得，她頓時興奮起來。

奢華的售票廳裡擺著幾隻巨型動漫人物立像，池渺渺看到後立刻把手機遞給李牧遙，自己衝到人像前面：「我好喜歡它，幫我跟它合個影！」

李牧遙雖然臉上寫滿了拒絕，但還是照做了。

見他拍完，她迫不及待地去看照片，頓時氣不打一出來——她自認自己的身材還可以，但在他的鏡頭下，她怎麼就像個小矮人一樣，這是什麼死亡角度？

「老闆你這樣不行哦，幫女生拍照，是新時代男青年的必修科目！」

正巧在他們後面又來了一對情侶，女生站在動漫人物前擺著浮誇的poss，男生非但不覺得尷尬，甚至為了找個合適的角度幾乎趴在了地上。

「妳看，別人的男朋友都是這樣的。」

李牧遙在聽到「男朋友」幾個字時，心跳不可抑制地紊亂了，但面上卻依舊是一副不屑的態度：「無聊。」

見他往售票處走去，她也連忙跟上，在他身後小聲嘀咕著：「不是模擬約會嗎？不能進入狀態嗎？」

李牧遙彷彿沒聽見，抬頭看了看LED排片牆。

池渺渺連忙建議道：「那部喜劇口碑最好，科幻片的話也還可以。」

池渺渺建議完，發現李牧遙沒什麼反應。

她猜測或許是因為約會時看喜劇和科幻片氣氛不好。

她有點不情願道：「那就那部愛情片吧，雖然劇情一般，但男主角我還挺喜歡的。」

她話音剛落，李牧遙對售票人員說：「兩張《致命旅程》。」

「《致命旅程》是哪部……」話沒說完，已經看到了角落裡那張陰森森血淋淋的海報……

見李牧遙付了錢，她心痛道：「為什麼要看這部啊？你可別被那種女生一害怕就往男生懷裡鑽的老套橋段給騙了，這就跟你們男人酒後亂性一樣，酒只是個藉口，被電影嚇到什麼的也是藉口。」

李牧遙面不改色地往對面餐飲櫃檯走去：「不是『我們』，是『有些』。」

池渺渺連忙賠笑道：「口誤口誤，但就是那個意思，你懂的。」

「妳想吃什麼？」李牧遙打斷她。

池渺渺掃了菜單一眼：「霜淇淋吧。」

李牧遙點點頭對售貨員說：「一瓶蘇打水和一杯熱奶茶。」

池渺渺等了半天沒聽到他說霜淇淋，懷疑自己聽錯了，小聲提醒他：「老闆，我說我想吃霜淇淋。」

李牧遙卻沒理她，片刻後把熱奶茶塞進她手裡：「當人們身體溫暖時才會表現得更加親切友好，所以第一次約會時儘量還是吃點熱的。」

還有這種說法？

池渺渺撇了撇嘴，不情不願地吸了一口奶茶，還好奶茶的味道也不錯。影廳在二樓，池渺渺走上手扶梯：「那究竟為什麼要選恐怖片？」

他這種人天不怕地不怕，但她不是啊，今晚看完電影，她都不敢一個人回家了！

李牧遙緊跟在她的身後，手扶梯緩緩滾動上升，兩人平日裡因為身高差而拉開的距離逐漸消失，平視著他的雙眼，她的心跳開始加速。

李牧遙面無表情地繼續說道：「當一個人提心吊膽地過吊橋的時候，會不由自主地心跳加快。如果這個時候，碰巧遇見另一個人，那麼她會錯把由這種情境引起的心跳加快理解為對方使她心動才產生的生理反應，故而很容易對對方滋生出愛情來。所以……」

他直視她的雙眼，聲音暗啞了幾分：「約會的時候可以嘗試著去做一些讓彼此心跳加速的事情。」

池渺渺的心跳得厲害，幾乎不能正常呼吸，也就沒注意到手扶梯已經到了盡頭。腳下被絆了一下，她整個人不受控制地朝後倒去，還好李牧遙反應不慢，伸手在她腰後輕輕扶了一下才讓她不至於摔倒。

在那一瞬間，獨屬於他的那種草木香像是某種能讓人意志渙散心率不穩的藥，雖然他的靠近只是短短的一瞬間，卻能讓她的心緒久久不能平復。

到了這一刻，她才意識到，沒進入狀態的可能只有她自己。

這家電影院的影廳和普通的影廳不同，雖然影廳大小和別家差不多，但座位很少，都是兩人座或者三人座，而且也很分散，最大程度的保證了觀影客人之間互不相擾。

他們進去的時候，有幾個座位上已經坐了人，一看那親昵的舉止就知道是情侶。很顯然這地方就是為情侶們準備的。

為了不顯得那麼尷尬，她故意嘻嘻哈哈地說：「我還是第一次來這種地方看電影，老闆你這麼輕車熟路是以前經常帶女生來嗎？」

李牧遙冷冷掃她一眼：「問約會對象和其他女生的事，妳是來砸場子的嗎？」

池渺渺悻悻地撇了撇嘴：「真正約會的時候我又不會說這種話。」

「我記得剛才有人還嫌我沒進入狀態。」

「知道了知道了，這就進入狀態。不過進入狀態前，我再問一下，除了你剛才說的那些，還有什麼方法能讓別人迅速開始關注我呢？」

大螢幕上還在播放廣告。

李牧遙頓了頓說：「首先，讓對方對妳產生好奇心，不是泛泛的那種，而是讓他真正想瞭解妳的想法、妳的生活。」

池渺渺受教地點點頭：「其次呢？」

「欲擒故縱。」

「這個我懂！就是讓對方剛覺得我對他有點喜歡的時候，忽然又疏遠了他，對不對？」

李牧遙說：「差不多吧。」

「那有沒有第三點？」

正在這時，廣告已經播完，電影正式開始了，李牧遙靠向椅背：「先看電影，等等再說。」

池渺渺悻悻地閉嘴，心說又不是真的來看電影的。

不過很快，她的注意力就被緊張的劇情吸引了過去。

她雖然膽子小，但也最抗拒不了這種燒腦又緊張的劇情。

只是她有個毛病，思考的時候會忍不住拉著別人一起討論。

「為什麼餐廳老闆和他們其中一個人長得一模一樣，難不成是雙胞胎？」

「這些八竿子打不著的人是怎麼湊在一起旅行的？國外也流行組團旅行啊？」

「死了的幾個人都去哪了？」

李牧遙忍了近半個小時了，最終忍無可忍地回頭看向她：「妳是真的想不通嗎？」

池渺渺有點意外：「難道你已經想出來了？」

李牧遙皺了皺眉：「這不是顯而易見的事嗎？」

免得池渺渺繼續製造噪音，李牧遙索性回答了她剛才提出來的所有問題：「餐廳老闆就是他自己，並不是什麼雙胞胎。這些看上去沒什麼關係的人並不是真的沒有關係，他們分別都是主角分裂出的一種人格，餐廳老闆就是人格分裂之前的自己。死去的不是真正的人，而是某一人格的消亡，自然不會有屍體存在……還有什麼問題嗎？」

「那他分裂出的人格為什麼偏偏是這幾種？」

到了這一刻，李牧遙是真的後悔了，早知道選個不費腦子、場景血腥點的恐怖片就好了，為什麼非要選這麼燒腦的恐怖片呢？

李牧遙頭也不回，保持著端坐的姿勢，慢條斯理的分析：「前面講過他從小的成長環境妳記得吧？餐廳老闆，就是現實生活中的他，小偷是他父親的影子，黑社會大哥代表他內心所有的負面情緒，幸福的一家三口代表他嚮往的生活……總跟餐廳老闆通電話的醫生，就是現實世界裡的醫生，在幫助他治療他的人格分裂。」

「那結局會是這一個個人格相繼消亡，最後只留下餐廳老闆這一個人格嗎？」

李牧遙搖搖頭：「如果是那樣，那這部電影就太沒意思了。妳有沒有發現那個女大學生格外沉默？至少目前為止，所有人都暴露了自己的本性，只有她沒有，那就是安排在最後用來製造劇情反轉的，所以我推測，最後留下的應該是她。」

池渺渺懷疑地看向李牧遙：「老闆，這電影你之前是不是看過？」

李牧遙涼涼地瞥她一眼：「這電影今天剛上映，我哪有時間看？」

池渺渺很早就知道自己算不上多聰明，但怎麼說智商也達到正常人水準了，可是今天她才知道了什麼叫做沒有比較就沒有傷害！

不過他的側顏怎麼也能這麼好看？漫不經心分析劇情時的簡直在發光！

李牧遙忽然感到有一道過分灼熱的視線停留在自己身上。

他下意識地轉過頭看，昏暗的光線中，池渺渺一雙眼睛顯得格外水潤，不難看出她的目光中有崇拜、有傾慕。

他忽然又覺得，多來看幾部這樣的電影也不錯。

時間似乎放慢了腳步。

他輕聲問：「還有什麼問題嗎？」

突如其來的溫柔讓她忘記回答他。

兩人就這麼對視了片刻，他忽然再度開口：「妳做的不錯。」

池渺渺回過神來，又是一頭霧水：「什麼做的不錯？」

李牧遙重新看向大螢幕：「妳剛才不是問我有沒有第三點嗎？除了激起對方的好奇心，以及欲擒故縱，第三點就是，交流時的眼神也很重要。」

池渺渺：「那我剛才是什麼樣的眼神？」

李牧遙：「英國兩性學家提出，當女人與男人交談時，女人的認真傾聽，含情脈脈看向男人的眼神，對這男人來說是一種極具誘惑力的行為。所以，我說妳做的不錯。」

他竟然說她在誘惑他！這誰能撐得住？

那種心跳加速呼吸不暢的感覺又來了！

她慌忙移開視線，尷尬笑笑說：「你看錯了，我可沒誘惑你。」

可是他怎麼覺得自己被誘惑了？

他看向她，不由自主地伸出手，輕輕捏住她的下巴，強迫她也看向他：「是嗎？」

臉上突然傳來的冰涼觸感讓池渺渺嚇了一跳，她很快意識到那是李牧遙的手，在他觸碰到她的那一刻，她發覺有短暫的一瞬間自己的身體不聽自己使喚，就那麼任由著他將她的臉轉向他。

可是他的手為什麼那麼涼？是這裡冷氣太強了嗎？

她的目光不受控制地移到他的唇上，醫院電梯裡的那一幕再度出現在她的腦海中……她想，或許那裡是溫暖的。

但也只是那麼一瞬間，她立刻就意識到自己的想法多麼危險！而且她剛才什麼都沒想的時候，他就斷定她在誘惑他了，那現在這樣，他還不知道怎麼想她呢！

可正當她打算躲開時，卻聽他命令道：「別動。」

她只好任由他這麼曖昧地端詳她，但怕他看出什麼來，她又努力做出一副若無其事的樣子：「這又是什麼說法？」

「第四，肢體接觸。」他緩緩靠近她說，「肢體接觸會增加彼此的好感度，很簡單，也最直接有效。」

說著，還沒等池渺渺反應過來，他的唇就貼上了她的。

事實證明，他的唇和他的手指一樣帶著絲絲涼意，所幸他的吻和他這個人一樣，冷靜中帶著一絲不易察覺的熱烈，幾乎讓她徹底淪陷。

55

不知過了多久，他的唇才稍稍離開了她的，但她依舊能夠感覺到，他托著她下巴的那隻手似乎在顫抖。

池渺渺因此找回了不少理智，也意識到他還是個病人，是個無法和人近距離接觸的病人。

她有點擔心地觀察著他的反應。

此時他沒有離她太遠，依舊是呼吸可聞的距離。

他低垂著眼瞼，輕輕喘息著，濃密的睫毛微微抖動著，看樣子是老毛病又發作了。

正當她想要開口問詢一下他有沒有不舒服時？卻見他原本微微張著、不住喘息的嘴唇忽然勾起了一個不易察覺的弧度。

他抬眼看向她：「該妳了。」

池渺渺不解：「什麼該我了？」

也不知道是剛發了病有氣無力，還是他刻意壓低了聲音，他用近乎於呢喃的聲音說：「第五，模仿喜歡的人的肢體動作會提升好感度。我剛吻了妳，所以，現在該妳了。」

池渺渺愣了愣：「還有這種說法？」

李牧遙看著她：「妳不相信我？」

池渺渺忽然有點慌：「也不是……就是……」

她的目光不由自主地又遊弋到他的唇上，有那麼一瞬間，她真的考慮要不要吻上去，可很快她就清醒過來。

他們這是在幹什麼？這根本不是什麼模擬約會，這簡直就是在玩火！

她倏地掙脫開他，起身朝放映廳外走去。

望著池渺渺離開的背影，李牧遙疲憊地捏了捏眉心，看來還不能太心急。

出了放映廳，驟然明亮的光線讓她的理智稍稍歸位，但剛才放映廳裡發生的事情卻還在她腦中重複播放著。

她煩躁地拍了拍自己的臉，仔細分析了一下剛才的情形。

怎麼看李牧遙也不像是個會趁機占她便宜的人，他或許真的只是在和她模擬約會。至於她覺得他們在玩火，大概只是因為她心中有鬼罷了。

身後傳來門被推開的聲音。

她回過頭，是李牧遙。

她尷尬笑笑：「我其實只是想上個洗手間……」

李牧遙看也不看她，直接朝手扶梯走去：「我去車裡等妳。」

「不是……」她不明所以地指了指身後，這麼貴的票價，就這麼浪費了嗎？

「電影還沒結束呢！」她說。

李牧遙頭也不回地說：「結局都猜到了，沒意思。」

池渺渺只好跟上。

李牧遙回頭瞥她一眼：「洗手間在二樓吧？」

池渺渺訕笑著說：「突然又沒感覺了……那我們現在去哪？」

「不早了，送妳回家。」

確實該回去了，可如釋重負的同時，她又有那麼一點小小的悵然。

這天之後，池渺渺發現，她想起李牧遙的次數更多了。她知道這意味著什麼，但又覺得很不應該。

她想，或許真的只是他的那些心理學效應發揮了作用，哪怕換一個長相不錯的男人對她做那些事，她也會有心動的感覺吧。

心情很複雜，但她還是那天他說的那些理論一一記在了本子上，打算哪天約上宋琛實踐一下。

正好第二天晚上，宋琛約她一起吃晚飯。她就順勢提議去看場電影。

宋琛當然很樂意，還尊重她的意思，選擇了《致命旅程》這部電影。

電影快要過半時，池渺渺也像上次問李牧遙那樣問宋琛：「為什麼餐廳老闆和他們其中一個人長得一模一樣，他們是雙胞胎嗎？而且這些人是怎麼湊在一起的？死了的幾個人都去哪了？」

宋琛無奈失笑：「我就說應該選個簡單輕鬆的喜劇看看的。」

「你快幫我分析分析吧，越來越看不懂了。」

宋琛頭頭是道分析了半天，可惜和李牧遙說的劇情相去甚遠。

其實池渺渺是有點失望的，但不妨礙她繼續用膜拜目光「誘惑」他。

對視片刻，宋琛卻笑著移開了目光：「我說的也不一定對，畢竟電影才剛過一半。」

「但你的邏輯已經讓我信服了，不過忽然『知道』了結局就不想再看了。」她不好意思地提議，「要不然我們走吧？」

宋琛有點意外：「這就不看了？」

他還是同意了她的提議。

從觀影廳裡出來，池渺渺觀察著宋琛的情緒，他的心情好像並沒有因沒能繼續看完電影而受到影響。

她稍稍鬆了口氣。

其實剛才提出離開電影院，也只是一時衝動，她說不出來自己究竟是為了什麼，或許是怕最後結局揭曉時的尷尬，也或許是單純不想待在裡面了。

外面不知道從什麼時候開始下起了小雨，還好這裡離池渺渺家很近，大概步行十幾分鐘就到了。

她想先幫宋琛叫個車，卻被宋琛拒絕了。

「還是先送妳吧。」

「不用了，都下雨了。」

宋琛堅持道：「小雨而已，我們走走。」

雨確實不大，空氣裡彌漫著獨屬於秋日雨夜的潮濕芬芳的氣味，倒是挺適合雨中漫步的，她也就沒拒絕宋琛的提議。

此刻她早就把李牧遙的那些心理學效應抛在了腦後，但因為身邊是宋琛，她又想起了多年以前的事情。

她邊走邊問身旁的人：「你記不記得學生會安排的那場秋遊，出門前策劃的好好的，誰知道一出門就遇上了連綿不斷的小雨。」

「記得啊，去之前天氣特別好，誰也沒想到會下雨，都沒做準備，後來還被困在了外面的景點。不過幸好妳帶了傘，讓我沾了個光。」

當時他們一群人剛從一個景點出來，正要叫車回酒店，但大雨突至，他們被困在了路邊的小涼亭下，車自然也無法叫到了。

所幸他們離酒店不算太遠。等了很久，雨完全沒有停下來的跡象，大家決定跑回酒店。

當時，池渺渺和宋琛是落在最後的兩個人。等其他同學的身影澈底消失在雨霧中後，池渺渺才拿出一把傘來朝宋琛揚了揚下巴。

其實學生會裡還有別的女生，如果她提早把傘拿出來，大家肯定會讓一個女生和池渺渺一起撐傘回去，那就沒宋琛什麼事了。

所以她為什麼會到最後一刻才拿出傘來，這並不難猜。

宋琛也不傻，當時拿過她手裡的傘撐開來，壞壞地看了她一眼說：「妳的孝心學長看到了。」

然後便一手撐著傘一手擁著她，衝入了雨中。

雖然知道他那時候那麼做只是為了讓兩人不被雨淋，但那是她第一次離他那麼近，也是第一次離一個男生那麼近，讓她感受到與傘外潮濕陰冷不同的、他溫暖乾燥的懷抱。

兩人似乎都想起了那天的事，氣氛一下子變得有點曖昧。

宋琛忽然說：「妳現在有喜歡的人嗎？」

他忽然問這個，池渺渺全然沒有心理準備，不由得認真思考這個問題。

她現在有喜歡的人嗎？

腦海裡驀然出現了一張稜角分明眉眼精緻的臉。那張臉在眼前逐漸放大，她似乎再一次感受到了他撲面而來的清冽氣息……

宋琛忽然打斷她：「妳是想不明白，還是不知道該怎麼回答我？」

池渺渺一時間沒搞明白這話的意思，一臉茫然看向他。

宋琛似乎是有點無奈：「難道是我自戀了嗎？我覺得大學時，妳應該是喜歡我的。」

原來他什麼都知道。

宋琛坦白說：「其實，我當時對妳也不是完全沒有感覺。」

可是他卻什麼也沒對她說過，這其中的原因，不用去諮詢李牧遙，她也可以猜個大概。

可是他又說：「當初錯過了，現在又遇上了，這或許就是我們之間的緣分吧。不知道現在晚不晚，渺渺，妳願意做我的女朋友嗎？」

池渺渺自覺對宋琛也是蓄謀已久沒安好心，讓她意外的是，她還什麼都沒做，她想要的告白就這麼猝不及防的出現了。

她本應該欣然說好的，可是那個「好」字卻怎麼也說不出口。

見她久久不說話，宋琛臉上的笑容淡了幾分：「妳也不用立刻答覆我，妳可以先考慮考慮，我們來日方長。」

片刻後，池渺渺點點頭，回了個「好」。

隔日一早，池渺渺經過韓夏辦公桌時，被韓夏叫住。

「妳昨晚是不是去看電影了？」

池渺渺嚇了一跳：「妳怎麼知道？」

「嘿嘿，昨晚跟我男朋友在那附近吃飯，出來時看到妳和一個帥哥在雨中漫步，那人是誰啊？是妳那個學長嗎？」

周遭人來人往的，韓夏又是個大嗓門，池渺渺生怕隔牆有耳，連忙去捂她的嘴：「妳小聲一點。」

「怕什麼啊？還不許人談戀愛了？」話說一半，她忽然想到什麼似的，壓低了聲音說，「確實，讓李總知道就不好了。」

池渺渺有點尷尬：「跟他有什麼關係啊？我就是覺得八字還沒一撇呢，被太多同事知道不好。」

「我懂我懂！」韓夏遞給她一個深明大義的眼神，「不過妳真的打算放棄李總了？」

池渺渺無力解釋道：「我和李總真的沒什麼……」

韓夏直接忽略了她的話，替她惋惜道：「其實我一直覺得妳和李總還挺有CP感的，可惜了……不過妳那學長也不錯！雖然幾次都只看到側臉和背影，但感覺應該是個帥哥，又是妳的初戀對象，你們能在一起，也算得償所願了。而且老闆雖然好，可是太好、太不食人間煙火了。也不知道他以後會找個什麼樣的女朋友……」

兩人正說著話，身後突然傳來一聲輕咳，一回頭竟然是李牧遙。

韓夏嚇得一個踉蹌：「李總，您找我？」

「下午安排個會，通知各部門主管，討論一下薪酬方案。還有，新招的助理，也抓緊時間安排蕭易電話面試一下。」

交代完工作，李牧遙便離開了，從始至終沒有看池渺渺一眼。

李牧遙走後，韓夏似乎是想起了工作，不由得嘆了口氣：「又招了個年輕女生，希望別再惹出什麼事來吧。」

池渺渺有點好奇：「什麼助理？為什麼要蕭總面試？」

「就是總助嘛，劉煥那職位。」

「那劉煥呢？」

韓夏解釋道：「劉煥是李總的助理，等李總離開後，他自然要跟著離開，蕭總就要再招個助理了，我真擔心……不過這姑娘也不是網路上招聘來的，是蕭總的朋友推薦來的，聽說家裡很有背景。唉，總之麻煩！」

池渺渺並不關心新助理是什麼背景，她只關心韓夏話裡的前半句：「妳是說李總要走了嗎？」

韓夏：「對啊，我們這裡的事情這麼瑣碎，他來管這些真的是大材小用，所以蕭總回來後，他自然就會離開。」

「蕭總什麼時候回來？」

韓夏：「我沒跟妳提過嗎？聽說是下個月……」

話說一半，韓夏又想起剛才的事，問池渺渺：「妳說我們說的話，李總聽見了嗎？」

池渺渺無奈聳聳肩，表示她也沒注意到李牧遙是什麼時候出現在她們身後的。

但她發現自從「模擬約會」後，她和李牧遙之間的氣氛就怪怪的。

說不清為什麼，心裡有點悶。

她悵然地嘆了口氣，對韓夏說：「還是好好工作吧。」

也不知道該說是韓夏的效率高，還是蕭易的效率高。第二天，那位傳說中的新助理就來失戀博物館報到了。

那女孩長得算不上多漂亮，但氣質清新脫俗，而且為人熱情開朗，聽說她在此之前已經有過三年的工作經驗，那麼推算下來怎麼也有二十五、六了，可是看起來還像剛從校園裡走出來的一樣，名字也很清新脫俗，叫張朵雅。

她的到來立刻引起了一陣小規模的躁動，尤其在以男同事居多的行銷部裡。

原本不喜歡和其他人打交道的幾位男同事忽然都熱情了起來，又是幫忙打掃衛生，又是幫忙裝電腦的，一個個只差沒把「殷勤」二字寫在臉上了。

望著對面辦公室進進出出的人，韓夏感慨：「這群人什麼眼光啊，這女孩長得是不錯，但比起妳可差遠了，當初也沒見他們對妳有這麼殷勤啊！」

「也只有妳覺得我好看。」

韓夏笑嘻嘻的：「還有李總。」

池渺渺推了她一下：「別開玩笑了。」

韓夏收斂了笑容，感嘆道：「不過話說回來，男人可能就愛這一種，不然妳覺得我們那位蕭總看上她什麼了？」

對於蕭易的品位，池渺渺不予置評，她更關心的是：「也不是所有男人都喜歡這一型吧？」

韓夏拍了拍她肩膀：「放心，也有大把喜歡妳這種美豔型的。」

池渺渺翻了個白眼：「我謝謝妳哦。」

「哦對了，晚上妳有時間吧？請妳吃飯。」

池渺渺警惕地看著她：「為什麼？無事獻殷勤非奸即盜。」

「當然有事了。」韓夏嘆氣道，「今年公司突然多了這麼多人，團建的事要好好策劃一下，我就想拉妳們幾個小姐妹一起商量一下。」

原來是這事。

池渺渺想到晚上也沒有事，於是便答應了下來。

可是晚上下班時，池渺渺沒想到會在失戀博物館外見到宋琛。

「你怎麼來了？」

比起她的意外和無措，他倒是淡然很多：「接妳下班啊。」

他的話音剛落，就看到跟在池渺渺身後出來的韓夏她們。

他有點不確定地問：「怎麼？妳晚上有事？」

韓夏老遠就看到了宋琛，認出他就是和池渺渺一起雨中漫步的那位學長，刻意加快腳步出來湊熱鬧的。

看清楚宋琛的臉，韓夏不由得在內心感慨道，池渺渺真是豔福不淺，前有和她曖昧不清的李牧遙，後來來了個疑似對她有意思的劉煥，現在又多了個初戀學長……雖說眼前這位學長沒辦法跟李牧遙比，但也可以想像，幾年前在大學校園裡肯定也是風雲人物。

有了這個結論，韓夏更覺得，比起遙不可及的李牧遙，他是個不錯的老公人選了。

所以在聽到宋琛問話後，她就迫不及待地替池渺渺接話道：「沒事沒事，她要直接回家。」

韓夏生怕當了電燈泡，說完也不等池渺渺說什麼，就拉著其他幾位同事離開了。

等韓夏離開，宋琛不好意思笑笑：「我不會真的耽誤妳的事了吧？我今天只是正好路過這裡，看著快下班了來碰碰運氣，也沒提前跟妳說。」

池渺渺說不會，正好有些話也該跟他說清楚了。

離開前，她隨意掃了身後一眼，就看到二樓欄杆前立著的挺拔身影。

他正看著他們這邊，面無表情，眼神漠然。

那一瞬間，池渺渺忽然移不開目光也邁不動腳步了。

然而下一秒，欄杆前的李牧遙卻毫不留戀地轉身離開。

池渺渺先和宋琛一起去她家附近吃了晚飯，然後又像上一次一樣，兩人步行著往池渺渺家走。其實在見到宋琛的那一刻，池渺渺就知道他是來問她考慮的結果的。可是讓她以外的是，整個晚上他全程沒有提起那天的事情。

然而他可以繼續糊裡糊塗地和她相處下去，但是她卻不能再無視自己的心意。尤其是整個晚上，她的腦中始終揮散不去的都是李牧遙轉身的那個瞬間。

即便知道這或許並不代表什麼，但有一點她是可以確定的——她無法再在這種情況下若無其事地和宋琛相處下去，哪怕她心有所屬的人像天上的月亮一樣根本摸不到碰不著。

她忽然停下腳步，看向旁邊的宋琛：「學長，你說喜歡一個人是什麼樣的感覺？」

宋琛看她一眼，似乎不明白她為什麼突然這麼問，但還是想了想回答說：「大概就是做任何事情的時候都能聯想到她吧。」

池渺渺點點頭：「所以我以前也總是想到你，看來那時候確實很喜歡你，我覺得你應該能感受到吧。」

宋琛愣了一下，然後笑著說：「是啊，我上次不是也說了嗎？」

池渺渺接著說：「你確實也感受到了，但你卻一直假裝不知道。我一開始想不明白這是為什麼，但我現在明白了。我猜你對我或許也有點好感，但卻並沒到喜歡的程度，所以才會裝傻。」

宋琛的臉色有點難看：「這都是過去的事情了。」

池渺渺繼續說：「我當時不懂這些，我覺得我沒能成為你女朋友很大一部分原因是我自己膽小怯懦，如果再給我一次機會，我一定會抓住你。」

宋琛總算笑了，但那笑意卻不達眼底：「所以，妳現在是打算抓住我了嗎？」

池渺渺看了他片刻說：「我一直以為我的心意從來沒有改變過，如果你不出現，我可能會覺得自己是一直喜歡你的。我還一度覺得自己是個很長情的人，因為即便你已經淡出了我的生活，但在我心裡依舊留有一席之地。可是後來我發現自己錯了，如果最初在學校時那叫喜歡，那麼後來隨著時間的推移、隨著我們越走越遠，我對你的執念大概只是一件沒有做完的事情而已。」

宋琛臉上的笑容澈底消失了：「妳想說什麼？」

池渺渺很認真地說：「我想說，可能是我搞錯了。學長，謝謝你重新給我一次機會，但很抱歉，我對你已經沒當初那種感覺了。」

明知道這話說出口後，兩人很可能就此連個朋友都做不成了，但池渺渺卻有一種如釋重負的感覺。

半晌，宋琛自嘲地笑了笑：「唉，還真的是因果報應啊。我為我當初明明不喜歡妳還給了妳希望感到抱歉，說實話重新遇到妳，我也挺高興的，或許因為剛結束了一段讓我身心俱疲的關係，所以妳的簡單活潑確實讓我覺得眼前一亮。我原本信心滿滿，可是這些天妳的疏遠冷漠又讓我認清了事實。其實我心裡早就有答案了，但我只是還不想死心，想來求證一下，果然……」

宋琛忽然這麼坦白，倒是讓池渺渺有點尷尬。

她勉強笑笑說：「如果我剛才說了什麼讓你不舒服的話，你就當沒聽見吧，你也知道我這人一向不會說話。」

宋琛笑了，像是玩笑道：「最讓我不舒服的那句話，我真的可以當做沒聽見嗎？」

池渺渺愣了一下，忽然有點不知所措了。

宋琛笑意更盛：「開玩笑的。不過說正經的，妳是有喜歡的人了吧？」

這問題來的猝不及防，池渺渺一時間不知道該怎麼回答他。

宋琛掃她一眼，了然地笑笑：「果然，一旦錯過了就沒有『從頭再來』一說。說說吧，他是什麼樣的人？」

池渺渺想到他們從認識到現在經歷的種種，腦子裡已經組織出千言萬語，最後卻只是說：「是個很好的人。」

56

眾人很快發現，新來的這位小張助理雖然態度很親民，眼光卻不怎麼親民。

她雖然是蕭易的助理，但有事沒事總往李牧遙辦公室跑，對李牧遙的心思簡直是司馬昭之心路人皆知。

韓夏說起她也只能感慨：「我當初跟這姑娘接觸時就覺得她不簡單，奈何蕭總非要留下她。」

池渺渺：「妳不是說她家很有背景嗎？可能也不是蕭總的意思吧？」

韓夏：「有背景是一回事，但李總也明確發話了，讓我按照流程辦事，那就是不一定要留下她的，奈何蕭總非要留下，我也不能故意跟他對著幹。現在好了，他要是知道人家小姑娘看上的是李總，還不知道怎麼哭呢！」

池渺渺心裡有點不是滋味：「是不是妳想多了？」

韓夏絕對不允許別人質疑她的八卦嗅覺，立刻反駁道：「我是那種會胡亂傳謠的人嗎？我都是有依據的！我聽說劉煥交給她的其他事她都推三阻四拖拖拉拉，但每次都主動提出幫劉煥給李牧遙送文件。而且不光只是送文件，有時候還打著送文件的幌子送蛋糕給李總，這就很耐人尋味了吧？」

這位張助理一進入公司就加了池渺渺她們的聯絡方式，雖然不怎麼聊天，但動態大家都是看得見的。

池渺渺這才想起來，她好像很喜歡做蛋糕，而且做得很有模有樣，又是裱花又是寫字的，不是池渺渺這種業餘選手能比的。

「送蛋糕？」池渺渺有點生氣，「那他收了嗎？」

「應該是收了吧，不然她也不會一而再再而三的送了。而且我發現李總對她好像格外縱容，妳看以前我們在他眼裡就像過敏源一樣，他都恨不得躲著我們走。但前兩天我還見小張不小心撞了他一下，他也沒說什麼。說實話我之前覺得李總對妳好像格外好，現在看……男人啊，都是說變就變，還好妳有那位初戀學長。」

兩人正說著話，就見張朵雅一手抱著文件，另一隻手上不知道提著什麼東西，朝李牧遙辦公室走去。

「妳看妳看，說什麼來什麼……」韓夏朝辦公室外揚了揚下巴。

看來韓夏說的還真的不是空穴來風。

池渺渺越想越委屈，這麼多人排隊做蛋糕給他吃，哪還用得著她啊？

她當下決定單方面撕毀兩人的約定——反正她現在也沒有什麼情感問題需要諮詢他，也沒義務再做蛋糕給他了。

好不容易打發走了新來的女助理，李牧遙沒好氣地叫來了劉煥。

他開門見山地說：「你是不是對我最近的工作安排有什麼意見？」

劉煥一聽這話，嚇了一跳，他怎麼敢？

李牧遙掃了張朵雅剛送來的那個蛋糕一眼：「那這是什麼意思？」

劉煥一看就明白是新來的小助理惹事了。

劉煥怎麼會看不出來小助理的想法？正常情況下，他也不可能隨便就讓別人接觸到他老闆。但是他最近發現老闆情緒很不好，連帶著他的日子也不好過。

後來聽韓夏說起才知道，原來是池渺渺和她那什麼學長交往了。這麼說來，老闆的心情不好也就可以理解了。

但理解歸理解，為了老闆也為了他自己，總不能讓老闆繼續這樣下去。

這時候，正好張朵雅出現了，也恰巧她對李牧遙很上心，當然最重要的還是，她剛來就被公司男員工評為失戀博物館最漂亮女同事的TOP2，另一位與她旗鼓相當的自然就是池渺渺。

既然池渺渺可以讓他老闆動了心，那想必這個張朵雅也不是一點希望都沒有。於是才有了他對她的睜一隻眼閉一隻眼。

不過之前看他老闆對張朵雅還挺寬容的，至少不像以往對陌生人那麼排斥挑剔，他還以為自己賭對了老闆的心思，可現在這是怎麼了？看來是他把事情想簡單了。更鬱悶的是，面對老闆的盛怒，他雖然是一番好意，但也不能明說。

劉煥解釋說：「她剛來平時沒什麼事，蕭總又不在，我就想著安排她做點簡單的工作。」

「就這樣？」李牧遙狐疑地掃他一眼。

劉煥裝傻：「對啊。」

李牧遙低頭工作：「以後不許她進我辦公室。」

劉煥悄悄鬆了口氣，立刻應道：「好的。」

李牧遙一直工作到很晚，等他意識到疲憊的時候才發現已經快晚上十點了。

他揉了揉眉心，正打算收拾東西離開的時候，又看到被那個小助理放在桌上的蛋糕。

他不自覺想到了池渺渺，他們有幾天沒聯繫過了？她在幹什麼？不會是在和她那位學長約會吧？

一想到這種可能性，李牧遙的眉頭立刻皺了起來。

他拿出手機想了想，傳了個訊息過去。

可是等了幾分鐘，對方還是沒有回覆。

都這個時間了，她不會還沒回家吧？難道是想夜不歸宿？

他突然焦躁起來，也沒多想直接打了個電話過去。

就在等待電話被接通的過程中，他先後經歷了後悔糾結氣憤等各種情緒……

他不得不卑微地承認，他真的很在意她。

果然深夜總是更容易讓人承認平常不願意承認的感情。

接到李牧遙的電話前，池渺渺正在看社群。

比起第一輪的行銷，失戀博物館第二輪的行銷效果明顯很好，簡直可以用席捲全網來形容，據說拍拍也成功得到了失戀博物館的反哺，用戶數量在幾個月內翻了幾倍。

各種有關失戀博物館的關鍵字不斷地攀上熱搜，這幾天失戀博物館的幾個人都習慣了在辦公室小群組裡分享熱門內容。

今天池渺渺只是洗了個澡的工夫，拿出手機一看發現那個小群組已經被各種訊息塞爆了。池渺渺一點點往回翻聊天記錄，原來是李牧遙的名字上了熱搜。

池渺渺立刻找到那則熱搜內容，很明顯，這一次不是公司行為。

要怪只能怪失戀博物館紅得太快，就有好事者去分析它究竟是如何一步步走紅的。這樣一來，它的法人，也是幕後操縱著這一切的李牧遙自然不會被忽略。

緊接著，李牧遙的履歷被扒得乾乾淨淨，甚至還有自稱是李牧遙校友的人上傳了他本人的照片。李牧遙一向很少在大眾媒體面前露臉，所以那張照片還是他讀大學時學校籃球隊的合影。

池渺渺沒有錯過任何一點關於李牧遙的內容，她一則則新聞翻過去，好像從另一個角度把他重新認識了一遍。

看到他年少時的照片時，她不自覺將照片放大，又仔仔細細看了一遍又一遍。

年少時的李牧遙和現在的李牧遙長相上看幾乎沒什麼變化，最明顯不同的應該就是氣質——那時候的他雖然也很靦腆，但在同學們當中，她看得到他眼裡的光。

如今的他冷漠、淩烈、拒人於千里之外，當然也有不為人知的柔軟一面，可這柔軟又是包裹在孤傲硬殼之下的。

她悄悄儲存了照片，又順便掃了留言一眼，這一眼差點把她氣壞了，留言區簡直可以用「烏煙瘴氣」來形容！

桃子姐姐：『從今以後，我的老公換人了！』

小A家：『這是典型的小說男主角吧！就想問問，還是單身嗎？』

夏天的雨：『明人不說暗話，我想給他生猴子。』

其他留言也是大同小異，中心思想主要是表達對李牧遙顏值的充分認可。

池渺渺忍不住對著螢幕翻了個白眼。

正在這時，手裡的手機忽然響了，一看來電人，正是讓她表情管理失敗的罪魁禍首。

這麼晚了找她肯定沒什麼好事！她憤憤接通電話。

電話一接通，對面傳來男人低沉又略帶沙啞的聲音。

李牧遙：『妳在哪？』

池渺渺莫名其妙地回答道：「在家。」

李牧遙神色稍緩：『只有妳一個人？』

池渺渺一頭霧水：「對啊，不然呢？我媽一般不怎麼來。」

李牧遙：『我是說沒跟妳那個學長約會嗎？』

池渺渺沒有回答，她有點生氣，她的事什麼時候需要時時向他彙報了？

「沒有。」她的語氣冷淡。

李牧遙很敏銳地察覺到了她的情緒：『被拒絕了？』

這話莫名就戳到了池渺渺的痛點——他憑什麼斷定她就是被拒絕的那一個？

加之張朵雅和那些網友帶來的委屈，池渺渺難得沒好氣道：「這是我的私事吧？」

面對她的不客氣，李牧遙也難得沒有生氣，他肯定道：『看來是被拒絕了。』

他這語氣是在幸災樂禍嗎？池渺渺更生氣了。

「才不是。」她賭氣道，「我承認，我不夠年輕、不夠漂亮、也沒錢沒背景，說到底就是個普通人，但還是有其他普通人想跟我在一起的。」

李牧遙總覺得她的話裡有話，但一時間也沒想明白，他當前最關心的是：『那你們在一起了？』

「也沒有。」池渺渺心煩意亂地解釋說，「就是覺得不合適而已。」

李牧遙眉頭舒展：『確實，你們不合適。』

雖然李牧遙說的是實話，但不知道為什麼，這話從他嘴裡說出來就特別讓人不舒服。

「老闆你這麼晚打電話過來該不會只是為了關心一下我的情感狀況吧？」

『當然不是。』此時李牧遙心情不錯，如果還可以吃到她做的蛋糕的話，那就更好了。

『就是忽然很想吃蛋糕。』他說。

池渺渺一聽這話火氣更大了，不是已經有人送蛋糕了嗎？還麻煩她幹什麼？再說現在都幾點了，憑什麼他想吃她就要半夜爬起來做？

「抱歉，我要睡覺了。」

李牧遙難得的好說話：『也不是一定要今天。』

「以後都沒有。」

『為什麼？』李牧遙皺眉。

「之前送蛋糕給你是為了報答你幫我解決情感難題，現在我沒有任何情感問題了，自然也不用做蛋糕了。

『池渺渺，妳這種過河拆橋的舉動很過分妳知道嗎？妳就是這麼對待朋友的？』

又是「朋友」……

池渺渺忽然覺得有點無力：「不是有人爭著搶著送蛋糕給你嗎？何必非要我做？」

李牧遙微微挑眉：『有人？誰？』

池渺渺嘆了口氣說：「我睏了，先掛了。」

雖然池渺渺今天的態度著實算不上多客氣，但她能這麼快就認清她和她的學長不合適的事倒是讓李牧遙很欣慰。

雖然是被人掛了電話，但他心情已經不錯，面對一臉凝重的劉煥時也是難得的和顏悅色。

「什麼事？」他問。

劉煥：「網路熱門搜尋的事您看到了嗎？」

李牧遙：「什麼？」

劉煥連忙把自己的手機遞給李牧遙，手機上顯示的正是一則話題頁面。

劉煥抹了把額頭上的汗解釋說：「剛才發現熱搜的第一時間，我已經問過行銷部了，行銷方案沒有變化，網路上的內容應該是網友自發的舉動，但究竟是不是有人幕後操縱、有什麼目的，還要進一步確認。」

李牧遙翻了翻話題頁面裡的內容，原來是有人把他大學時期的照片上傳到了網路上，然後引起了軒然大波，大家甚至各顯神通地挖掘和他有關的一切。

如果是平時，看到這些，他肯定會很不高興，畢竟誰也不喜歡把自己毫無隱私地暴露在大太陽下，更何況是他這樣本來就不喜歡在公眾場合亮相的人——倒不是有什麼特殊的忌諱，只是不想引來一些不必要的麻煩。

但今天晚上，所有的事情在他看來都不是什麼大事。

劉煥小心翼翼觀察著老闆的神色，見老闆不說話，他誠惶誠恐地說：「我這就去找人撤掉！」說著他就要出去打電話，卻被李牧遙叫住了。

李牧遙隨手翻了翻熱門留言，鬼使神差地竟然只是說：「先這樣吧。」

劉煥以為自己聽錯了，他老闆平時最低調了，什麼時候喜歡出這種風頭了？

李牧遙給出的解釋是：「這也是一種宣傳，省的我們自己花錢買了。」

原來如此！劉煥受教地點點頭，心說不愧是老闆，不過為了公司，他的犧牲也夠大的。

劉煥想了想又問：「那要不然先放著，只把您的照片刪掉？」

李牧遙無所謂道：「你看著辦吧。」

他動了動因為整夜伏案工作變僵硬的脖子，正想結束一天的工作，臨走前，再次瞥到了桌角上的那個蛋糕……

他想起池渺渺剛才的話，頓時豁然開朗——所以，她是在吃醋嗎？

想到這種可能性，他不由得笑了。

劉煥觀察著老闆的神情，發現老闆今天的心情真的很不錯。

可究竟是為什麼呢？是張朵雅送來的蛋糕取悅到了他老人家，還是因為剛省了一筆買宣傳的經費？

劉煥正胡亂猜著，就聽李牧遙又說：「我的照片也暫時不用處理了。」

被人評論長相，這是李牧遙以前是最反感的，所以網路上才很少有他的照片，但今天是什麼情況？

劉煥想也沒想脫口問道：「為什麼？」

李牧遙瞥他一眼：「你聽過『羊群效應』嗎？」

「什麼『羊』？」

那一瞬間，李牧遙臉上的好心情頓時被一個對牛彈琴的不耐表情取代：「算了，跟你說不清楚。」

57

伴隨著失戀博物館和拍拍的走紅，幕後的李牧遙也在一夜之間成了大眾的焦點。「商業奇才」、「少年天才」、甚至諸如「史上顏值最高年紀最輕的霸總」等都和他的名字畫上了等號，讓他在一夜之間多了無數女友粉，失戀博物館的門檻更是快被那些慕名而來的女孩們踏破了。以至於只要是失戀博物館營業的時間，就有等著入館參觀的人在門外小廣場上排隊。

雖然以前也有蕭易的女粉絲慕名而來，但是比起如今的情況那真是小巫見大巫了。

失戀博物館的眾人還是第一次見到這種陣仗，韓夏唏噓道：「我們館究竟是什麼風水，老闆都這麼能招蜂引蝶，而且一個比一個功力更強？」

池渺渺只覺得滿心悵然，但又覺得自己沒有任何不開心的立場。

身後傳來程寶寶的聲音：「這也太影響我們工作了，這些人把停車場出口都塞住了。」

其他人也都跟著附和，抱怨著這幾天下班都塞車了。

韓夏安撫眾人：「再堅持幾天吧，李總在我們這也待不了幾天了，蕭總要回來了。」

有人還沒得到風聲，問韓夏：「李總這麼快就要走了？」

池渺渺的心跟著沉了一下，她也沒想到，李牧遙竟然這麼快就要走了。

她立刻看向韓夏，等她給出答案。

韓夏回答那人：「大概就是在這個月底團建之後吧。」

那人又問：「他會和我們一起團建嗎？」

這一次韓夏沒有給出明確的回答，只是說：「看情況吧。」

所有人都知道李牧遙有多忙碌，斷然不會把時間浪費在團建這種事情上，而且就算有時間，他那種不合群的性子怕是也不願意和他們這群人湊在一起。

也就是說，李牧遙很快就會離開失戀博物館，不知是哪一天。

而他一旦離開，池渺渺和他就沒了交集，北城這麼大，沒有緣分的兩個人能再遇到的機會幾乎為零。

所以對待這次團建，池渺渺忽然又期待又排斥，期待李牧遙能一反常態地參加一次，但又不想讓它太快到來，因為那就意味著李牧遙要離開了。

池渺渺不敢讓自己再這麼深想下去，她隨口問道：「我們要去哪裡決定了嗎？」

韓夏詫異地瞥他一眼：「決定了啊，群組裡都討論好幾次了，妳最近怎麼總是心不在焉的，不會是忙著和妳學長談戀愛都顧不上我們了吧？」

眾人一聽都跟著打趣池渺渺。

池渺渺不好在眾人面前解釋什麼，只能繼續岔開話題道：「我之前沒注意，那最後決定了去哪？」

韓夏：「雖然李總不一定會跟我們一起團建，但這次團建的地方可是李總特別批准的，即便是國內旅遊也絕對是高規格的。李總在萊港有個酒店你知道吧？酒店還有一片私人海灘，我們去的時候可以包下整個酒店，誰家公司團建能有這種待遇？」

聽她這麼說，眾人也很亢奮，紛紛討論起那幾天要穿什麼衣服帶什麼行李。只有池渺渺就像個游離在眾人之外的遊魂，無法被眾人的喜悅感染分毫。

雖然得知池渺渺早就和她的學長不來往了，但李牧遙發現，池渺渺對自己也越來越冷淡了，也不知道她是還在因為她那學長不開心，還是有意疏遠他。

他原本想著，給她一點時間讓她從她和學長那段短暫的關係中澈底走出來。但是現在，考慮到蕭易回來的日子，他忽然焦躁了起來。

這時候劉煥進來向他彙報他本週的行程。

這段時間無論是失戀博物館分館的開業，還是「拍拍」那邊為即將激增的業務量提前做的準備都夠他忙得腳不沾地了，一項項的工作行程從工作日排到了週末。

李牧遙聽完後，沉默片刻問：「韓夏前兩天說的那個團建是什麼時間？」

劉煥：「應該是週六出發，週三回來。」

李牧遙想了一下說：「把在南城出差的行程安排得緊湊一點，週六直接從南城飛萊港。」

老闆這是要去參加團建的意思嗎？

劉煥著實有點意外，因為無論在「拍拍」還是在之前的公司，李牧遙都不會參與這種活動的，而且這一次他之前也是直接拒絕的。

劉煥看了看李牧遙這幾天的日常安排，有點擔心道：「這樣的話您本週和下週的工作安排會非常緊張，中間還有幾次長途飛行，我擔心您的身體……」

李牧遙直接打斷他：「其他的你不用操心，按我說的去辦吧。」

很快，團建的日子到了。

週六一早，浩浩蕩蕩一群人在機場會和，不出意外的這一群人裡沒有李牧遙和劉煥。

眾人對這樣的結果似乎並不意外，甚至還有點慶幸，只有張朵雅一臉失望，直到登機了還在東張西望的像是在等什麼人。

韓夏朝著張朵雅的方向努了努嘴，壓低聲音對池渺渺說：「一大早趕飛機我們都累要死了，妳看看人家，照樣妝容精緻花枝招展的，可惜啊，李總沒來。」

池渺渺笑了笑沒有說話，雖然早就猜到他有很大的可能不會來，但真的到了這一刻，說不失望那是假的。

兩小時之後，所有人抵達臨港的酒店。

酒店建在海邊，周邊風景沒得說，酒店內的裝潢和配套也都是頂級的，最重要的是酒店所有的消費都是公司報銷。

北城已入深秋，而萊港還像夏末。他們來時天氣正好，溫度適宜。

老闆不在，眾人倒是更放得開。

大家都只在房間稍稍停留了一下，就迫不及待去海邊看海了。

池渺渺和韓夏她們因為要安排後續的聚餐和節目，比其他人晚到海灘。

她們一到就看到幾個行銷部的單身男同事圍著張朵雅一起在海邊玩水，張朵雅似乎也很開心，早上因為沒見到李牧遙的那種憤懣情緒早已不見了。

韓夏見了這情形忍不住感嘆道：「小張的人緣是真的好啊，美女就是不一樣！不過親愛的妳也不差啊，怎麼差別待遇這麼明顯呢？」

池渺渺一向對自己的外貌不太在意，但聽了韓夏的話，難得有點酸溜溜的：「算了吧，我比人家差遠了，而且人家還年輕，我要是男人我也喜歡她。」

韓夏：「人家還是會打扮，妳看她現在穿的那件裙子，乍一看平平無奇，但是白色蕾絲顯得清純可愛，領口的深V又不失性感。妳再看看妳，就差穿著海灘褲、人字拖出門了，真是浪費了妳這前凸後翹的好身材。」

池渺渺低頭看看自己的休閒裝，又看了不遠處言笑晏晏的張朵雅一眼：「我這身也沒妳說的那麼差吧？」

話雖是這麼說的，但她心裡又忍不住去設想，如果她是李牧遙，應該也會更喜歡張朵雅這樣的女生。

兩人正說著話，韓夏的電話響了。

她接起來應了幾句，掛上電話就立刻招呼眾人：「李總的飛機落地了，大家準備準備，都穿得正式隆重點，六點準時在二樓宴會廳集合。」

大家都默認了李牧遙不會出現，此時聽說他要來，所有人很意外，包括池渺渺在內。

是什麼讓他願意放下工作，浪費寶貴的時間來參加這種他原本最不屑的活動，甚至不惜搭乘會讓他不舒服的飛機呢？

池渺渺立刻想到了幾種可能性——為了融入大家，或者為了張朵雅。

她不敢細想，究竟哪個才是正確答案，可是不管是哪個，她發覺自己的心情已經因此低落了下來。

她回到房間匆匆洗了臉，然後又化了個淡妝，但在決定穿什麼的時候猶豫了。

其實在來之前，韓夏就提醒她要帶上出席晚宴的禮服，她過往沒出席過這種場合，臨時再買也來不及了，就從暖萌那先借了一件。

來之前她才匆匆看了款式一眼，差點氣到噴血。

這件禮服正面看幾乎可以用「平平無奇」來形容，就是普通的銀色魚尾裙，最多也只是V字領口開得稍微低一點，但背面看就完全不一樣了，整個背部幾乎全裸……

她原本還猶豫要不要穿這件，但想到張朵雅可能穿的更誇張，她一咬牙還是決定穿。

既然要穿這件禮服那就只能真空上陣了，說實話，這還是池渺渺成年以後第一次不穿內衣出門，走在路上都不由得瑟瑟發抖，倒不是覺得冷，是覺得沒有安全感。

不到六點，公司眾人都已經到了宴會廳，果然不出池渺渺所料，張朵雅穿了身香檳色V領露背禮服，能露的溝都露著，比她更過分的是，裙擺處還做了高開叉的設計。

她的身材好皮膚白，一亮相簡直可以用驚豔全場來形容。

不僅張朵雅如此，其他女同事也都是盛裝出席。

池渺渺無比慶幸自己穿了這件禮服出來。

正在這時，宴會廳的大門被侍應生推開，李牧遙一行人總算姍姍來遲。

雖然他平時大多時候也是穿西裝，但明顯為了適應今晚的場合，他的穿著較往日相比還是更正式一些。

他的身材挺拔，將一身得體的深色西裝穿得格外出挑，再搭配上他那張無可挑剔的臉，和略帶幾分淩厲的眉眼，原本的商場精英又多了分紳士禁欲的味道。

他一進門，宴會廳裡的人包括服務生在內都不自覺噤了聲，所有人的目光不由自主地追隨著他。

身後不知是誰在小聲議論：「以前就覺得李總很帥，沒想到能帥成這個樣子，難怪網路上那些女生為了他能那麼瘋狂。」

雖然已經見識過了各種時候的李牧遙，但此刻，池渺渺的心裡也有著同樣的感慨。

所有人的注意力都停留在他的身上，他的眼裡卻彷彿看不到任何人。

她看著他從自己面前經過，又坐在了離她位子不遠的主桌上，自始至終，他都沒有看她一眼。

或許是想到他馬上就要離開，從此再見他一次都是奢望，她發現因他而產生的情緒也越來越難以掩藏。

所以哪怕他一向如此，哪怕他理當如此，畢竟她對他來說本就沒什麼不同，但今天，她卻感覺到胸口處傳來悶悶的痛感。

隨著李牧遙的落座，一時間鴉雀無聲的宴會廳又漸漸恢復了正常。

池渺渺也心情複雜地坐回到座位上。

韓夏注意到她的情緒變化，小聲打趣她：「怎麼，看到人家這麼帥又後悔選擇妳家初戀學長了？」

池渺渺還沒來得及回話，就感受到一道視線落在了她身上。

她抬頭看過去，是坐在桌對面的張朵雅。

在池渺渺看向她的那一刻，張朵雅也大大方方和她對視，並且露出甜甜一笑。

她皮笑肉不笑地回應了對方，又對身邊韓夏說：「妳有這開玩笑的工夫不如好好想想還有什麼疏漏的地方，今天都是妳安排的，伺候的不滿意小心李總臨走前在蕭總那參妳一本！」

韓夏聞言立刻緊張地起身：「妳倒是提醒我了，我要去看看，小提琴手怎麼還沒到？」

韓夏離開後，池渺渺不由得又抬起頭，偷偷看向李牧遙。

那一桌只有他和劉煥兩個人。

他坐在側對著她的方向，正好可以面朝舞臺。

他微微側著身，聽身邊的劉煥不知道說著什麼，臉上依舊沒什麼多餘的情緒，池渺渺卻從那張臉上看出了疲倦。

不難猜測，他一定是剛結束一天的工作就趕過來了，他原本不需要這樣的，完全可以回家洗個澡睡一覺，可他還是來了。

沒多久小提琴手就位，韓夏也回來了。

現場的氣氛隨著音樂聲響起，總算稍微熱絡了起來。

韓夏感慨：「以前團建蕭總還會講個話活絡活絡氣氛，我們這位李總正好相反，簡直是個氣氛殺手，我真擔心大家放不開。」

池渺渺不想被張朵雅聽到她們在議論李牧遙，幫韓夏夾了隻蝦說：「那正好少說話多吃點。」

韓夏盯著那隻蝦愁眉苦臉：「本來晚點還準備了遊戲環節，妳說到時候要不要邀請李總參加？」

池渺渺隨口答道：「妳邀請唄，反正他也不會參加，說不定等一下就會回房間了。」

韓夏點點頭：「也是哦。」

剛結束了一天的工作，又經過一個多小時的飛行，李牧遙的狀態並不好，藥物的副作用讓他沒什麼精神，更提不起什麼胃口。

臺上的演出和身後眾人的笑談聲同樣讓他心緒不寧頭痛欲裂。

再看周遭眾人，甚至包括劉煥在內，似乎都很享受今天這種氣氛。

或許某人也是吧。

想到她，他就忍不住朝後排幾桌看了一眼，很快就在眾人中看到了正在埋頭苦吃的池渺渺。

情緒稍稍好轉了一些，他拿出私人手機掃了一眼，並沒看到他想看到的東西。

她倒是沒心沒肺，明知道他剛坐過飛機，怎麼也不知道關心一下？

他有點生氣，但還是忍著氣傳了訊息給池渺渺：『宴會結束妳到海邊去一下，我有事跟妳說。』

「欸欸，妳看李總在看誰？」正當池渺渺和盤子裡的牛肉較勁的時候，韓夏忽然碰了碰她。

她聞言抬起頭來，又看到了張朵雅——她所在的位置正好在李牧遙和池渺渺中間，擋住了池渺渺看向李牧遙的視線。

池渺渺有點不高興，也不知道今天的座位怎麼安排的！還好此時張朵雅歪著身子和旁邊同事說話，池渺渺才看得到她身後的李牧遙。

此時的他並沒有看向她們這邊，而是正對著面前的香檳發呆。

很明顯，他並不喜歡今天這樣的場合，五星級酒店主廚的傑作在他眼裡似乎一文不值，原本陪在他身邊的劉煥此時也不知去向，他就像被隔離在眾人之外似的枯坐在那，雖然滿臉寫著生人勿進，何嘗不是一種孤單可憐？

意識到自己竟然在可憐他，池渺渺暗罵了自己一句「自作多情」，同時強迫自己移開視線，努力把注意力放在除他以外的其他地方。

「唉唉，李總又回頭了，好幾次了啊，究竟在看誰啊？是不是妳啊？」

池渺渺賭氣地想不去看，可還是沒忍住，這一次正好對上李牧遙的視線。

心跳在那一瞬間驟然加快，難道他一直在看她？

池渺渺在這一瞬間想到很多，或許他想到他們之前同住同個屋簷下的情份，也有點捨不得她吧？但下一秒視線忽然被一張礙事的笑臉擋住了。

張朵雅笑盈盈地看看她，又好奇地看看身後，一派天真地問她：「渺渺姐，妳在看什麼？」

池渺渺沒好氣地喝了口紅酒：「沒看什麼。」

「哦。」張朵雅委屈地點了點頭。

池渺渺見狀忍不住在內心翻了個白眼。

她忽然意識到一種可能性——李牧遙和張朵雅還有她的座位恰巧在同一條直線上，從韓夏的角度她覺得李牧遙有可能在看她，可事實上他更大的可能性是在看張朵雅。

這樣一想，倒是也說得通了，他或許就是為她來的，而來這裡不就是為了多看她幾眼嗎？

盤子裡的澳洲和牛在她眼裡忽然變得索然無味，杯子裡的波爾多紅酒也只剩下了酸澀的味道。

她煩躁地想拿出手機來轉移一下自己的注意力，也是這個時候才意識到自己出門時有點急，竟然忘了帶手機。

今天真是幹什麼都不順！

她忽然很想離開這裡，但剛要起身，卻又被身邊的韓夏拉住。

「妳要去幹什麼？」韓夏問。

「吃飽了，出去散步消食。」

韓夏用看神經病的目光看她：「妳沒事吧？才剛開始吃就吃飽了？一點也不像妳。」

池渺渺撇撇嘴：「狗糧吃飽了，撐了。」

韓夏沒聽清：「妳說什麼？」

「沒什麼，就是覺得這挺沒意思的。」

「沒意思也要坐著，等一下還有遊戲環節呢！我怕沒人參與太冷場，所以妳必須在！」

池渺渺無奈，只好坐回座位上接著吃……

或許是因為眾人都喝了酒，也或許是因為大家發現不管他們做什麼，今晚的李牧遙絲毫沒表現出半點不悅。

隨著時間的推移，眾人也澈底放開了，拿著酒杯四處敬酒，當然沒有人敢去敬李牧遙。所以除了李牧遙以外的其他人都沒少喝，尤其是池渺渺，本來酒量就不好，一不小心就有點微醺。

所幸終於熬到了遊戲環節，眾人都放下酒杯，等著遊戲開始。

遊戲名字叫做「不心動挑戰」。遊戲規則很簡單，給參與者觀看一些帥哥美女的影片，影片中的主人公可以是明星、網紅甚至好看的素人，沒什麼限制，參與者看完影片做到不心動算是挑戰成功，挑戰失敗要接受吃檸檬的懲罰，旁人則是透過觀察參與者的表情來判斷對方是否心動。

進入遊戲環節後，立刻有服務生端上來了幾大盤新鮮的檸檬，光是看一眼都會讓人覺得牙齒發酸。而舞臺的LED顯示螢幕上也出現了一個電腦螢幕投影，螢幕一邊是即將播放的素材影片，另一邊是工作人員的手機投影，手機鏡頭正對著宴會廳，方便大家清晰看到某位參與者的面部表情。

因為這個遊戲很流行、很有趣，此時的眾人都放下了因老闆在場而帶來的束縛感，參與遊戲的積極性非常高。而且也不知道韓夏從哪找了那麼多奇奇怪怪的素材，有的搞笑、有的性感、有的可愛，參與者的表現也各不相同，滿場的氣氛達到了一個前所未有的高潮。

李牧遙應該也是第一次知道還有這種遊戲，看向大螢幕的目光終於不再是漫不經心的，多了點興趣。

韓夏今晚喝了不少酒，再加上她早就想讓李牧遙能融入到大家當中，於是藉著酒膽去邀請李牧遙參加挑戰。

本來沒報太多希望的，誰知李牧遙竟然很爽快的答應了。

立刻有人將一盤新鮮的檸檬放在他的面前，工作人員的手機鏡頭也對準了他的臉。

李牧遙對大螢幕上陡然出現的自己並沒有太大的反應，只是漠然地掃了一眼，等著影片的播放。

池渺渺聽到身後有人感嘆：「李總這張臉真是無可挑剔，就算是女明星被鏡頭這樣對著臉也受不了，何況李總一個男人，皮膚竟然好成這樣。」

「對啊，一般人在這種鏡頭下缺點都會被放大，但他依舊無懈可擊。」

「突然好期待啊，我倒要看看什麼類型的女生能讓他動心。」

她忽然也很想知道，他會對什麼類型的女生動心呢？

她不由得掃向不遠處的張朵雅，年輕的女孩子不懂得如何掩飾自己的想法，所有的愛慕都清清楚楚地寫在了臉上。

到了這一刻，池渺渺才知道，自己有多麼羨慕她。

可等了好一陣子，影片一直沒傳上來，眾人不由得看向舞臺旁邊控制電腦的工作人員，原來是韓夏給了那人一個新的影片，要重新上傳。

片刻後，影片開始播放，韓夏回到了池渺渺身邊。

池渺渺懷疑地看她一眼：「搞什麼鬼？」

韓夏揚了揚眉毛：「妳看就是了。」

之前幾輪還有人會被影片所吸引，但是這一次，李牧遙的表現明顯比影片更讓人期待，所有人的目光都不由自主地聚焦在大螢幕中李牧遙的臉上。

但很快，眾人就明白了為什麼對待李牧遙要單獨上傳一個影片了……

影片內容可以說是包羅萬象，幾乎囊括了各式各樣的漂亮女孩子，正常直男絕對不可能在這個影片面前完成所謂的不心動挑戰。

但眾人很快發現，無論影片中的女孩是可愛的、性感的，還是端莊嫻靜的，都沒能讓李牧遙的臉上有絲毫的情緒變化。

眼看著影片就要播完了，李牧遙依舊面無表情。

韓夏也有點著急：「看來這些庸脂俗粉果然入不了我們李總的眼，還好我在後面放了兩個殺手鐧，他要是還能躲過去，我就把那盤檸檬全吃了！」

池渺渺抽了抽嘴角：「也不用這麼絕吧？我看他平時也都是這樣，搞不好是面部神經萎縮，心動不心動的哪能看得出來。」

兩人正說著話，影片忽然風格大變，漂亮女孩不見了，換成了一個腹肌男，而且這腹肌男還很油膩地對著鏡頭扯皮帶……

之前看別人玩這遊戲還覺得有點意思，當真的輪到自己時，李牧遙又覺得索然無味。

他有點懷疑韓夏對他的審美是不是有什麼誤解——如果大小眼也算漂亮的話，那這世間上就不該存在醜這個字，還有那個左邊臉有痣右邊臉沒痣的姑娘，這種情況如果出現在珠寶裡那就算是瑕疵品，同理，這種人放在人堆裡怎麼也應該算不上漂亮的。

就當李牧遙以為這個無聊的遊戲即將這樣結束的時候，大螢幕上忽然出現一個穿著西裝褲、襯衫，露腹肌的男人，然後還不等眾人反應過來，影片裡的腹肌男忽然扯下皮帶，朝著鏡頭勾了勾手指，很油膩地說：『寶貝，來啊。』

李牧遙怎麼也沒料到韓夏還有這麼一手，一時沒控制好情緒，被自己的口水嗆到。

見他難得這麼狼狽，眾人頓時笑鬧起來，也不在乎他是不是老闆了，甚至還有人吹起口哨。

池渺渺也忍不住笑了，心想原來這就是韓夏說的殺手鐧，可是接下來出現的影片就讓她笑不出來了。

在座所有人都能一眼看出，影片的拍攝背景是失戀博物館的辦公室，大家都在埋頭工作，然後鏡頭停在了一個辦公桌前，一個女生正低著頭在本子上記錄著什麼，感覺到身邊有人，她抬起頭來，然後朝著鏡頭明豔一笑。

因為加了特效，她展顏一笑的過程被放慢了速度，周遭的光線也逐漸明媚起來。

那女生不是別人正是池渺渺。

周遭在一瞬間的安靜過後沸騰了。

眾人的注意力終於從 LED 顯示螢幕上成功轉移到了臺下的池渺渺身上。

不止一位男同事起哄說著自己為池渺渺心動了，甚至還有人端著酒杯來當面表達自己的心動。

面對眾人的調侃，即便她臉皮再厚，也有點不好意思。

58

池渺渺偷偷埋怨地白了韓夏一眼，面對同事善意的調侃，池渺渺也只好端起酒杯配合對方。

因為池渺渺的影片是最後一個，她的影片一結束，跟拍李牧遙表情的工作人員就關掉了攝像頭。而此時，全場的注意力都被池渺渺那邊的動靜吸引了過去，也就沒有人注意到李牧遙盯著 LED 螢幕上影片最後定格的那張笑臉，默默拿起一片檸檬放進了嘴裡。

這檸檬還真酸。

李牧遙面無表情地將檸檬吃完時，出去接電話的劉煥也回來了。

他一邊用濕巾擦拭著手指一邊問：「出什麼事了？」

劉煥抹了把汗說：「『拍拍』接到檢舉，說有大量使用者上傳違規內容，一小時前忽然被下架了。我們已經聯繫有關部門，對方的回覆很官方，暫時沒辦法立刻恢復上架。」

李牧遙：「真實情況。」

劉煥：「真實情況是有人註冊了一批小號，在上傳的大量影片和照片中有夾帶違規內容，我們的技術沒檢測出來，所以才會出了這樣的事。」

關於失戀博物館和「拍拍」的各類行銷剛投放出去沒多久，這個時候如果拍拍 App 無法下載，這無疑是巨大的損失，所以當務之急是儘快給出最有效的解決措施，盡可能壓縮調整時間以減少損失。

劉煥頓了頓又說：「您可能要提前回北城了。」

李牧遙起身朝宴會廳外走去：「訂明天的機票吧，今晚我還有很重要的事情要做。」

池渺渺再抬頭時，發現李牧遙的座位上已經沒有了人，而這場晚宴到此時也算真正的結束了。

在送走了大部分人後，池渺渺無精打采地回了房間。

她故意沒有開燈，疲憊地坐在床上看著窗外的海灘發呆。

海邊的夜有著異樣寧靜又浪漫的美，可在她看來卻也莫名多了點落寞和寂寥。

回想起剛才在宴會廳裡玩的小遊戲，雖然只是個遊戲而已，但在她的臉出現在螢幕上的那一刻，她還是滿懷期待地看向了李牧遙——她渴望在他臉上看到哪怕一絲一毫的情緒變化，即便只是意外也好，至少代表她和其他人在他看來是不同的，可是李牧遙的臉依舊是一貫的面無表情。

看來這麼久的相處中，那些曾經讓她說不清道不明又每每想起都覺得意亂情迷的瞬間，真的只是她的自作多情。

醒醒吧池渺渺，他可是李牧遙，你們從來不是同類人。

李牧遙剛洗過澡還沒來得及換衣服，就聽到有人敲門。

他本以為是劉煥，打開門一看竟然是那個整天往他辦公室跑的小助理。

他不由得皺起眉頭：「什麼事？」

張朵雅笑得很得體，朝著李牧遙攤開手掌：「李總，剛才幫酒店服務人員清理宴會廳的時候，有人說在您坐過的座位撿到了這個，就托我來問問，這個是不是您的。」

李牧遙垂眼瞥了攤在她手掌上的那個打火機一眼，又掃了面前的女孩一眼。

雖然他不會刻意去觀察一個人，無奈他有著過目不忘的記憶力以及真正細緻入微的觀察力。

他注意到她還穿著今晚晚宴時穿的禮服，如果沒記錯的話，她當時穿的應該是雙香檳色的、腳踝處有綁帶的高跟鞋，此時換成了一雙銀色亮片的高跟鞋，腳踝處還有被上一雙鞋磨出的紅痕。

還有她臉上的妝容也明顯補過。

所以在晚宴結束後她回過房間，換了不合腳的鞋，也補了妝，但卻沒把穿著並不方便的禮服換掉。

這究竟是什麼原因並不難猜，可是他對她有著什麼樣的想法並不關心。

「我不抽菸。」李牧遙冷漠回答。

張朵雅似乎有點意外：「那看來不是您的，等等我再問問劉助理。」

李牧遙沒再說什麼就要關門，門卻又被張朵雅擋住了。

他看向張朵雅，女孩子有點尷尬地說：「李總，可不可以借用一下您房間的洗手間？」

「不可以。」李牧遙乾脆地拒絕，可正當他要再次關門時卻又被門外的女生伸手攔住。

此時的李牧遙已經很不高興了，他今晚還有很重要的事要辦，並不想和她在這浪費時間。

張朵雅卻好像沒看出他的不耐煩，直接從敞開的門縫擠了進去：「抱歉啊李總，我真的有點急，很快就好。」

然後還不等李牧遙反應過來，她已經溜進了他的洗手間。

李牧遙對著那扇剛剛被關上的門極其不悅地皺起眉頭。

他不是不清楚張朵雅在想什麼。

他斷定她絕對不會像自己說的那樣很快就離開，或許她現在就在琢磨著要如何在他房間裡耗時間，而且等等從洗手間出來後可能還會勾引他，如果他就範，一切就順理成章，如果他沒有，她覺得他也不會真的拿她怎麼辦，畢竟男人都是憐香惜玉的，張朵雅對自己的外貌非常有自信，更何況他不能完全不給她父親面子。

但這種事情有一就有二，只要他這次不發作，從此之後她就會有事沒事在他面前出現，到時候不管他怎麼想，反正在別人眼裡，他對她也是不同的。

當然他還可以等她一出來就強行讓她離開，只是結果可能會比前面一種情況更糟糕。

以前李牧遙並不在乎別人怎麼看他，哪怕傳聞傳得如他包養汪可一樣扯，他從未真的在意過，更不會花費力氣出面澄清什麼，可是現在不一樣了，他有了在意的人，可以在別人面前自我不羈，但在那人面前，他也只想成為那個能被她喜歡的人。

想到等等要見的池渺渺，他的心情稍微好了一些。至於洗手間裡那個什麼張朵雅，她愛在這裡待多久就待多久吧。

他回到臥室迅速換了身外出的衣服，再出來時，說「很快就好」的小助理果然還在洗手間裡。他沒好氣地拿起電話打給客房部：「我的房間需要做個全面的消毒，對，現在、迅速、馬上！」

剛掛上電話，洗手間門開了，那小助理走了出來，與此同時房間裡悄悄彌漫開一陣淡淡的香水味。

面前這位小助理雖然收入不高，但家境不錯，所以從來不用那些很廉價的香水。而大部分好的香水不會有過於濃烈的味道，所以要想造成這種效果，定然噴了不少。

他戰略性後退了一步，不等她開口就說：「我要出去一趟。」

張朵雅有點意外，她剛才在洗手間裡醞釀了好久如何勾引李牧遙，早就預想好了會面對的各種情況，當然包括被他拒絕。不過即便如此，她相信作為男人，面對愛慕自己的年輕女孩也會手下留情，更何況還有她爸那層關係在。當然更大的可能性還是會接受她的好意，畢竟她到目前為止，還沒有追不到的男人。

想到這些，她大著膽子走出了洗手間。

可事情跟她設想的完全不同，剛才明明洗過澡打算休息的李牧遙忽然又穿戴整齊打算外出了。

他要走，她該怎麼應對？而且今晚或許是她最後的機會了。

她正想著怎麼拖住李牧遙，酒店清潔人員已經帶著清掃工具上門了。

見到李牧遙照例詢問了一句：「請問現在打掃房間嗎？」

李牧遙面不改色地出了門：「是的，尤其是洗手間，務必打掃乾淨。」

以前張朵雅就聽說李牧遙有很嚴重的潔癖，但見他對自己並沒有表現出來，還以為他對自己有什麼不同。

此刻，聽了他和服務生的對話，她還有什麼不明白的呢？

饒是心理素質再好，現在的她也覺得無地自容，所幸周圍沒有其他人看到。

她別無選擇，只能跟著李牧遙一起離開房間。

李牧遙所有的產業都沒有高樓層的建築，這座酒店的最高樓層就是六樓。他所住的套房在酒店的第五樓，公司其他人的房間大多在三樓。

很快，電梯門在三樓打開，正當張朵雅想要告辭離開的時候，卻又被李牧遙叫住：「等一下。」

她按住開門鍵，回頭問李牧遙：「您還有什麼事？」

李牧遙也不看她，一臉冷漠地看向電梯外走廊上的壁畫：「妳叫張朵雅是吧？有件事我想提醒妳一下，妳是蕭易的助理，不是我的。在公司，我是老闆，妳只是個實習生，我們兩的交集按理說非常少……」

張朵雅明知故問道：「您這話什麼意思？」

李牧遙這才看向她：「我的意思是，如果還有下一次，就不是提醒這麼簡單了。」

周遭的溫度忽然降到了冰點，張朵雅終於意識到，這才是真正的李牧遙，平時她所感受到的溫文爾雅彬彬有禮都只是她自己給自己製造出來的假像。

在電梯門即將再一次關上前，她幾乎是落難而逃。

聽說心情不好的時候喝酒更容易醉，池渺渺深有感觸——她覺得今晚的頭格外的暈沉，心情也前所未有的沉重，尤其是遠離喧鬧，只剩下她一個人的時候。

她穿著那件讓她極其沒有安全感的禮服，踢掉鞋子倒在床上，稍稍翻一下身，頓時覺得一陣天旋地轉。

就在這時，悶悶的嗡嗚聲從床上的某個角落傳來。

她懶懶地睜開眼，見離她不遠的一處有小片的亮光，是她一整晚都沒碰過的手機。

她暈暈沉沉拿過手機掃了一眼，竟然有十幾則未讀訊息，一看都是來自韓夏的。她有氣無力地打開和韓夏的對話，只看了一則，就讓她氣得她詐屍一般從床上彈了起來。

『有個超級勁爆的消息，經群眾檢舉，晚宴結束後，張朵雅去了李總的房間！』

『原來他們真的有一腿啊啊啊啊啊！』

『我的房子塌了……』

後面還有幾張照片，是張朵雅一身性感禮服，美豔妖嬈地站在一個房間門口以及最後進入房間的照片。

雖然照片上沒有拍到其他人，但是能看出那是總統套房的樓層，而能住在總統套房的只有李牧遙了。

池渺渺也沒去理李牧遙什麼時候成了韓夏的房子，她懷著自己也難以明狀的複雜心情仔細地將這些照片一張張看過去……

原本大家都只是猜他對張朵雅有點不同尋常的時候，她覺得自己雖然有點酸，但還是能忍，可真的看到這些照片時，想起他們相處的點點滴滴，她忽然委屈了起來。

既然真的喜歡別人，那肯定不會喜歡她了，可既然不喜歡她，為什麼會讓她住進他家？又為什麼在她被文峰挾持的時候那麼緊張，甚至完全不顧及自己的病去救她？最重要的是他還吻過她……

人就是這樣矛盾，在失望懷疑的時候總能羅列出對方根本不會愛上自己的種種佐證，卻又在兩人關係澈底被宣判了死刑後拼命尋找著對方也喜歡著自己的蛛絲馬跡。

她也不知道自己怎麼了，有什麼立場去不滿意，見到他後又要說些什麼，等她回過神時，她已經站在了他的房間門前。

房門是開著的，裡面傳出嗡嗡的吸塵器吸地的聲音，偶爾伴隨嘩啦啦的水聲，像是有人在裡面打掃衛生。

她好奇地朝房間裡面看了一眼，難不成李牧遙已經退房走了？

打掃客廳的服務生看到門口的她，關掉吸塵器問她：「您是找人嗎？」

「哦……」她撓了撓頭，「住在這個房間的先生退房了嗎？」

服務生說：「應該沒有，李先生的東西都在。」

並沒有撞見想像中的尷尬場面，而且他也還沒走，她的心情稍微好了一點。

她喃喃嘀咕了一句：「應該不會這麼快吧？」

服務生沒聽清，不解地看向她，她連忙擺擺手往電梯方向走去。

可是他們不在房間，又去哪了呢？難不成兩人出去約會了？

想到這種可能性，剛平息的火氣又升騰起來，她腦子裡瞬間只剩下一個想法——要找到他們！

可是去哪找？

對著電梯裡的樓層按鍵，她毫無頭緒地按下了一樓。

無目的地走出電梯，就遇上了迎面而來的酒店經理。

她們一行人入住的事宜都是她陪著韓夏和這位經理一一溝通的，所以這位經理也認得她，見到她很熱情地打了招呼。

「您要去哪？」他問池渺渺。

池渺渺愣了一下，也不知道自己此刻要去哪，但一抬眼就看到門外不遠處月光下波光粼粼的海面，於是隨口說道：「去散步。」

經理上下掃了一眼她身上的禮服和與之完全不搭配的人字拖，含蓄提醒道：「今晚有點冷，您要不要回去換件衣服？」

此刻的池渺渺只想快點找到李牧遙，什麼冷呀熱呀她完全感覺不到。

她心事重重地擺擺手：「不用了。」

經理見狀也不好再勸，只是說：「那有什麼需要可以隨時打電話給我。哦對了，我剛看到李總也往那邊去了。」

「誰？」聽到李牧遙的名字，她立刻打起精神，「你說誰在海邊？」

面對她陡變的態度，經理一頭霧水地眨眨眼，但還是回答道：「李總啊，有什麼問題嗎？」

池渺渺所有的情緒在這一瞬間頓時化作滿腔的怒氣，原來兩人去海邊散步了！

他不是工作很忙嗎？他不是最怕浪費時間嗎？這個時間難道不該開個國際視訊會議，或者看文件嗎？竟然還去海邊散步！

她當即也顧不上去理會經理好奇的目光了，憤憤不平地衝向了海灘。

海灘上的光線很昏暗，除了稀薄的月光，只有不遠處酒店投射過來的燈光。許是因為今晚真的有點冷，海灘上幾乎沒什麼人，所以沒走幾步，池渺渺就看到了立在不遠處的李牧遙。

就這麼片刻的工夫，他已經換掉了晚宴上那身稍顯隆重的西裝，換上了白襯衫和牛仔褲。

他迎風而立，白色的襯衫被海風吹到鼓起，但他毫不在意，不知道在想著什麼。

可是，怎麼只有他一個人？

李牧遙等了半天沒等到人來，這才意識到一整晚了，池渺渺都沒有回他訊息，或許是沒有看到，於是他拿出手機，直接打了個電話過去。

池渺渺懷疑很可能是她喝了酒認錯了人，不然沒道理這裡只有李牧遙一個人啊。

她一邊想著一邊踩著人字拖又往他的方向挪了幾步。

見他忽然拿出手機來打電話，他的側臉有一瞬被螢幕中投射出的光線照亮，是他無疑了，可他打電話給誰？難道是張朵雅？

這麼想著，池渺渺忽然覺得自己很可笑，她為什麼這麼想知道這些？知道了有有什麼用？

她喪氣地想要轉身離開，一不小心踩到了自己的裙角，直接朝一旁倒去。

李牧遙剛撥通電話就聽到身後傳來一聲熟悉的「哎呦」。

他轉過頭一眼就看到不遠處的地上好像趴著一個人，遲疑了一下走了過去，就看到池渺渺以一個很虔誠的姿勢跪伏在地上。她的臉埋得很低，要不是她剛才那聲「哎呦」，這種光線下，他還真認不出是她。

她感覺到他正看著自己，抬起頭來。

兩人對視了一眼，李牧遙一頭霧水地問她：「妳這是在幹什麼？怎麼來了也不說一聲？」

池渺渺覺得自己丟臉死了，最開始她只是不小心踩到裙擺摔了一跤，等她剛把裙擺從鞋底下解救出來時，卻發現禮服上身的一處裝飾不知道怎麼就跟裙擺勾在一起。

她解了半天沒解開，但也不能就這麼回去，因為勾連在一起的位置很不妙，不解開的話，她要麼露著下半身，要麼只能豪放地露著上半身了。當然最後還有一條路就是強行扯開，可這禮服應該不便宜吧……

見李牧遙已經走向自己，她連忙制止他：「別過來！」

他愣了一下：「是我。」

「我知道。」

所以才叫你別過來。

李牧遙不解地停下腳步：「出什麼事了？」

池渺渺一邊努力解著纏在一起的禮服，一邊應道：「沒什麼事，我只是睡不著出來散散步。」

李牧遙：「跪著散步？」

池渺渺掙扎了一下，還是坦白道：「散步時不小心摔了一跤，然後禮服上的裝飾不知道怎麼就纏在一起了。」

李牧遙垂眼看了她片刻，見她還是解不開，也沒再徵求她的意見直接走了過去。

池渺渺還想再說什麼的時候他已經來到了她的面前。

李牧遙半跪在她的面前，拿出手機打開手電筒然後遞給她：「幫我照一下。」

弄了半天還沒弄好，池渺渺自己也放棄了，希望李牧遙能真的幫她解開吧，至少回去的時候不會讓她太尷尬。

於是她依言接過他的手機，讓光線正好對著禮服勾連在一起的地方，正好照在了胸前的溝壑所在。

今晚在宴會廳裡遠遠看過去李牧遙還不覺得她這身禮服有什麼特別，只是第一次見她穿這麼隆重，沒想到意外好看而已。但此刻忽然這麼近距離，又是以這麼個居高臨下的角度看過去，那畫面的衝擊讓他也險些沒控制住自己的表情。

還好她似乎也注意到自己照歪了，把手機微微調整了一個角度，讓光柱往一旁移了移，可事實上並沒有什麼效果。

李牧遙只能儘量轉移自己的注意力，問她：「妳什麼時候來的？」

池渺渺生怕被對方誤會自己是跟蹤他來的，雖然實際情況也差不了多少，還是說：「早就來了，沒想到老闆你也在，真是巧啊。」

李牧遙有點意外地掃她一眼：「所以妳沒看到訊息也沒接到電話？」

池渺渺一頭霧水：「什麼訊息和電話？」

李牧遙頓了頓說：「沒什麼，那是挺巧的。」

他的話聽起來怎麼有點怪怪的，難道他發現她在撒謊了？

想到這裡，池渺渺不由得有點緊張，一緊張就忍不住動了動，同時牽動了他手裡的禮服一角。他「嘖」的一聲有點不耐煩地命令道：「別動。」

池渺渺不敢再動，注意力不由得移到自己胸前。

男人的手指白皙修長，很靈巧也很溫柔地將一根根勾連在一起的絲線纏繞開。那是一雙很好看的手，池渺渺不只一次這麼感慨過。

而正當她專注欣賞這雙手時，手的主人忽然發話了：「這裡怎麼樣？」

池渺渺愣了一下才反應過來他在問自己，說：「很好啊，環境好、酒店設施和服務也都很好。」

回答完他的話，她想了想也問出了這一天以來自己最關注的那個問題：「我聽韓夏姐說老闆你最初沒有打算來的，怎麼又有時間了？是不是要離開我們了，所以捨不得大家？」

她問完還故作輕鬆地「哈哈」兩聲，目光卻死死盯著李牧遙的表情，生怕錯過他一絲一毫的情緒變化。

可他只是抬眼看向她，沒什麼表情地說：「差不多吧，所以有些事也該做個了斷了。」

他的前半句話讓池渺渺的心澈底盪入谷底，後半句又讓她聽得一頭霧水——做什麼了斷？和誰了斷？

「什麼意思啊？」

池渺渺不明所以地看向李牧遙，他也不躲不閃地回視著她。

夜色下，男人的目光格外的沉靜，竟然有點溫柔的感覺。

就是這雙眼，和電影院裡的那雙逐漸重合，也不知道是不是錯覺，她感覺到他在慢慢靠近自己……就當她以為他會像上一次那樣直接吻上來時，一縷討人厭的髮絲飛到她的眼前，格擋住了視線。

她連忙撥開那縷頭髮，再看才發現他似乎沒有動過，她以為的靠近全是她的錯覺，或者說，是內心裡的某種渴望。

她連忙尷尬地錯開視線，為了掩飾剛才的失態，佯裝著東張西望道：「怎麼只有你一個人啊？張助理呢？」

「張助理？妳說張朵雅？」李牧遙微微挑眉。

池渺渺話一出口才有點後悔，但既然已經說了那就只能將錯就錯下去。

「是啊，還有哪個張助理？」池渺渺乾笑著說。

李牧遙審視著她，忽然想到一種可能性——莫非她以為他一直是和張朵雅在一起的？可是她為什麼會這樣以為？

答案只能是她得知了張朵雅去過他的房間。

「妳聽誰說的？」

聽他這麼問，池渺渺有點慌，隨口應道：「剛才劉經理說看到她來海邊了。」

「妳確定他是這麼說的？」

池渺渺愣了愣，又仔細回想一下酒店經理的話，發現對方沒提到過張朵雅，只說李牧遙往這邊來了，難道她沒一起來？

李牧遙把她一連串的反應盡收眼底，忽然又問：「妳那麼關心她幹什麼？」

「我關心她？」池渺渺有點心虛，「也沒有很關心吧？只是隨口問問。」

「是嗎？可是我發現好像自從她來了以後，妳總是躲著我。」

池渺渺心裡苦澀，但面上還是勉強笑著：「也沒有吧，一定是你的錯覺，主要是我也沒什麼理由打擾你啊，畢竟我也不是你的助理了，不用跟你彙報工作。」

禮服上纏在一起的地方終於解開了，李牧遙的心情也跟著好了不少，他站起身朝她伸出一隻手：「可她也不是我的助理，她是蕭易的助理。」

原來他也知道。池渺渺有點生氣，那他為什麼還那麼縱容著她，他那麼懂得看透人心，難道看不出來她對他有什麼企圖嗎？

沒領他的情，沒去理會伸向她的手，自己整了整裙擺站起身來，笑了笑說：「不是有人希望她天天去嗎？」

面對她的「不識好歹」，李牧遙難得沒有生氣，收回手問她：「妳覺得我希望她天天去煩我？可妳又怎麼知道我是怎麼想的？」

池渺渺大著膽子說：「我雖然沒學過什麼心理學，但常識還是有的，這種事傻子都看得出來了，我怎麼會看不出來？」

李牧遙似笑非笑地掃她一眼：「妳就是看不出來。」

池渺渺沒察覺到這話有什麼不對，她心裡難受，面上卻還是擺出一副大大咧咧的樣子：「老闆你沒聽過那句話嗎？喜歡一個人和咳嗽一樣，都是藏不住的，所以你也不用藏。再說了，這也不是什麼丟人的事，你是男人應該更有擔當，最起碼的就是大大方方的承認。」

「是啊。」李牧遙雙手插在褲子口袋裡，朝不遠處的海面眺望了一眼說，「以前是不確定，現在確定了，就打算大大方方的承認了。」

雖然是早就想到的結局，可是此時聽他這樣說出口，她還是會覺得心口悶悶的痛。

或許是酒精在作祟，她覺得眼眶也有些發酸。

她低下頭，無聲自嘲地笑了笑：「挺好的。」

所以這才是他願意來參加團建活動的根本原因。而他口中所說的了斷，並不是要和什麼人了斷，只是跟糾結的、模糊的過去的了斷。

他要對那個女孩告白了……

他好整以暇地垂眼看向她：「我怎麼覺得妳不太高興？」

「我？」她連忙收斂情緒，抬頭朝他露出個大大的笑容，「怎麼會呢？你要脫單了，作為朋友我當然替你高興！」

「妳確定？」

「對啊！」她認真點了點頭，卻不由自主地吸了吸鼻子。

她立刻掩飾性地搓了搓手：「啊，好冷……我先回去了……」

然而她正要離開時，卻被他一把拉住。

她詫異地回頭看向他拉著自己的那隻手，月光下，他的皮膚白得發光。

「我的話還沒說完。」他說。

兩人沉默對視了片刻，她認命地點點頭，卻也還是掙脫開了他的手：「有什麼話就快點說吧。」

李牧遙任由她的手從自己手裡掙脫，他問：「妳覺得她會答應我嗎？」

想不到堂堂李牧遙也有這樣患得患失的時候。

池渺渺心裡酸酸的，說出來的話也酸酸的：「這你要問她吧，我又不是她肚子裡的蛔蟲。」

頭頂上傳來一聲嗤笑，也不知道是覺得她這說法很可笑，還是其他什麼原因。

池渺渺想，如果他知道她對他有了非分之想，大概也會覺得很可笑吧。

想到這種可能性，她忽然有點生氣，破罐子破摔道：「你真的讓我說，那我就以朋友的角度說說，說了什麼不好聽的可別不高興，畢竟忠言逆耳。」

李牧遙對她的態度轉變有點意外，但還是點點頭：「妳說。」

「女生選男朋友無非就看兩點，硬體和軟體。你的硬體條件自然沒得說了，有錢，長得不錯，不瞭解你的人看了你的簡歷，一半以上會心動。」

李牧遙迅速捕捉到了她這句話裡的關鍵字：「不瞭解我的人？」

池渺渺繼續道：「接下來就要說軟體了，其實除了我剛才說的那些，女生更看重的是跟對方相處時的感受，這男人對她夠不夠溫柔包容，兩人相處時是不是融洽，這都是至關重要的。如果每次回自己家又是不能掉頭髮，又是不能弄髒東西，甚至連個指紋都不敢隨意留下，每天都要像清理作案現場一樣打掃房間不知道多少遍，這誰能受得了？畢竟談戀愛是找個生活上的合夥人，總不能下了班再給自己找個老闆吧？還是個老闆病很重的……」

池渺渺越說越激動，一抬頭忽然發現某人的臉色已經非常難看了。

李牧遙涼涼地開口：「看來讓妳在我家住這麼久，真是委屈妳了。」

池渺渺下意識怕了，但想到他這麼多毛病她都沒有嫌棄他，他卻喜歡上了別人，她頓時又不怕了。

「你看你看，你總這樣，你不是很會揣摩別人的心理活動嗎？怎麼輪到自己就不懂了？那種霸道總裁的人設在言情小說裡可能還比較受歡迎，現實中真的沒人能接受。你對我這個朋友都這樣，那我有理由懷疑，你對其他人應該也好不到哪去，所以我勸你還是別表白了，免得你自尊心受打擊。」

池渺渺已經澈底放飛自我了，憋在心裡的話總算一股腦地都在今晚說了出來，至於後果她也不想去管了，反正從此之後，她和他就是陌生人！

「好了，該說的我都說了，我可以走了吧？」

說完她也不等他回應，轉身就要走，可手臂卻再一次被拉住。

在那一瞬間，她覺得自己像是忽然被點燃了，壓抑許久的情緒在這一刻澈底爆發。

憑什麼他都要去和別人表白了還來拉自己的手？

她猛地甩開他：「男女有別不懂嗎？朋友也不能這麼拉拉扯扯的，懂不懂尊重人啊？再說，你不是有潔癖嗎？怎麼沒看你嫌棄我了？你真的很奇怪！」

短暫的爆發後，周遭是死一般的靜，靜得似乎連風聲都停了，海浪拍打沙灘的聲音也出奇的遙遠。

讓她意外的是，她用這樣的態度對李牧遙，他竟然沒有絲毫的不高興，只是靜靜地看著她。

過了好一會兒，他才緩緩開口：「妳說的對，我也覺得我很奇怪。和妳做過的很多事，都是我以前最深惡痛絕、絕不敢想的，可我還是那麼做了，以前我也搞不明白自己究竟是怎麼了……」

不知道為什麼，在他說這話的時候，她突然想到了他們那次模擬約會，還有那個纏綿悱惻的吻……

她意識到真相可能是另外一種情況，心中有一剎那的狂喜，卻不敢讓自己沉淪其中，因為她更害怕那只是一場空歡喜而已。

「那現在搞明白了嗎？」她問。

「嗯。」他微微頷首，「醫生在很早以前就告訴過我，我沒有辦法回到最初健康的狀態，最好的狀態就是讓我逐漸適應和我的病症和平相處，要適應它，也就是要適應那些讓我發病的一切。這個過程就像脫敏治療一樣，妳知道什麼是脫敏嗎？」

池渺渺點點頭又搖搖頭。

她大概知道，但此刻更想聽他說。

李牧遙接著說：「首先要確定過敏源，然後再把過敏源製成不同濃度的藥劑，給患者進行皮下注射，劑量由小到大，濃度由低到高，逐漸誘導患者耐受該過敏源。這個過程無疑是要承擔痛苦的，就像藥一樣，在它經過味蕾時給我們帶來苦澀，可是又在它澈底融入血液後，治癒我們的痛苦。很多人沒等到最後，在剛嚐到苦澀時就退縮了，我也曾經是那樣。」

「那後來怎麼又能承受了？」

「因為妳成了那個過敏源。還是那種不知道什麼時候就會出現在我身邊的過敏源。妳讓我很矛盾，我有時候很抗拒妳，但有時候又很嚮往妳。」

池渺渺覺得一定是酒力還沒過，不然她怎麼覺得自己暈暈的。

她仰頭看著他：「你在說什麼？是我理解的哪個意思嗎？」

李牧遙也看著她：「妳不是語文造詣很高嗎？怎麼簡簡單單幾句話妳都聽不懂？我心裡那個人是妳啊，池渺渺。」

原來他喜歡的人真的是她，不是張朵雅，不是其他人，是她，池渺渺！可是她何德何能讓他喜歡上自己？

這個認知讓她歡喜又無措，再加上那別具一格的告白，更讓她無地自容。

池渺渺難得有點女孩子的不好意思，慌忙錯開視線，低著頭看著自己正在刨地的腳尖：「從什麼時候起的？」

「不記得了，大概是妳快要從我家搬出來的時候吧。」

「所以，你今天來其實是想向我坦白的？」

李牧遙看著她頭頂上那個髮旋，微微勾了勾嘴角：「不是『坦白』，是『表白』。雖然我這人潔癖嚴重，又有不輕的老闆病，但妳也說了，我還有很多其他的優勢，比如有一點錢，長得不賴，當然更重要的是我應該比妳想像中的更在乎妳。所以，即便妳不建議我表白，認定我必定鎩羽而歸，但我還是想嘗試一下。」

池渺渺不得不承認，李牧遙在語言表達方面絕對是天賦異稟，他說的話那麼溫柔，幾乎將她融成一灘柔軟的水。

她故作淡定：「你就不怕我拒絕你嗎？」

「原本是怕的……」

就當池渺渺以為他接下來會說「但他更怕錯過她」之類的話時，卻聽他說：「不過看到妳吃醋時，我就不怕了。」

池渺渺氣炸！

「我才沒有。」

他難得露出個柔軟的微笑：「妳說謊時總是這樣，聽上去語氣篤定，但細聽就知道沒什麼底氣。」

59

被他看穿的池渺渺有點不好意思：「可你是怎麼做到面無表情說出這些話的？」

李牧遙拉起她的手放在他的胸口：「面無表情只是假像，我現在的心情不比我上飛機前輕鬆多少。」

果然，貼在他薄薄襯衫布料的那隻手，除了能感受到他堅實的胸膛，還能感受到他有力卻比常人略快的心跳聲。

「是有點快。」池渺渺在內心竊喜。

「那妳的呢？」

「什麼我的？」

池渺渺愣了一下，看了看被他握著放在他左胸口的手，又低頭看了看自己的左胸，是她想的那個意思嗎？

她還沒答應他呢，這進展是不是也太快了？她不由自主地戒備了起來。

李牧遙看穿了她的想法，微微勾了勾唇角。

「你笑什麼？」她問。

他沒有回答她，握著她的那隻手忽然使力將她拉近，還沒等她回過神來時，她就已經被他擁在了懷裡。

一開始還有點無措，但當她感受到他的小心翼翼時，池渺渺反而平靜了。

他畢竟不同於其他人，即便是面對再想親近的人，每一次的靠近對他而言都是一次考驗和挑戰。她感受得到男人的手臂在緩緩收緊，小心翼翼中似乎帶著一份珍重的試探。只是不知道是在試探自己的反應，還是在試探她的，而這樣的謹慎也讓他的動作透露著無限的溫柔。

池渺渺被他這份溫柔所感染，在被擁緊的同時，也伸出雙手環住了他的腰身。

他的聲音透過他的胸腔傳遞進她的耳朵裡，有點悶悶的，少了往日的清冷。

「這樣感受一下就好。」

「嗯？」

她反應了一下，明白過來，他的意思是，這樣就能感受到她的心跳。

果然就聽他說：「比我的還快。」

被某人赤裸裸的揭穿，她立刻想掙脫他的懷抱，可禁錮著她的力道絲毫沒有鬆懈。

他輕輕捋著她的後腦勺，像是想透過這個動作安撫她的情緒。

「別動，再抱一下子。」

池渺渺立刻停止了掙扎，滿心甜蜜地安靜感受著他的懷抱。

她很快又想到他的身體狀況，試探著問：「你……還好吧？」

李牧遙：「還好。」

「澈底脫敏了？」

他頓了頓說：「還沒有。」

「那……」

他打斷她：「但想抱妳的念頭蓋過了一切。」

池渺渺簡直都要懷疑自己是不是在做夢，這人是不是被附身了？原來那張刻薄的嘴溫柔的時候也能說出這麼讓人臉紅心跳的話。

她把臉埋在他胸前蹭了蹭當作回應。

他問：「所以，我現在也是有女朋友的人了，對嗎？」

「都抱了這麼久了，才想起問這個是不是有點晚了？」

「不晚。」他鬆開懷抱，原本摟著她的那隻手輕輕拂過她的臉，手指穿進她飛舞的髮絲中，在那隻手的引導下，她不得不抬起頭，看到近在咫尺的他。

他說：「因為接下來才是男朋友真正要對女朋友做的事。」

有了前兩次的經驗，此刻他們的身分也已經不同。

這一次他極有耐心，輕輕的觸碰，再逐漸深入。

身後的海浪一下下拍打著海岸，永遠不會停歇，就像池渺渺內心澎湃生長的情愫一樣。

不知過了多久，他忽然鬆開她，伏在她的肩頭喘息著。

池渺渺從意亂情迷中回神，才意識到他們已經吻了很久，而他的心跳也超乎尋常的快。如果她沒猜錯的話，他應該又一次因為她突破了自己的極限。

兩人又膩了一陣子，考慮到李牧遙的身體狀況，池渺渺雖然不捨，還是提議說：「不早了，我們回去吧。」

他依依不捨地鬆開她，看了一眼時間，確實不早了，又考慮到她穿得這麼少，於是不情不願地「嗯」了一聲。

池渺渺見到他的反應，心裡甜甜的，其實她又何嘗想這麼早就回去，她恨不得今夜不眠就陪他待在這裡，但是也要替他考慮。

兩人一前一後沿著海灘往酒店方向走。池渺渺的人字拖和禮服都很不方便，在踩到一個沙坑時一不小心又歪了一下，直接坐在了地上。

走在前面的李牧遙回頭見她摔倒連忙折返了回來：「怎麼了？扭到腳了？」

池渺渺動了動腳，沒什麼問題。但見他毫不掩飾的擔憂神情，又玩心大起。

她笑嘻嘻朝他伸出手：「那倒是沒有，只是不小心踩到一個沙坑。」

李牧遙鬆了口氣，掃了她的手一眼，也伸出手去。

然而就在他剛握上她的手的那一刻，她壞心眼的使力把他拽向了自己。

李牧遙猝不及防，一時間沒站穩朝她倒過去，怕傷到她，他又硬生生轉了個角度，倒在她身邊的沙灘上，而池渺渺也被他的動作扯倒在了男人身上。

倒在他身上的時候，聽到他痛得悶哼了一聲。

池渺渺有點慌了，收起了玩鬧的心思：「你沒事吧？」

他只是捂著剛才被她壓到的胸口，閉著雙眼皺著眉，沒有回應。

她不由得有點緊張，小心翼翼觀察著他的表情，同時又免不了自責，早知道就不和他開什麼玩笑了。

然而正當她自我檢討的時候，面前的男人忽然睜開了眼，與此同時一隻大手扣住她的後腦勺，帶著她靠向她。

池渺渺還想說什麼，可想說的話都被一雙微涼的唇堵住了，只留下一個破碎的音節。

比起片刻前的那個吻，這個吻更加綿長深入……吻到池渺渺都快要窒息了，他才鬆開了她。

她還是忍不住擔心他，見他沒有任何不適，鬆了口氣的同時，也有點生氣。

「騙子！」她罵。

夜色中的李牧遙勾了勾唇角說：「禮尚往來。」

他施施然站起身，不緊不慢朝她伸出手。

池渺渺剛要把自己的手遞給李牧遙，又不免狐疑地看向他。

笑了一下說：「不鬧了。」

她這才把手搭上去，借著力道站起身來。

兩人一前一後進入酒店。本以為這時候大家都睡了，結果池渺渺剛進酒店大廳，就遇到一個行銷部的男同事。

在今天之前池渺渺和這位同事頂多算是點頭之交，但是今天行銷部那幾個人沒少給她敬酒，這一來二去，點頭之交就變成了莫逆之交。

眼前這位就是今晚跟她敬酒敬得最多的一位。

那人見到池渺渺無比激動：「妳怎麼在這？韓夏說妳晚宴結束就回房間了，剛才還打電話給妳，妳也沒接。」

池渺渺生怕對方看到身後的李牧遙，一邊祈禱著李牧遙晚點進來，一邊心不在焉地敷衍道：「晚上吃太多，去散散步，忘帶手機了，找我有什麼事啊？」

「大家都在二樓酒吧呢！就差妳了！妳等我一下，我的房卡沒辦法過去，我讓前臺弄一下，我們一起上去。」

池渺渺對酒吧遊戲沒什麼興趣，推辭道：「要不然還是你們玩吧，我今天有點累。」

同事卻說什麼也不讓她走：「別啊，大家都在，怎麼能少了妳呢？」

池渺渺還想再說什麼，卻見同事說著說著忽然就噤了聲，而且目光正越過她看向她身後酒店大門。

池渺渺不用回頭，也知道對方看到了什麼。

現在她只能無力地祈禱著，希望這位男同事不會亂想。

倒不是她不想公開和李牧遙的關係，只是兩人剛在一起，後續什麼時候公開，以什麼方式公開，兩人都沒聊過，再加上「禁止辦公室戀情」這可是李牧遙自己定下的規矩，她也不好這麼快就打他的臉。

剛才還口齒伶俐的男同事，一見到李牧遙立刻開始結巴：「李……李總，您也出去散步了？」

李牧遙沒有否認，狀似不經意地問：「有活動？」

男同事彆扭了一瞬間就立刻換上一副諂媚的嘴臉說：「對啊，剛才劉助理還說您出去了，您回來的正好，要是沒其他工作的話也一起去坐一下吧？」

說實話池渺渺有點不希望李牧遙去，很明顯在此之前大家並沒有邀請他的打算，他一出現大家免不了拘束，也就無法玩得盡興。

而且張朵雅肯定也在，雖然他現在是她的，但看到自己男朋友身邊總有個年輕又漂亮的小姑娘用那種毫不掩飾的愛慕眼神看著他，她想想還是會覺得不舒服。

李牧遙似乎也在猶豫，不過看了她一眼後，還是說：「我就不去了。」

池渺渺和那位同事不約而同鬆了口氣。

然而李牧遙剛走出幾步，突然又回過頭來：「不要玩得太晚。」

男同事忙不迭地應：「是，請老闆放心，保證玩一下子就讓大家各回各的房間。」

總算送走了李牧遙，男同事才回過神來：「李總以前是這風格嗎？怎麼跟我媽似的？」

池渺渺只能乾笑當作回應。

她最終還是被男同事帶到了二樓酒吧，不過在去酒吧前，她回去拿了手機順便換了身衣服。

拿到手機才發現早在晚上吃飯時，李牧遙就傳訊息給她約她晚宴過後海邊見，而且他後來還打過電話給她，看時間應該正是她剛到海邊的時候。

難怪他會問她有沒有看到訊息接到電話，果然就像他說的那樣，他這次來是有預謀的……

今天晚上發生的一切都像是做夢一樣，讓池渺渺一直處於恍恍惚惚的狀態，所以哪怕身處眾多同事之間，也總是心不在焉的。

半小時後，池渺渺放在桌上的手機響了，來電人名字赫然是李牧遙。

周圍還有其他同事在，他們顯然也都看到了。

池渺渺內心慌亂了片刻，不知道該不該接，那同事催促她：「老闆找妳啊，快接吧。」

池渺渺無奈，只好接通，酒吧裡很吵，她把音量調到最大，才聽到他的聲音。

他說：『來我房間。』

池渺渺有點為難：「現在？」

李牧遙：『還是妳想等我下去找妳？』

池渺渺哪敢讓他親自來抓她，立刻說：「好的好的，我現在就去。」

掛上電話，她還沒想好怎麼跟其他人解釋，就見幾位同事頗為同情地看著她：「是妳負責的專案出什麼問題了嗎？」

池渺渺頓了頓說：「是啊，出了點小問題。」

同事們感慨道：「都出來玩了老闆還惦記著工作，剛才我們吃飯時，我看劉助理就一直在處理他安排的工作。」

池渺渺乾笑兩聲：「老闆都這樣吧。」

帶她過來那位男同事一改剛才的熱情說道：「那妳快去吧，不要老闆一怒之下把我們也都遣散了。」

池渺渺換上一副極不情願的口吻抱怨著：「唉，其實我專案的事也不是太急，有必要非得這時候處理嗎？」

同事勸她：「急不急也不是妳說了算，是人家說了算，誰叫人家是老闆呢。」

池渺渺嘆氣：「那你們繼續，我去看看什麼情況。」

走出酒吧，她心裡不由得鬆了口氣。

可是去他房間幹什麼？到了這一刻，她才想到這個很嚴峻的問題。

今時不同往日，他們之間的關係發生了變化，在一起能做的事情也多了很多，如果他想再次突破自己的極限，做點男朋友會對女朋友做的事該怎麼辦？他們才剛確立關係幾個小時，會不會進展得太快了？

池渺渺掙扎了一下還是決定拒絕李牧遙，她傳了個訊息過去：『剛才環境太吵沒來得及問你，有事嗎？』

片刻後，他直接回了一則語音過來。

『沒事不能見妳嗎？』他聲音傳來的同時，聽筒裡還有窸窸窣窣的聲音，像是在換衣服。

池渺渺的臉更紅了，回覆說：『能是能，但我覺得我們這樣是不是進展太快了？』

因為在沙灘上躺過，李牧遙回來後又洗了個澡，此時他一邊扣著睡衣釦子，一邊拿起手機看訊息。

看到她的回覆，他愣了一下才明白她指的「進展太快」是什麼意思。

他不由得笑了笑，依舊語音回覆她：『妳想什麼呢？我只是睡不著。』以池渺渺這麼多年紙上談兵的經驗來看，男人這種時候說這種話的可信度為零，而且正常情況下，她去了他應該更睡不著才對。

李牧遙像是看穿了她的想法，又補充了一句說：『不過，我也確實不能睡，因為還有工作要處理。』

這話池渺渺是相信的。在認識李牧遙以後，她才深刻理解了一句話——有的人的優秀是有慣性的，他們不但天資高於常人，更重要的是他們從來沒有放棄過努力，不管獲得過什麼樣的成功，依舊勤奮忘我。李牧遙就是這種人。

她之前在他家借住時就發現，李牧遙幾乎沒有下班時間，白天國內的工作處理完，晚上還要開國際電話會議。

今天他忙了一天，又坐飛機趕過來，忙到現在別人都可以休息了，他卻還要繼續工作。

她忽然有點心疼他，想抱抱他，但想了想還是說：『那我去了會不會影響你工作？其實你早點處理完可以早點休息。』

李牧遙沉默了片刻才坦白說：『我明天就要走了，想跟妳多待一下。』

他的聲音中有難以掩飾的疲憊，池渺渺覺得有那麼一瞬間，她的心口像被什麼東西擊中了，這讓她喪失了所有的行為能力，除了一顆心砰砰跳動著。

她想了想說：『既然你要工作，那我去幹什麼呢？』

『隨便幹什麼都可以，保持安靜就行，比如看書，或者妳的小說不是還沒寫完嗎？總之陪在我身邊就行。』

池渺渺的心裡甜甜的，但聽他竟然提起她的小說，她又立刻警惕起來：『你怎麼知道？』

『我猜的。給妳五分鐘，快過來。』

池渺渺對著旁邊的鏡子照了照，發現自己剛換上的這身夜店風連衣裙好像有點性感，說不定會影響到某人工作，於是又匆匆跑回房間隨便換了件中規中矩的白色連衣裙，拿了筆電才去李牧遙的房間。

她進門時，他已經在工作了，所以她預先設想的曖昧情節一個都沒有發生，而且進入工作狀態的李牧遙眼裡根本沒有旁人，池渺渺百無聊賴只能打開筆電開始打字。

擱置了一段時間，重新再看一遍之前寫的那部分小說，她好像看到了自己對李牧遙的感情轉變的整個過程。

從一開始討厭到逐漸理解，再到同情、欽佩，很多複雜的感情交織在一起……對他瞭解越多，就越發不可控制地被他吸引，直到泥足深陷。

她抬頭看向站在落地窗邊的男人，一時之間百感交集。

不知道他在和什麼人打電話，一口流利純正的英語，聲音涼薄但也富有磁性，有時候不知道對方說了什麼，他會不悅的蹙眉，也會露出認真思考的神態。

他思考時往往會垂著眼，低垂的眼簾遮擋住了冷漠淩厲的眼神，濃密又略帶捲曲的睫毛平添了幾分柔和的氣質。

正在這時，他忽然抬眼，不知道看到了什麼，目光忽然溫柔起來。

她有點好奇，循著他的視線看過去，就看到了落地窗上自己的影子。

兩人的視線在光可鑑人的落地窗上交匯，那一刻他退卻周身所有凜冽，不再是那個商場上殺伐決斷強硬果敢的男人，也不再是公司裡說一不二難以親近的男人，他只是一個普通人，臉上雖然依舊沒有明顯的笑容，但她卻覺得，他看著她的目光有著能夠融化堅冰的溫度。

接下來該怎麼寫，她忽然就有了靈感。

正在這時，他的電話結束了。

見他朝她走過來，她連忙闔上了筆電。

李牧遙微微挑眉：「我不能看？」

「對。」

「為什麼？」

「隱私。」

李牧遙嗤笑：「是妳寫了什麼不該寫的吧？」

池渺渺有點心虛，但她覺得李牧遙應該是指黃文一類的。

她絕口否認：「那個不能，現在網站管的很嚴的，再說我可是有底線的作者。」

李牧遙點點頭：「那什麼時候打算讓我看看有底線的作者究竟寫了些什麼呢？」

其實要不是因為她最新寫的這篇文和他有點關係，要不然告訴他自己寫了什麼完全無所謂。

但現在她覺得還不是時候。

「如果有朝一日，我的作品要被開發成影視劇了，我就告訴你。」

李牧遙若有所思：「那應該快了吧？」

「唉，沒那麼容易。」

目前是有一家影視公司看上了她這篇《老闆幫幫忙》，但還處於談合約的階段，最後怎麼樣還說不準。

提到這個，也是巧了，如果這次能成功還要多謝劉煥，但這事不能讓李牧遙知道，畢竟沒有哪個老闆會喜歡自己的助理私底下兼職的。

池渺渺的底線是絕對不能留宿在李牧遙這，所以兩人又聊了一下子，池渺渺就抱起筆電回了房間。

等第二天醒來時，李牧遙已經離開了，打開手機，裡面躺著一則未讀訊息，是兩個小時前他傳給她的，是張照片，看背景應該是機場貴賓候機室。

雖然再無其他隻言片語，但她已經明白，他是在向她報備行程。

到了這一刻，池渺渺才真真正正體會到，她也是有男朋友的人了。

此時，李牧遙的飛機已經落地北城，藥物作用下他依舊有些昏沉。

但他忽然想到一件事。

坐上車，他問前排的劉煥：「蕭易是下週回來嗎？」

劉煥回答：「是的，您放心吧，都已經安排好了。」

李牧遙拿出手機立刻打了個視訊電話給蕭易，視訊中蕭易正在收拾行李，臉上洋溢著即將回國的喜悅。

『是不是想我了？別急，下週就能見到了。』

李牧遙面無表情：「把機票退了吧。」

蕭易愣了一下：『什麼？我是不是聽錯了？不是你催著我趕緊回去的嗎？』

「我沒有。」

蕭易無奈：『是是是，是我賤，看你整天忙到腳不沾地想早點回去幫你。』

「我可以應付，你下個月再回來吧。」

『不是……我都準備好了，怎麼就突然下個月了？』

「伯父手術完不久，多休息一下。」

『我和醫生再三確定過的，我爸的身體能承受得了，再說我回國也可以休息啊。』

「那就再和你爸朋友的女兒聯絡聯絡感情。」

『不對啊李牧遙，是不是出什麼事了？你把失戀博物館怎麼了？』

「沒有。」

『那你這是為什麼？』

李牧遙沉默不語。

蕭易忽然想到了什麼：『我回去對你唯一的影響就是你會離開失戀博物館，所以你不希望我這麼快回去是因為你不想走？』

李牧遙依舊沉默不語。

蕭易驚喜道：『為什麼不想走？為了那個池渺渺？行啊兄弟，這麼多年了，你終於開竅了！』

蕭易因為情緒亢奮，聲音陡然提高幾個分唄，李牧遙煩躁地把手機拿遠一些：「就這麼定了，我讓劉煥幫你改簽機票。」

說完也不管蕭易怎麼抗議，直接掛斷了電話。

60

池渺渺他們又在萊港多待了兩天。

這兩天裡池渺渺隱約能感覺到李牧遙很忙，雖然他平時也忙，但這兩天的氣氛完全不對。再想到晚宴那天一直在處理工作的劉煥，以及李牧遙的匆匆來到又匆匆離開，池渺渺心裡隱約有了不好的預感——一定是他的工作上出了什麼事。

回到北城，眾人驚喜地發現李牧遙還在失戀博物館辦公，但同時又聽聞兩個噩耗，一個是分館因為消防問題需要調整沒能如期開業，另一個是聽劉煥說的，「拍拍」竟然被人檢舉下架了，目前不知道什麼情況，但是新使用者還是無法下載。

李牧遙接完幾個電話後已經將近中午，剛清閒了片刻，桌上的手機又響了，這一次是蕭易。電話的另一頭，蕭易有點氣急敗壞：『出了這麼大的事你還不讓我回去？你怎麼想的啊李牧遙？』

李牧遙疲憊地捏了捏眉心：「你那裡已經半夜了吧？你不休息也別影響到別人。」

蕭易語氣不善：『你少給我轉移話題，我問你「拍拍」和失戀博物館的事情後續怎麼解決？』

李牧遙不耐煩地嘆了口氣：「看來劉煥是不想幹了。」

『你罵他幹什麼？要不是我聽出他的語氣不對，抓著他問出這些，你是不是就不打算告訴我了？李牧遙，我們是兄弟，也是合夥人，你這麼瞞著我合適嗎？』

「又不是什麼大事，沒什麼瞞不瞞的。你不用操心，我會處理。」

蕭易並沒有因為他的這幾句話就得到安撫。他憤憤道：『在這麼重要的時候，失戀博物館和「拍拍」同時出事，肯定是有人故意搗亂，而這爛人是誰我用腳指頭猜都能猜出來，除了嚴悅那傢伙不會再有第二個了！他是不是有病啊，還是暗戀你？這麼多年了，他使了多少陰招，你都不理他了他為什麼還是盯著你不放？』

池渺渺發現李牧遙最近又沒有好好吃午飯，所以她今早特地起了個大早，做了她自認為拿手的幾道菜，帶到公司。

等著中午大家都去吃飯的時候，她躡手躡腳敲開了李牧遙辦公室的門。

李牧遙正聽著電話裡蕭易大罵嚴悅，見到池渺渺做賊一樣拎著個保溫桶進了自己辦公室，剛才還陰鬱著的心情頓時晴朗了不少。

他打斷了蕭易對嚴家祖宗十八代的問候：「這事你不用操心，這幾天就能解決。」

蕭易緩了口氣：『可是這都第幾次了，牧遙，你還打算忍氣吞聲到什麼時候？有些人就是那種你大度他以為你怕他，你要是不給他點顏色看看，他就蹬鼻子上臉沒完沒了了。這麼多年了，你還沒看懂這個道理嗎？』

李牧遙朝站在門口的池渺渺招了招手示意她到面前來，同時對這電話裡的蕭易說：「我知道了，先掛了。」

說完也不等蕭易再說什麼就直接掛斷了電話。

見他掛上了電話，她才敢出聲：「忙完了嗎？」

李牧遙點點頭，目光掃到她放在他辦公桌上的保溫桶問：「這是什麼？」

「午飯啊。看你最近又不按時吃飯了，所以來盯著你吃。」說著她想起李牧遙這人特別講究，又補充道，「雖然沒什麼高級的食材，只是幾個家常小菜，但也是我今早上起來做的，一直放在保溫桶裡，現在還熱著呢。」

李牧遙難得露出一個笑容：「正好餓了，就想吃家常小菜，一起吃吧。」

就像池渺渺說的那樣，只是很尋常的菜色，但是李牧遙卻吃得比往常都多。

池渺渺見他這麼捧場，有點高興，一臉期待地看著李牧遙：「跟你家廚師做的相比，味道怎麼樣？」

李牧遙皺眉思索了一下說：「應該好不少吧？」

池渺渺愣了愣：「什麼叫『應該』？」

李牧遙展顏：「因為他從來沒做過這麼家常的菜。」

池渺渺臉上的期待頓時化成一副「她就知道」的神情，她撇了撇嘴：「家常菜怎麼了？吃多了山珍海味的人還想吃這麼一口呢。」

李牧遙認真點了點頭：「確實，所以我想每天都吃怎麼辦？」

池渺渺一聽，喜笑顏開道：「好辦啊，我天天帶給你。」

「帶？」

池渺渺不解：「不然呢？」

李牧遙沒有回答她的問題，抽了張紙巾輕輕擦了擦嘴角，起身走進休息室。

池渺渺也跟了進去：「這樣吧，你前一天晚上告訴我你明天想吃什麼，我回家時買好菜，然後第二天一早做好，用保溫桶帶過來，保證味道還跟剛做出來的沒什麼兩樣。」

「還是會有不同。」他說。

池渺渺不由得翻了個白眼，兩人雖說已經接受了彼此，但是面對他偶爾表現出的龜毛，池渺渺還是忍不住會吐槽一下。

李牧遙正解著襯衫釦子，一回頭就看到某人在翻白眼。

他假裝沒看出她的不滿，故意問：「妳的眼睛怎麼了？」

池渺渺連忙眨眨眼說：「乾眼症，我有乾眼症，一到秋冬眼睛就不舒服。」

他了然點點頭，再轉過頭後卻不由得勾了勾嘴角，接著剛才的話題說：「既然沒辦法吃到新鮮的家常飯菜，那就算了，可以繼續讓劉煥去隔壁餐廳打包，雖然打包的味道確實不怎麼樣，但我也習慣了，或者不吃，反正我也不是總有時間吃飯。」

說得這麼可憐，說給誰聽呢？

池渺渺一邊在心裡腹誹，一邊想著怎麼才能滿足他的要求。

她想了想提議道：「要不然在你辦公室弄一套廚具？每天午飯前我來煮給你吃？」

李牧遙脫下襯衫，回頭涼涼瞥了她一眼：「虧妳想得出來，妳把我的辦公室當什麼地方了？」

剛才池渺渺光想著怎麼解決他吃飯的問題了，也沒注意到他在解釦子，此刻他忽然間脫掉上衣光裸著上半身，頓時把她嚇了一跳。她完全沒想到平時穿著衣服看著那麼斯文單薄的一個人，竟然也有流暢的肌肉線條，不是那種很魁梧發達的肌肉，而是因為常年的健身養出來的很結實有力的體格。

而就在池渺渺恍神的片刻，他抽出了腰帶，眼看就要脫褲子了……

理智上，池渺渺很想繼續欣賞，但畢竟單身了二十幾年，沒什麼和男人相處的經驗，平時嘴上說得再豪放，到了動真格的時候也照樣會怕，所以她的動作先於理智，驚慌失措地轉過身去不看他。

李牧遙把這些反應盡收眼底，卻表現出渾然不覺的模樣，接著說：「中午的時間確實緊張，還是妳帶來給我吧，其實能吃到妳做的飯就不錯了。」

池渺渺一邊聽著身後的動靜，一邊心不在焉地笑了一聲說：「你放心，我今晚去買一個最好的保溫桶，確保飯菜最大程度的保鮮。」

李牧遙「嗯」了一聲說：「那中午就這樣吧，不過一天中總要有一頓飯是好好吃的，我希望晚飯能吃得舒服點。」

池渺渺腦海中還是剛才看到的美男裸背，忍不住就想再看看，這一回頭，發現李牧遙已經換好睡衣，好整以暇地看著她。

她這才想起他剛才說的話，想了一下說：「這好辦啊，晚上我去你家幫你做，或者你不嫌棄的話就去我家吃飯，反正我們住得近。」

李牧遙走近她：「那為什麼不能再近點。」

目光不由自主地掃到他領口前的那片赤裸的胸膛，她忽然很想摸一摸，那胸膛是不是跟她想像中的一樣堅硬如鐵？而且他的皮膚還那麼好。

她有點不自在地問：「什麼『再近點』？」

李牧遙放低聲音說：「其實最近一直困擾我的並不是工作，而是我的病。」

一聽他提起病情，池渺渺頓時什麼旖旎的心思都沒有了，擔心地看著他：「你不是說已經好轉了嗎？出什麼事了？」

「也沒什麼，就是病情總在反覆。」

池渺渺有點急了：「那怎麼辦？有沒有諮詢一下醫生？」

李牧遙垂眼看著她：「諮詢了。」

池渺渺對他這漫不經心的態度很不滿意：「那醫生怎麼說？欸你能不能別擠牙膏似的，一口氣說完啊？」

李牧遙沒有立刻回答她，而是牽起她的手放在睡衣領口那處赤裸的皮膚上。

比起微微發涼的手指，他胸膛的皮膚是溫熱的，甚至比她的體溫還要高一點點。

她像是被燙了一下，反射性地想要縮回手，但握著她的手卻堅定地將她的手按在他的胸口處。

確實和她想像中的一樣，手下的觸感堅實溫熱，而且皮膚光滑手感極佳。

李牧遙繼續道：「他建議我繼續脫敏治療，要深入地、頻繁地接觸我的過敏源。」

「這……這什麼意思？」池渺渺有點緊張地問。

李牧遙沉默了片刻說：「他建議妳搬去我家住，這樣一來所有的問題都迎刃而解了。」

雖然也不是第一次搬去他家，但很明顯今時不同往日了——她搬去後住在哪？不會還是離他最遠的那個房間吧？就算一開始是，等時間長了，處於情侶關係的年輕男女同住一個屋簷下還能循規蹈矩，那不是他有問題，就是她有問題。

想到這些她不由得臉紅心跳起來。

李牧遙看著她，忽然露出個似笑非笑的表情：「妳好像挺期待的。」

「我？」池渺渺連忙掙脫開他的手，有點尷尬地辯解說，「我期待？我才沒有！你不知道住你家壓力多大！」

李牧遙走到床邊坐下：「之前的家規作廢，妳可以像在妳自己家一樣，不過……」

他頓了頓說：「最基本的整潔還是要保持的。」

兩人在一起的這段時間偏偏趕上了「拍拍」和失戀博物館接連出事，雖然她能感受到他已經儘量把更多的私人時間留給了她，但兩個人在一起的時間比起普通情侶來說還是太少太少。可如果住在一起，那就不一樣了。

但池渺渺還是說：「誰說我同意去了？我還要想想。」

李牧遙躺在床上，拍了拍身邊的位置說：「可以，過來慢慢想。」

池渺渺不由得臉紅了：「幹什麼？」

大白天的……

李牧遙閉著眼，簡簡單單吐出三個字：「遵醫囑。」

說完因為沒聽到她的聲音，他又睜開眼補充了一句：「就只是躺一下。」

池渺渺掃了他一塵不染平整到沒有一絲褶皺的床單一眼，有點猶豫。

李牧遙似乎看穿了她的想法說：「快點，我不嫌棄妳。」

誰嫌棄誰還說不準呢！

池渺渺撇了撇嘴，還是走到床的另一邊，規規矩矩地脫掉鞋躺了下來。

李牧遙側過頭掃了她一眼，見她緊繃的神情，不由得微微一哂，幫她將被子蓋上，又按下了窗簾的開關。

頓時房間昏暗得猶如深夜。

隨著光線變暗淡，池渺渺也終於放鬆了下來。

她望著黑漆漆的天花板，注意力卻都停留在身邊的人身上。

他似乎真的睡著了，呼吸勻停而綿長，給人莫名的安心感。

漸漸的睏意襲來，她的意識也開始恍惚。

而正在這時，他卻忽然翻了個身，面對著她，與此同時被子下面的手也碰到了她的。

她不由得心跳漏了一拍，朦朧生出的睡意也立刻退去，但半晌沒見他有下一步的動作，她忍不住大膽睜眼看向他。

在黑暗中，只隱約能看到他閉著雙眼，像是依舊在熟睡，而碰到她的手應該也是他睡著後無意識的舉動。

她用目光仔仔細細描摹著他的五官，越看越覺得他真是好看。心裡忍不住泛起甜蜜來，也就沒有挪開手，任由他的手蓋在她的手上。

沒有哪一刻比這時更讓人安心了，池渺渺放鬆地呼出一口氣，重新閉上眼。

睏意再度襲來，而就在她即將睡著的時候，身邊的人忽然欺身而上，輕柔地、繾綣地吻上了她的唇。

她有一瞬的怔忪，片刻後才意識到他其實一直沒有睡著。

她象徵性地推了他兩下，卻被他輕巧地握住手腕。

午後的慵懶讓她比平時更容易妥協，逐漸沉浸在這個吻中，也開始勾著他的脖子回應他。

感受到她的回應，原本鉗制著她的那隻手輕輕撫上她的臉頰，抬起她的下巴，方便他更加投入忘情卻又珍而重之地吻著她，然後那隻手順著她的脖頸一路下滑，當池渺渺反應過來的時候，男人的手正好遊弋到了她的左胸前。

感受到他在那裡不輕不重地揉捏了一下，她的心都提了起來，而他卻沒有過多停留，順著她的體側滑至她的腰、她的臀，最後是大腿後側，然後再原路返回。

如此兩次，她覺得自己已經不會呼吸了。

某些人的學習能力真的不容小覷，才沒多久，就一次更比一次要人命。

不知過了多久，他總算結束了這個綿長的吻，抬起頭來看她：「想好了嗎？」

「什麼？」她懵懵懂懂地看向他。

他說：「搬去我家。」

雖然是同樣的一句話，但剛才問她，和這時候問她，意思好像不太一樣了，或者說那種意思更明顯了。

池渺渺忍不住把臉埋進他的肩窩處，男人的肌肉和骨頭一樣都是硬邦邦的，卻是她喜歡的觸感。

她點點頭：「那你不許嫌我這嫌我那的，多嘮叨一句，我就搬走。」

李牧遙任命地說：「那我只好讓自己多忍忍了，不過妳就要從其他方面補償我了。」

說著，他又吻了下去。

61

池渺渺一直不敢多問李牧遙工作上的事情，不過看他雖然忙，但心情似乎還可以，料想那些事情應該都有解決途徑了。

而且池渺渺有種潛意識，總覺得沒什麼事情是李牧遙解決不了的。

果然就在幾天後，接連兩則熱門新聞引起了大眾的注意。

一是李牧遙曾經創立的那家遊戲公司，在幾年後忽然發表了一則聲明，要追究嚴悅名下的那家遊戲公司的侵權責任。

幾年前遊戲圈裡的抄襲事件忽然再度被翻出來，眾人紛紛揣測這事情背後的真相是什麼，其中更不乏知情人士透露，是當年李牧遙遊戲公司的工程師被嚴悅利誘，將即將上架的遊戲設定細節提前賣給了嚴悅，這才導致兩款先後上架的遊戲有諸多相似之處，雖然李牧遙已經在後期儘量避免，緊急修改了不少設定，但還是被嚴悅倒打一耙。

關於這件事情，李牧遙的遊戲公司當初沒有掌握到充分的證據證明這一切，但一直沒有放棄維護權益，終於在最近搜集好所有的證據，決定與嚴悅對簿公堂了。

之前相信嚴悅一面之詞的眾人此時都無比唏噓，畢竟嚴悅的遊戲公司在那款遊戲之後再也沒有什麼像樣的產品了，而李牧遙原先創立的那家遊戲公司則截然相反。

另一則新聞則更受關注——剛剛翻紅重新回歸演藝事業的汪可忽然在深夜發出一則長文，講述她從眾人視線消失的這幾年都做了什麼，又為什麼要消失。

果不其然，跟之前傳聞說的一樣，她得了憂鬱症，所以不得不暫時放下工作修養身體。長文中，她將一個憂鬱症患者的日常和甚至是發病時的心聲都寫得很詳實，引發了不少人的共鳴。最後，她提到自己為什麼會患有憂鬱症，雖然說得很含蓄，但已經有不少人猜出，這或許和她在工作中遭受到的一些無理對待有關，而且這件事又七拐八繞地指向了嚴悅。

這件事引發的風波遠比遊戲抄襲那件事要大，話題沸沸揚揚在網路熱門搜尋上掛了好幾天。

嚴悅的公開社交帳號號已淪陷，甚至包括他爸公司的官方帳號下也都罵聲一片。

事態終於發展到不能視而不見的地步後，嚴悅終於有了回應。回應聲明聲稱自己是無辜的，所以要對某些人不負責任的抹黑言論追究其法律責任。

言外之意是有些人為了紅可以不惜一切代價到處蹭熱度。

於是輿論有一半分化出來，認為這則長文可能只是汪可的炒作手段。

當然大多數人還是覺得這種事情不可能空穴來風，而且汪可的長文裡並沒有指名道姓，只是有人循著蛛絲馬跡找出和嚴悅有關的證據，所以這種程度根本構不成誹謗，只要汪可不正面承認。

可汪可並沒有像大家想像的那樣會假裝沒看見，或者說些似是而非的話，她直接丟出了一段十幾秒鐘的影片。

影片的主角正是幾年前的汪可，一個男人背對著鏡頭正欲對她施暴，因為影片經過靜音處理，所以影片中雙方說了什麼眾人並不知道，但汪可被人掐著脖子，無力反抗時害怕又絕望的神情一覽無餘。

這段影片正是來自李牧遙當初拍攝下來的那一段，汪可只放出其中一小部分，再往後影片就能看到嚴悅的臉了，但汪可沒有放出所有來，這對嚴悅來說無疑是懸在頭頂上的一把鋒利的刀。

影片一上傳，輿論澈底沸騰了，看環境、看場景，再看男人的背影，顯然不會是什麼拍戲現場，這就是真實發生的施暴過程。

甚至有細心的網友找到了嚴悅幾年前一張被狗仔偷拍到的照片，照片中他當時穿的衣服包括他的背影輪廓和影片中的男人幾乎一模一樣。

雖然這種事情在各行各業中或許都存在，但公眾人物很少把這些事情放在檯面上說，汪可這一舉動無疑會掀起軒然大波。

漸漸的，有不少年輕演員紛紛出聲支援汪可，後來甚至有不少圈內前輩也言辭犀利地批評嚴悅的行為。

嚴家的企業在這麼強大的輿論壓力下都收到了不小的影響。

最後迫於無奈，嚴悅不得不出來像汪可道歉，聲稱自己當時喝多了，所以做出很多超出理智範圍內的事情，沒想到對她有這麼大的影響，希望得到她的諒解，並且表示願意給予補償。

可是他的道歉也僅僅是讓汪可沒有繼續上傳所有的影片，阻擋不了大家抵制嚴家旗下的酒店、餐廳、電影院，也無法阻止大家用各種惡毒的話語詛咒謾罵他們。

嚴悅被輿論搞得焦頭爛額，自然也就沒心思再對李牧遙使絆子，之前困擾著李牧遙的問題迎刃而解。

蕭易這時候打來電話：『可以啊牧遙，夠深藏不露的啊！我真沒想到汪可會為了你直接和嚴家撕破臉，果然是一夜夫妻百日恩啊，人家還是向著你的！』

李牧遙不鹹不淡地丟給對方一句：「我看你是不想回來了。」

『開個玩笑嘛！我說你怎麼還是這麼不經逗啊，這麼無趣也不怕小女朋友嫌你無聊。』

李牧遙面不改色：「這就不勞你操心了。」

蕭易語重心長道：『我這也是為你好，鐵樹難得開一次花，不能一下子就凋謝了啊！可別怪我沒提醒你，我那天和韓夏旁敲側擊的打聽了一下，原來你們的關係還沒公開呢！這可不是什麼好的訊號。』

想到這件事，李牧遙不由得蹙眉：「也沒有刻意隱瞞，只是沒什麼合適的時機。」

蕭易恨鐵不成鋼道：『我說兄弟啊，你說你分析別人的心理那麼明白，怎麼輪到自己就糊塗了？如果對方是撿到寶的心態，那肯定是第一時間就恨不得向所有人表示她對你的所有權，絕了其他女人不該有的心思，可是她沒有，這說明什麼？說明她心裡還沒有認定你！』

李牧遙不為所動：「你想多了。」

『我說你別不信啊，你是專業的沒錯，但兄弟我經驗豐富啊！就你這樣的，說實話不認識時可能覺得千好萬好，接觸多了事多又無趣，整天還只顧著工作，我是女的我也不喜歡你，更何況現在的小女生都喜歡男朋友陪著、哄著，你這樣真的不行，難怪人家都不想承認你呢。』

李牧遙驀然就想起在萊港時，池渺渺誤以為他要跟張朵雅表白時說的那番話，究竟有多少是發自內心的呢？

蕭易接著說：『我現在要是你，就找個合適的機會，高調又自然的公開兩人的關係，先直接斷了她別的念頭再說。至少應該先在公司裡公開吧？人家小姑娘長得漂亮，你不公開關係，公司裡那幫單身漢還蠢蠢欲動呢，難免她什麼時候動搖了……』

李牧遙不覺得池渺渺是那種人，但蕭易的話又沒來由的讓他有點煩躁。

他沒好氣地說：「我這裡忙，你還有別的事嗎？」

蕭易：『哦對了，我是提醒你我下週就回去了，這次說什麼都不能再改行程了，你趁著這段時間趕緊安置好你的小女友吧，別回頭不能天天見面後，你這工作狂又把人冷落了。』

李牧遙頓了頓說：「我知道了。」

他這邊電話剛掛上，劉煥就從外面進來。

劉煥換了個新髮型，兩邊剃得短短的，只有瀏海處稍長，一看就是精心設計過的。而且領帶顏色也從最初的黑色藏青色這些保守色系換成了更跳脫的顏色。

這些細微的變化倒是讓他整個人顯得更精神了一些，只是他的這種精神並沒有體現在工作中，反而以前還算細心的他最近總是頻頻出錯。

「什麼事？」李牧遙淡淡瞥了他一眼問。

「分館那邊已經整頓驗收合格了，開業時間我們和分館負責人協商了幾個時間，本週四和下週二您都有時間，不過週四晚上您需要趕回來，因為失戀博物館這邊給您準備了一個小小的歡送儀式。」

歡送儀式這事李牧遙早就知道，這是蕭易的意思。

李牧遙本週末就正式離開失戀博物館了，蕭易無法趕回來，就由韓夏和劉煥全權負責。他原本是拒絕的，他不喜歡各種形式上的東西，但想到因為池渺渺，這裡對他而言確實是不同的，所以在蕭易的堅持下，他就沒再推辭。

不過，聽到劉煥彙報的行程安排，他總覺得哪裡不太對勁。

李牧遙想了一下說：「我怎麼記得你昨天跟我說下週二要和麗華的董事見個面？」

「是嗎？那可能是我記錯了！」劉煥惶恐，連忙去翻李牧遙的行程，發現還真的是如此。他抱歉道：「那我重新和分館的負責人安排時間再跟您彙報。」

「不用參考我的時間了，越早開業越好，不能再拖了。」

劉煥連忙說：「好的。另外南豐財經想對您做個採訪，我看您最近時間安排得挺滿，您要是覺得沒必要我就回絕他們。」

以往李牧遙很少接受這些採訪，他不喜歡和外行討論工作，更不喜歡被人挖掘隱私，所以劉煥只是例行彙報一下就會替他推拒掉，但是這一次，他卻有點猶豫了。

南豐財經是很有名的一檔財經節目，有名的原因除了他們總能請到一些業界知名人士外，另一個很重要的原因就是他們很懂行銷。每一次節目過後，都會有一個相應的話題被送上熱門話題。大眾對太專業的財經知識不感興趣，但是卻對別人的花邊八卦樂此不疲，所以他們的訪談最後肯定要回歸採訪嘉賓的生活方面，對已婚人士就是談談太太孩子，未婚人士就是擇偶標準等話題，總之都是大眾喜歡的。

想到這些，李牧遙說：「可以，安排在本週四下午吧。」

劉煥以為自己聽錯了，又和他確認了一遍，這惹得李牧遙頗有點不耐煩：「你最近是怎麼了？」

「沒……沒什麼，我這就去安排。」

網路上汪可的話題熱度居高不下，失戀博物館裡眾人閒暇時也會討論幾句。

大家正對著一個八卦嚴悅的文章高談闊論的時候，池渺渺的手機響了，見是暖萌的電話，她起身走出辦公室接通了電話。

暖萌也是看了網路上的話題來找池渺渺這個知情人士八卦的：『我記得妳上次說妳家李牧遙就是因為汪可得罪了嚴悅，才惹得嚴悅像瘋狗一樣追著他瘋咬了這麼多年，看了這個影片我猜拍攝影片的人就是妳家李牧遙，汪可沒有放出全部來，也不是為了給嚴悅留面子，而是不想把李牧遙牽扯進來。我說的對不對？』

汪可告訴池渺渺的那些過往，她並沒有一五一十全告訴暖萌，所以這些事情都是暖萌猜出來的，而她在影片放出來的第一時間就知道這影片出自誰手了，也猜到了汪可在這個時候放出這些並不是偶然。

還有遊戲公司那件事，她不信當年沒有掌握的證據如今卻有了，只能說明當年他沒心思理嚴悅，但不代表他會坐視對方一直欺人太甚。

果然，要麼不反擊，要麼就讓對方無力反抗，這才是李牧遙的作風。

「差不多吧。」池渺渺說。

『還好當初有影片，也還好汪可夠硬氣，不然嚴悅這種垃圾還不知道要禍害多少人呢！我看嚴家老爺子的身家幾天之內就蒸發掉十幾億真是大快人心！養出這樣的兒子能怪誰呢？』

池渺渺知道這種情況也不會維持太久，但最重要的是讓李牧遙暫時能喘口氣。

兩人又聊了幾句，掛電話前，暖萌想起什麼向池渺渺抱怨道：『對了，妳家李總是不是光顧著和妳你儂我儂都顧不上工作了？』

「沒有吧，他最近挺忙的。」池渺渺不解。

『他忙怎麼他助理那麼閒啊？』

「妳說劉煥？」

『是啊，有事沒事就問我吃了沒喝了沒，睡得好不好，天氣轉涼多喝熱水巴拉巴拉，我煩都煩死了，然後三天兩頭就約我出去，不是約我登山就是約我跑步，他對約會是不是有什麼誤解啊？』

池渺渺聽暖萌抱怨笑到不行，搜腸刮肚找了好多劉煥的優點說，當然她是真的覺得劉煥人不錯，所以才無比希望閨密能敞開心扉嘗試著接受，或許這就是她最終的緣分呢。

兩人又聊了一會兒，結束了通話，肩膀就被人拍了一下，韓夏不知道什麼時候來到了她身邊。

池渺渺嚇了一跳：「怎麼也不出聲？」

韓夏曖昧地挑挑眉：「是妳太投入了吧？誰啊？男朋友？」

池渺渺正想說不是，抬頭卻見李牧遙迎面走來。

韓夏渾然不覺接著說：「都交往這麼久了，也不知道來疏通一下女朋友的身邊人，看起來挺聰明的小夥子怎麼這方面這麼不靈光呢？」

池渺渺在短暫的錯愕過後忽然玩心大起，故意問韓夏：「為什麼這麼說啊？」

韓夏眉飛色舞道：「機靈點的小夥子第一時間就會打入女朋友閨密群內部，請大家吃個飯，然後說我們渺渺就拜託各位照顧了……當然他不說我們也會照顧，但這不是代表著一個態度嗎？還能順便宣誓主權，也好經過我們這些人的嘴把妳有男朋友這件事告訴給我們辦公室那群單身漢。一頓飯而已的事，解決多少問題啊！我也不是非要蹭飯哈，就是看他那聰明樣，我原本以為這頓飯很快就來了，沒想到這麼久沒動靜。」

池渺渺受教地點點頭：「妳這麼說，他是挺不靈光的。」

韓夏又幫著池渺渺找補道：「也不是不靈光，可能就是生澀，對，這方面一定沒什麼經驗吧，所以生澀！」

「咳咳……」

身後忽然傳來兩聲不太自在的咳嗽聲，韓夏一回頭就見李牧遙正站在自己身後，已經不知道多久了。

她嚇了一跳，連忙問了聲「李總好」，李牧遙也沒說什麼，淡淡地瞥了她一眼就朝著自己辦公室的方向走去。

韓夏一直保持著得體的微笑，直到徹底看不到他身影的時候，她才心有餘悸地嗔怪池渺渺：「是故意的吧？」

池渺渺憋著笑：「沒有，我其實也是剛剛才看見他。」

韓夏懊惱：「這下好了，上班閒聊被老闆抓了個正著。」

池渺渺安慰她：「反正他都要走了，妳怕什麼？」

韓夏想了想也是，又拉著池渺渺開始八卦起另一件事。

「妳有沒有發現，自從從萊港回來後，張朵雅好像很安分，也不怎麼往李總辦公室跑了。」

雖然之前很介意張朵雅，但後來意識到其實是自己在吃醋，尤其是李牧遙也說了，他和張朵雅沒什麼，池渺渺就徹底放下心來。

一般男人說這種話時，她多少會懷疑，但不知道為什麼，只要是李牧遙說出口的，她就忍不住深信不疑。

她有時候覺得自己有點太過於信任他，但這又何嘗不是他給她的安全感呢？

「是嗎？我都沒注意。」她實話實說。

韓夏嘖嘖感嘆：「八成是感情破裂了，跟自己的老闆搞曖昧，弄不好就人沒了、工作也沒了，還好李總馬上要走了，不然以後他們會有多尷尬啊。」

「我其實覺得他們應該沒什麼，妳可別亂說。」

「沒什麼那也是李總對她沒什麼，她的想法再明顯不過了，妳不會看不出來吧？」

這話倒是取悅到了池渺渺，她點點頭：「我也覺得是這樣，不過張助理年輕又漂亮，搞不好過幾天就移情別戀了。」

「那倒是。哦對了，前幾天聽妳說在搬家，搬去哪了？」

池渺渺也不知道自己什麼時候說漏了嘴，忽然被韓夏問起來就嚇了一跳：「沒，還在那附近。」

韓夏眉飛色舞地看著她：「附近還有什麼好搬的？難道別人的房子還能比自己的好？如果真的有，那也只能是男朋友的房子。」

池渺渺一時語塞，不知道怎麼解釋，這在韓夏看來就是不好意思的默認。

她用肩膀撞了撞池渺渺，以一副過來人的口吻說道：「有什麼不好意思的，我告訴妳就應該這樣，只有住在一起，牽扯上柴米油鹽才知道彼此性格合適不合適，當然最重要的，還有那方面……」

韓夏邊說邊曖昧地用肩膀撞了撞池渺渺：「那方面和諧不和諧最重要啦，妳別看大家都像正常人，有些人真的不行，不先試一下就結婚才是盲婚啞嫁，為這種事離婚的不在少數。」

池渺渺雖然搬進了李牧遙家，但一方面是兩人剛在一起沒多久，另一方面考慮到李牧遙的身體，兩人確實還沒到那一步，不過有那麼幾次真的險些擦槍走火。

雖然當時及時叫停，但無論是他隱忍的神情，還是他因克制而略帶沙啞的聲音，又或者是他微微起伏也過分灼熱的胸膛，還有身上的味道，無一不刺激著池渺渺，真的太性感了……

韓夏見池渺渺這臉色，了然道：「看樣子是挺和諧的啊哈哈！」

池渺渺沒好氣白了韓夏一眼：「能不能正經點？」

不過雖然沒進行到最後一步，但想到他那時的狀態，料想兩人的未來應該不會太差吧。

她們又嘻嘻哈哈隨便聊了幾句，便繼續工作了。

62

李牧遙忙了一天總算稍微有了點空閒，他習慣性地拿出手機，翻開和池渺渺的對話記錄。住在一起後，兩人的訊息對話少了，有也大多是她問他幾點下班，想吃什麼，像極了一個已婚夫妻。

想到這裡，他忽然有了種前所未有的感覺，像滿足、像慶幸，又或者說，是所謂的幸福。

過往的人生在別人眼裡或許不錯的，但對他來說卻是說好不好說壞不壞，被理想的大學錄取，第一次創業成功……每一個值得開心的時刻，他卻總覺得少了點什麼。後來文遠離開了，他也因此生了病，備受煎熬的同時，他又無比解氣，覺得這是自己應得的，如果過得太好，他怕對不起已經不在的文遠。

但是現在不一樣了，他無比想要過好餘下的人生，因為那不只是自己的人生。

想到她就想看看她，他起身走出辦公室，佯裝著從她的辦公室門前經過，池渺渺正在埋頭工作，身邊同事不知道說了什麼，她抬起頭來笑著回應了幾句。

一路上有路過的公司員工向他問好，他微微點頭當作回應。視線裡看不到她了，他又假裝忘帶了東西原路返回，再出來時又遇到剛才遇到過的員工，對方再度向他問好，但看向他的目光中明顯有困惑不解。

他知道自己這樣挺傻的，但沒辦法，戀愛就是一針降智劑，沾上就免不了犯傻，誰也不能倖免。

此時，放映廳還沒到開放時間，裡面空無一人，他索性走了進去，隨便找了個位子坐下，然後拿出手機傳訊息給她。

池渺渺剛忙完手上的工作，桌上的手機忽然震了震，竟然是李牧遙的訊息。

他工作時間很少傳訊息給她，有點高興地點開來看，只有簡簡單單幾個字：『我在放映廳等妳。』

心跳忽然開始加速，身邊同事說了什麼她全然沒有聽進去，只回了句「我去趟洗手間」就起身出了辦公室。

辦公室外也是人來人往，走在眾人之間，池渺渺莫名有種做賊的感覺，心裡虛就容易表現出來，張朵雅在從她身邊經過時甚至還奇怪地看了她一眼。

池渺渺在休息區徘徊了一陣子，佯裝著找書看，最後趁著大家不注意的時候才偷偷溜進了放映廳。

放映廳並不是完全漆黑的，高高的穹頂上有幾圈朦朧的燈帶始終是亮著的。

池渺渺一進門就看到了坐在座椅之間的李牧遙。

李牧遙聽到腳步聲由遠及近，抬起頭來溫柔地看向她，目光掃到她手裡的書時，微微一頓。

池渺渺這才意識到自己剛才在休息區裝腔作勢地找書，最後確實拿了本書出來。

「《失樂園》？」他微微挑眉。

池渺渺胡亂應道：「對啊，我覺得挺好看的，推薦給你。」

李牧遙接過書，隨手翻開其中一頁，池渺渺也跟著一瞥，就瞥到了那一頁的內容。

『凜子似乎已經達到了焦躁的頂點，哪怕再等待一分鐘，都會自動爆炸，自行登上快樂的巔峰。到了這千鈞一髮的極限，好容易擠出一句「快一點」……那聲音既像是哀求，又像是撒嬌，女人體內沸騰滾開的感覺使她呈現出痛苦、焦躁、絕望的神情……』

他緩緩闔上書，抬眼看向她。

再度與他對視，她莫名就覺得有種百口莫辯的焦灼感——他該不會以為她在暗示什麼吧？

韓夏手下的小兵最近經常請假，有不少事情需要池渺渺幫忙，之前她幫她整理的一份檔案今天就要和其他幾份人事文件一起拿給李牧遙過目。池渺渺剛才說去洗手間了，但好半天還沒回來。電話打過去，熟悉的鈴聲卻就在身邊響起，原來是走的時候沒帶手機。

韓夏想了想，無非就是多跑一趟，先把其他幾份著急的拿給李牧遙吧。

不巧的是，李牧遙也不在辦公室。返回辦公室的途中，她意外從放映廳的門縫中看到一個熟悉的身影。

池渺渺今天穿了件淡紫色的西裝襯衫，因為這個顏色太挑膚色，很少有人能把這個顏色穿得好看，這個顏色非常的少見和顯眼，以至於匆匆一瞥之下也很快被韓夏捕捉到。

她有點好奇，池渺渺一個人在裡面幹什麼呢？

再仔細一看，她正朝著旁邊的座椅俯身下去……

一排排整齊的椅背遮住了池渺渺的下半身，韓夏想像了一下池渺渺的動作——難不成她一個人跑到這來壓腿？

想到這，她打算推門進去嘲笑她幾句，然而還沒來得及開口，單是推門的聲音就險些把裡面的人嚇得魂飛魄散了。

幾乎是在她推開門的一瞬間，俯下身去的池渺渺就又彈了起來，花容失色地朝她所在的方向看了過來。

不就是上班偷懶被抓包嗎？她又不是李牧遙，池渺渺這麼大的反應，至於嗎？

她正想打趣她幾句，依舊是還沒來得及開口，下一個花容失色的就輪到了她——池渺渺身旁，本以為沒有人的座椅上竟然緩緩坐起一個人，比起池渺渺的驚慌失措，他倒是沉穩得很，只是一貫面無表情的臉上似乎多了點被人壞了「好事」的不悅，而這人不是別人，正是她的老闆李牧遙。

所以剛才池渺渺既不是在壓腿，也不是在和座椅坐墊搞什麼親密接觸，而是在和躺在椅子上的李牧遙親熱？

他們是什麼時候搞到一起的？最重要的是李牧遙竟然會在工作場合和別人卿卿我我，這也太接地氣了吧！

而此時此刻，接地氣的李牧遙已經走到了她的面前，襯衫、西裝褲依舊筆挺整潔，表情依舊淡漠，眼神依舊犀利，彷彿剛才躺在椅子上任人蹂躪的不是他一樣。

「什麼時候有時間？一起吃個飯。」

「哈？」霸總這是人設崩塌後放飛自我了嗎？怎麼忽然要約她吃飯了？

但她還記得自己的身分。

「無功不受祿啊李總，怎麼突然想到請我吃飯了？」她尷尬笑著。

李牧遙似乎是想到了什麼，表情不由得柔和了一點：「沒什麼，疏通一下我女朋友的身邊人。」

說完他又丟下一句「確定好時間提前告訴我」便走出了放映廳。

李牧遙離開後，韓夏才後知後覺地意識到這情況多麼吊詭，她語無倫次地問池渺渺：「妳跟李總什麼情況，妳和他這樣……那妳男朋友呢？」

和李牧遙的關係被韓夏撞破後，池渺渺的情緒從最開始的慌張無措逐漸變成了認命無奈，最後回歸於此刻的淡定從容。

面對韓夏的疑問，池渺渺就那麼靜靜看著她，也不回答。

韓夏見池渺渺那控訴著「你是不是傻」的神情，理智漸漸歸位，思緒逐漸清晰起來——從一開始池渺渺就沒承認過她的男朋友是那位學長，反而在她打趣她時，她總是表現出一副欲言又止的樣子。

仔細想來即便她曾見過兩人見面，但回想起當時的情形，兩人似乎根本算不上多麼親密，相比之下倒是池渺渺和李牧遙之間的氛圍更耐人尋味。而且剛才李牧遙說了什麼？女朋友！所以事實的真相是，她一開始就搞錯了，池渺渺的男朋友一直都是李牧遙！

見她一副恍然大悟的神情，池渺渺無奈聳聳肩：「想明白了？」

韓夏痛心疾首道：「妳為什麼不早點提醒我？我讓他請客的時候妳就等著看我笑話是不是？」

想到這件事，池渺渺不厚道地笑了。

看她竟然還好意思笑，韓夏更惱火了，她佯裝著要去掐池渺渺的脖子：「妳還笑？妳還好意思笑？要不是看在妳是老闆娘的分上，我一定會揍妳一頓妳信不信？」

池渺渺被她戳到了癢癢肉，一邊笑一邊求饒：「我信我信，我錯了還不行嗎？」

週四下午，午休結束不久，就見到電視臺的車子停在了失戀博物館樓下，只在電視中見過的知名女主持人以及其他電視臺工作人員浩浩蕩蕩進了失戀博物館，直奔李牧遙辦公室。

眾人早就聽說李牧遙接受了南豐財經的採訪，這在失戀博物館還是第一次，據說對於李牧遙個人來說也是頭一次。

後來採訪地點從李牧遙辦公室變成了他辦公室旁邊的休息區，料想應該是某人又怕別人弄髒了他的辦公室吧。

不過休息區是開放式的，大家對採訪過程都很好奇，手頭上沒有緊要工作的人忍不住停下來圍觀，劉煥就在眾人當中，見大家聚眾湊熱鬧也沒說什麼，眾人就當這是老闆的默許了。

主持人問李牧遙：「李先生之前多次拒絕了我們的採訪，這一次是什麼原因讓我們擁有了這份殊榮呢？」

李牧遙似乎心情不錯，答道：「有高興的事就想分享給更多人，僅此而已。」

主持人問：「高興的事，是指失戀博物館的成功嗎？」

他不置可否的笑了笑，並沒有正面回答主持人的問題，但在這個契機下接受採訪，不是失戀博物館的原因又會是什麼？

可是不知道是不是池渺渺自作多情，她總覺得他在回答這個問題的時候有意無意地朝她所在的方向瞥了一眼。

主持人很自然而然地將話題引到了失戀博物館和「拍拍」的經營方面，問了幾個相對專業的問題後，她又問：「您覺得失戀博物館究竟是一個什麼樣的地方呢？」

李牧遙想了一下說：「雖說這裡呈現的都是故事的結束，但其實也是另一個故事的開始。」

聽到這裡，韓夏忍不住小聲對身邊的池渺渺感慨：「想不到李總平時看起來不苟言笑的，在媒體面前到還算和藹可親，而且他好會說哦。」

在大部分人看來，李牧遙就像韓夏說的，多數情況是不苟言笑面無表情的，但作為一個成功的企業家，他不可能一直是這樣，工作需要的時候，需要他面對合作方或者媒體時，他也會禮貌性地多點笑容，但那也是遊刃有餘掌控一切的自信微笑，就像此刻。

所以這也並不妨礙他氣場全開，反而是這種人前人後的反差，讓他多了分難以琢磨的神祕感。

當然池渺渺比其他人更幸運，她還見識過脆弱的他、倔強的他、溫柔的他，以及失控時的他……

池渺渺有點癡迷地看著攝影機前舉止從容的英俊男人，問身邊的韓夏：「妳想讓他什麼時候請吃飯，想好了嗎？」

韓夏：「吃飯就不必了，我覺得作為下屬，有些事情是我應該做的。」

池渺渺詫異地看著她：「什麼意思？」

韓夏面不改色地說：「就是我已經向他投誠了，讓他放心地回『拍拍』就行，不用牽掛這裡的事。」

池渺渺有種不好的預感：「說清楚一點。」

「清楚一點就是我已經答應免費做他的眼線了，每天監視妳有沒有為他守身如玉潔身自好，然後定期向他彙報妳的情況。」

「什麼？」池渺渺不敢相信自己的耳朵，怎麼有人能把這麼無恥的話說得這麼輕鬆，「韓夏姐妳這個叛徒！」

韓夏連忙做出個噤聲的手勢。

礙於此刻不方便發作，池渺渺只好憤憤地回了句：「回頭再和妳算帳。」

不知不覺中，採訪已經進入了尾聲。

主持人進入到最後一個話題：「我看有不少網友戲稱，您的人生簡直就是開掛的人生——十六歲考入清大，二十二歲被MIT錄取，還沒畢業就成功創業賺到了第一桶金，此後更是保持了每兩年就創業成功一次的記錄，至今沒有人能打破……我相信大家都跟我一樣好奇一件事，這些經歷中的任何一件放在一個人身上都或許會成為其一生的光榮時刻，您如此年輕有為，就擁有這麼多的光榮時刻，那迄今為止，您的人生中最開心的時刻又是什麼時候呢？」

李牧遙似乎想到了什麼，笑了笑回答說：「其實就在前不久。」

主持人有些意外：「是因為失戀博物館的成功嗎？」

主持人的意外很好理解，失戀博物館眼下的發展勢頭雖然不錯，但這並不比他的第一次、第二次創業更成功。

果然就聽李牧遙說：「失戀博物館現在的狀態還遠遠算不上『成功』。」

「那您所說的最開心的事是？」

「遇到了一個很重要的人。」

雖然說這個「重要的人」可能是一個朋友，或者是在自己遇到困難時拉自己一把、指點自己一下的貴人，但看李牧遙這溫柔寵溺的笑，對方的身分一定是他喜歡的人。

李牧遙這樣的人願意接受採訪就很是難得，誰也沒想到他竟然願意公開談及自己的感情狀況。

主持人「哇哦」一聲，採訪開始以來第一次有點語無倫次，「是女朋友嗎？」

緊接著李牧遙給出了讓在座所有人再度意外的答案——

主持人本以為他最多會承認兩人的戀人關係，誰知他卻突然看向場外池渺渺的方向說：「是有很大機率要跟我共度餘生的人。」

韓夏激動地撞了撞池渺渺的肩膀：「有沒有必要這麼高調啊？很不像他啊！」

池渺渺完全沒想到他會在採訪中提到自己，更沒想到她在他心裡已然擁有了這麼了不起的身分。雖然她也想過未來，但畢竟剛剛開始，而且面對這麼優秀的他，她免不了會抱著一點悲觀的情緒。不過轉念想想也不難理解，他就是這麼一個人，做任何一件事，除非不做，否則一旦認定就會一往無前，更何況是在感情方面。

說不感動是假的，如果不是考慮到周遭還有那麼多人，她怕自己會會掉下眼淚。

主持人後知後覺道：「所以您最初說的那件要和大家分享的高興的事其實也是這件囉，真是恭喜您了。」

「謝謝。」說這兩個字時，李牧遙的笑容明顯更真誠了幾分。

主持人：「那您方不方便跟我們說說您的未婚妻。」

李牧遙又看向池渺渺，池渺渺也回視著他。

她不知道他會說什麼，只知道自己的心跳得過分快了，彷彿她一張嘴就能跳出來一樣。

片刻後，李牧遙看向主持人，似乎有點無奈：「還是尊重她的意願，等她覺得方便的時候再談吧。」

主持人算是聽明白了，一向對任何話題都點到為止的李牧遙在談及自己未婚妻時竟然格外大方，這或許就像他自己說的那樣，遇到開心的事就想分享給更多的人，但從這一點看，這和十幾歲的毛頭小子有什麼區別？

也是到了這一刻，主持人才覺得原本高高在上的大佬其實也是有他有血有肉的另一面的，只是這真實的一面他只展示給他在乎的那個人而已。

想到這裡，她忽然很好奇，對方究竟是個什麼樣的女孩，能有這麼好的運氣呢？

採訪結束就是為李牧遙準備的告別儀式，就在距離失戀博物館最近的五星級酒店裡。有精緻的餐點，還有酒，或許是因為這是最後一次了，也或許是因為李牧遙剛帶著大家打了場勝仗，失戀博物館的眾人對李牧遙的態度在不知不覺中就變得親近了很多。

眾人找著機會向李牧遙敬酒，今天的李牧遙對在座眾人也格外有耐心，這就導致，池渺渺一直沒找到機會和他單獨說話。

池渺渺有點失落地起身，想藉著去洗手間的空檔散散酒氣。

然而再回來時，卻發現剛才被眾心捧月的人已經不在宴會廳內了。

與此同時，手機收到一則訊息：『拿上東西，來地下停車場。』

池渺渺立刻高興起來，趁著韓夏她們還在推杯換盞的時候，偷偷拿了自己的外套和包包溜了出去。

停車場裡車子不多，此時更是沒什麼人，池渺渺一下電梯，就看到前面不遠處倚在賓利車門旁低頭看手機的李牧遙。

她腦子一熱，行動隨心，歡快地朝他跑了過去，然後在男人錯愕抬起頭的同時撲進他的懷中。

李牧遙緩緩從錯愕中回神……兩個人在一起的這段時間，考慮到他的病，也因為兩人的關係還沒完全公開，所以他們很少在公眾場合如此親昵。

可是此刻，看她在自己懷裡毫無顧忌地蹭了蹭，他有點緊張的同時，又覺得很滿足。

「怎麼了？」他問。酒精的原因讓他的嗓音略微暗啞。

她不想說因為今天聽到他的表白很感動，也不想說自己就是想念他的味道想跟他親近了。

「沒事。」她仰起頭看他，「終於可以回家了。」

地下室中光線不好，他垂眸看著她，似乎笑了一下說：「那快上車吧。」

他今天好溫柔，而且說話間還有甜膩的酒香，她覺得自己原本沒醉的，可是現在也醉了。

她忍不住踮起腳尖輕輕咬了下他的下巴。這段時間他們在家時時常這樣，其實她第一次這麼做是想讓他吻她的，只是因為他個子太高她碰不到，還有就是這種表達方式更含蓄些。還好他夠聰明，每次都沒讓她失望。

但是今天不知道怎麼了，他好像有點抗拒，在她咬他時他的身子朝後靠了靠，試圖跟她拉開距離。

「先回家。」他說。

她有點不高興——是怎麼回事？難得她這麼主動，他卻絲毫不配合，下午剛在媒體面前說過那些話，怎麼回頭就變了？

或許是因為酒精在作祟，池渺渺也來了點小脾氣，不依不饒非要他吻她，而今天的李牧遙也很奇怪，就是不肯配合，最後乾脆直接拉開車門把她塞進了車子後排。

池渺渺還想再撲騰兩下，而下一刻她就安靜下來了。

「張叔好……」

這時候李牧遙也上了車，淡淡吩咐道：「開車吧張叔。」

司機老張尷尬的應了聲，發動車子。

池渺渺不敢看李牧遙，更不敢看前排的老張，只能假裝沒事，安靜地看著車窗外。

她今天真的是喝糊塗了，怎麼就忘了有賓利出現的時候老張定然也會跟著出現呢？也不知道剛才兩人在車外親親我我時，老張看到了多少……唉，想想就丟人！

車內的氣氛尷尬了一路，所幸晚上的路況不錯，沒多久，車子駛入了李牧遙家的車庫。

池渺渺下了車，匆忙和老張道了別就逃也似地往樓上走。

李牧遙緊隨其後，在樓梯間裡追上了她。

他伸手拉她，她卻掙開他。

但她哪是他的對手，一、兩次之後直接被他拉過來壓到了牆壁上。

「生氣了？」他似笑非笑地看著她。

池渺渺覺得丟臉死了，忍不住遷怒他：「張叔在你怎麼也不提醒我一下？」

他還是笑：「我以為妳就想那樣。」

她本以為他是沒機會提醒她，畢竟當時的情況也確實如此，但她沒想到他竟然會以為她是故意的。

池渺渺氣結：「那你既然以為我是故意的，為什麼不能配合我一下？看我那麼尷尬你高興了？」

李牧遙沒有立刻回答她，池渺渺就那麼看著他，倒要看看他會怎麼說。

片刻後他無奈地嘆了口氣說：「妳是真的不懂還是假不懂？妳怎麼樣都不會尷尬，但繼續下去，尷尬的就該是我了。」

虧池渺渺天天 5G 網路衝浪，嘴上飆起車來也是毫不含糊，聽到這話時還是愣了好一陣子，直到她想起他們過往親熱時他的反應，才明白他的話是什麼意思。

她忽然覺得今晚的酒後勁真大，不然怎麼都散了這麼久了，還會覺得臉發燙呢。

她故作淡定地從他的手臂下鑽過，繼續往樓上走：「一身酒味難聞死了，趕緊回家洗個澡。」

她剛走幾步，卻被身後趕上來的男人大力拉了回去，還沒等她反應過來，一個濕熱的吻便鋪天蓋地地吻了下來。

池渺渺反射性地推拒了一下，便幸福地舉雙手投降了。

他們從樓梯間一路吻到家門前，密碼連續按錯幾次兩人才成功進了門。

外套、包包、鞋子洋洋灑灑散落了一地，從玄關處一直到臥室……被他壓在床上的那一刻，她已經感受到了他所謂的「尷尬」，想到他剛才的話，她不由得笑了。

見池渺渺忽然笑了，他停下動作，看向她的眼神中透露著不解。

她揶揄他：「這時候就不怕尷尬了？」

他無所謂地笑了笑：「我還以為什麼事……被別人圍觀叫尷尬，給妳看就叫誠意。」

池渺渺本來只是想調侃他一下，沒想到在這方面一向老實的人也忽然不老實了。

她把臉埋進男人的懷裡不想看：「是不是男人到了這種時候都油嘴滑舌？」

某人的關注點卻是：「哪種時候？」

不強調還好，就跟過去的每一次親熱一樣沒什麼不同，可偏偏他這麼強調出來，好像他們已經對即將發生的事情達成了某種默契。

池渺渺咬牙切齒，隔著襯衫布料去掐他。

李牧遙好像感覺不到疼痛，只是以無比溫柔的吻回應她：「所以，真的可以嗎？」

池渺渺沉默了片刻，手掌移到他的左胸前，那裡能清晰感受到他強而有力的心跳。

她不答反問：「可以嗎？」

李牧遙微微一哂：「妳會為妳此刻的質疑付出代價。」

池渺渺微笑著閉上眼。她心甘情願。

李牧遙看著那笑容片刻，再度珍而重之地吻上了她的唇。

意亂情迷中他想，人生的際遇真是奇妙，原本以為池渺渺只是他避之不及的意外，沒想到有朝一日卻成了生命中不可切割的存在。

——全文完——

高寶書版集團
gobooks.com.tw

YH 079
失戀博物館 -下-
作　　者　烏雲冉冉
責任編輯　吳培禎
封面設計　茵萊登曼特
內頁排版　賴姵均
企　　劃　何嘉雯

發 行 人　朱凱蕾
出　　版　英屬維京群島商高寶國際有限公司台灣分公司
　　　　　Global Group Holdings, Ltd.
地　　址　台北市內湖區洲子街88號3樓
網　　址　gobooks.com.tw
電　　話　(02) 27992788
電　　郵　readers@gobooks.com.tw（讀者服務部）
傳　　真　出版部(02) 27990909 行銷部 (02) 27993088
郵政劃撥　19394552
戶　　名　英屬維京群島商高寶國際有限公司台灣分公司
發　　行　英屬維京群島商高寶國際有限公司台灣分公司
初　　版　2022年3月

國家圖書館出版品預行編目(CIP)資料

失戀博物館 / 烏雲冉冉著. -- 初版. -- 臺北市 : 英屬維京群島商高寶國際有限公司臺灣分公司, 2022.03
冊； 公分. --

ISBN 978-986-506-382-5(上冊：平裝). --
ISBN 978-986-506-383-2(下冊：平裝). --
ISBN 978-986-506-384-9(全套：平裝)

857.7　　111003767